JN296928

とよだもとゆき

村上春樹と小阪修平の1968年

新泉社

村上春樹と小阪修平の1968年　目次

プロローグ　12

風化しえない体験／なぜ村上春樹と小阪修平か／全共闘的なるものは現在の課題／「全共闘世代」について

I　叛乱の季節　六〇年代後半　20

「六八年」への道　20

「六八年」とはどんな年だったのか／六〇年安保闘争の残像と「七〇年決戦」／ベトナム反戦運動／大学の荒廃とポツダム自治会批判／近代化のなかで広がる息苦しさ

勢いを増すカウンターカルチャー　27

ロックとモダンジャズと／「地中海に投げられた疑問符」／資本の論理が生を覆うことへの拒否

それぞれの「六八年」 32

六七年一〇月八日 32
入射角の違い／六七年一〇・八羽田闘争　ある学生の死／「歌なんて歌っている場合か」

小阪修平　つかまれてしまった「六八年」 39
違う世界の住人に／東大闘争の勃発／東大全共闘の誕生／三島由紀夫との対論／「つかまれてしまった」経験

村上春樹　屈折の「六八年」 45
村上春樹の「六八年」の幕開け／第一次早大闘争後の文学部／街頭闘争の昂揚／六九年春の「番外地」／五月の文学部衝突／作品に登場する「六八年」／寄稿した学生誌の急変／「六八年」体験の屈折

林郁夫　明るい「六八年」 58
学生運動に批判的なテニスボーイ

「食べれば罪を犯すんだからな」 61
「遅れてきた青年」／物理力の行使ということ／『ひかりごけ』の世界／専修共闘会議への参加／三波春夫の「こんにちは」が広がる七〇年／総括をめぐる論争

残務整理と彷徨の七〇年代　71

「善悪の此岸」を極めた連合赤軍事件　71

リンチ殺人事件の発覚／「共産主義化」という「闘い」／総括と「敗北死」／「他者の弱さを見逃すのは自らの弱さを許すこと」／「善」の倫理主義の果てに

散文的な七〇年代にこそ　80

全共闘運動の意味が問われた七〇年代／ばらばらになり歩み出す

「転向」と「関係の絶対性」　84

「転向」が俎上に載らなかった背景／「思想的大事件としての大学紛争」／「就職転向説」の逆転／就職後にとりうる道／選んだ道自体はすべて等価／寺島実郎の全共闘世代批判／もう一つのルッター型の末路／「転向」概念の崩壊

都会の片隅の小戦闘史　97

フリーター解雇に端を発した長期争議　97

七〇年代のデタッチメントとコミットメント／あさま山荘事件を出張先で／『緋牡丹博徒　お竜参上』に森恒夫自殺のテロップ／フリーター解雇に全員が立ちあがる／一人は皆のために　皆は一人のために／ショッキング・ピンクの旗を掲げ／早朝、仲間が逮捕される／第三次争議勃発と本庁公安の登場／屋上に旗を立てて「死守」を／二四時間防衛空間での息遣い／かくして闘いの崩壊が

ラディカルゆえの隘路 114
全共闘運動的な質をもった闘いだった／深い連帯と広い共闘／「いま・ここ」の闘いの隘路

かけがえのない仲間たち 120
「強いられている」という受感／イデオロギーなど信用せず／仲間たちのその後

中間総括のとき 八〇年代 125

村上春樹「残務整理」としての初期三部作 125
ヒルトンが二塁打を打ったとき／「残務整理」のまとめとして

小阪修平の中間総括 ……マルクス葬送と市民社会論 129
雑誌寄稿を始める／「森恒夫は自分だ！」／階級社会から市民社会へ／「マルクス葬送派」として／ソフト・スターリニズムを撃つ／「知」から「経験」と「身体」へ／八〇年代からのスタイル

村上春樹の中間総括 ……『世界の終りとハードボイルド・ワンダーランド』 138
無意識に生みだしてしまった「世界」／「限定されたヴィジョン」と「完全なヴィジョン」／ニヒリズムにおける倫理のかたち

小阪修平の三島由紀夫論と全共闘世代のニヒリズム 144
三島由紀夫へのこだわり／求められたのは「生の直接性」／ニヒリズムとラディカリズム／海はカラカラに乾いていても

村上文学に時代の核心をみた小阪修平 150
「いったい誰が軽いと言い出したのだろう」／村上文学に響きあう／「限定された祝福」という達成

高度資本主義の波にもまれて 155
埴谷・吉本論争の勃発／「やれやれ」でやりすごせない事態に／ノンセクトたちのその後／黙して働く時代／忘れられる初心なら捨てればよい／解消しえない異和感

異界と暴力で分岐した九〇年代 166

村上春樹　ギターをバットに持ち替える 166
宙吊りからの着地／異界への通路としての性世界／危うさを孕む『ねじまき鳥クロニクル』／身体とエロティシズムの陥穽／小阪さんが感じたきわどさ／あいまいであることの現在性

オウム事件と連合赤軍事件 175
「問題は何ひとつ解決していない」／「隔てている壁は薄っぺらい」／甘える観念

共感と異和の交錯……**暴力性をめぐって** 182
「九〇年代はよく見えなかった」／新しい「エティカ」と「決算」の危うさ／全共闘運動は欲望自然主義だったのか

「正義」と「善意」の行きつく果て　189

遅れてきた「善」のラディカリスト……オウム林郁夫　189

林郁夫を論じることと全共闘総括と／「善き人」であるからこそ／すべてを投げうって出家／ラディカリズム　二つの陥穽／殺生思想の成立　ポア／難題こそ自らの信を問うている／「観念を壊せ」

信と裏切りを分ける「義」の不在　200

観念は簒奪する／ユダの「裏切り」と林の「信仰」／何も「義」を保証しない／「義」の絶対性の恐ろしさ

II

全共闘運動の光と影　212

ラディカリズムの光と影　212

資本にからめとられることへの異議申し立て／スタイルとしての全共闘運動／既存の枠組みを問い直す／ラディカリズムが招き寄せる転倒／自己変革と自己否定の境界線

生の直接性と歴史の反復 220
「いま・ここ」の闘い／近代的「品格」空間への反逆／古寺のセレモニーとデモ／「六八年」の投石と飛礫

「前衛」の終焉と「革命」の不能 225
「革命」の不能／党派が示した両面性／「大江は人民裁判にかける」／対立項としての全共闘と政治党派／引かれるべき切断線／労働運動と党派の断層／「前衛」の終焉

「だらしなさ」と倫理の二重性 236
「やりたい」と「やらなければならない」／闘いを支える二重性／前世代が抱いた「共感と嫌悪感」／欲望自然主義と負い目的倫理の対立構図／「だらしなさ」を二重にとらえる視線／この場を除いてどこに道があるのか／「女房、子どもを弁解」にすること／不可避な契機

一人勝ちの「大きな物語」のなかで　全共闘世代のいま 250

手放せなかったこと　……観念の毒を無化する視線 250
すんでしまうなら手放せばよい／この社会を相対化する視線／「終わらない日常」を生きる人生論／この社会の内と外から／「他者への殺意とそのうち消し」のなかで／レッテル貼りでこぼしてしまうこと／「体制／反体制」を超えて／善悪の此岸から彼岸へ

マルクスと吉本隆明の先へ 263
圧倒的に勝利した自己増殖の物語／マルクスの二段階「自由」論／

「必然」と「自由」という西欧思考の限界／『ハイ・イメージ論』への疑義／
「理想の存在」としての貨幣の所有者／「理想像」の指標は実現可能か／
『ハイ・イメージ論』と全共闘運動／世界的企業と連帯の「喜劇」／「類」という自然的規定こそ

村上春樹の「コミットメント」 278

「オヤジ化の揃い踏み」／「オヤジ化」と「生涯一ガキ」構造を超えて／
「井戸を掘る」というコミットメント／エロティシズムの澱み／『海辺のカフカ』連鎖を断つことと継承

小阪修平の苛立ちと旋回 290

三〇年後の再会と憤り／「森恒夫は自分」を「もうやめた」

貧しい「あれか、これか」を拒否する村上と小阪 295

横行する異様な言説／貧弱な二者択一を超えて／『１Ｑ８４』賽は投げられた！

エピローグ　善悪の彼岸へ 303

「待つ」という生の肯定へ／生涯続く総括／変わらぬ「瞳の佇まい」

引用・参考文献 310

略年譜 312

後記――本書の成立について 316

ブックデザイン……藤田美咲

村上春樹と小阪修平の1968年

プロローグ

風化しえない体験

一九六八年は、六〇年代後半の反体制運動がもっとも盛りあがった年である。いわゆる全共闘（全学共闘会議）という組織形態が各大学に生まれ、若者たちが運動に参加したピークの年でもある。目を海外に転じれば、フランスでは学生や労働者たちによる五月革命があり、アメリカ、イタリア、ドイツなど、世界各地で体制への反抗運動があった。

それから四〇年。当時二十歳前後だった全共闘世代は還暦を迎え始めている。

少し上の世代に属する歌人の福島泰樹さんは下谷法昌寺でこう語ってくれたことがある。

——……全共闘世代は今こそ、自身の体験について語るべきですよ。なぜ、俺たちは闘ったか、それを若い人々に伝える義務があると思う。なぜなら、全共闘世代の諸君は、かって歴史に参画したはずであるから。負の遺産をふくめて、あらいざらい伝達してゆく義務があるはずです。……

還暦を迎えるということは、ひと回りして赤ん坊になるということです。だからこそ、すべて脱ぎ捨ててやりたいことに向かって進んで行け、と言いたい。きちんと総括して、落とし前をつけてから死んでくれ、と言いたい。

遅すぎる感は否めないが、語らなければならないと思う。

すでに四〇年という歳月が過ぎている。さまざまな体験、心身に刻まれた事象は風化の波に晒されてきた。風化があるからこそ、生は耐えて前（後ろ）へ日々踏み出すことができる。

風化してはならないのではない。風化されることは風雨に任せればよい。それを他者がとやかくいうことではあるまい。それでも風化しえない体験こそ自分にとって何ごとかであり、もしかすると他者にとっても何ごとかである。

四〇年という風雪の時間に心身を洗われても拘泥せざるをえないことについて、これから語ろうと思う。もちろん回顧談《ノスタルジー》でも、自慢話でも、懺悔でもないし、あの時代空間を特権化して閉じようというのでもない。

風化しないことがもしあるとすれば、あの時代の運動が今日に至っても意味を有しているはずなのだ。

なぜ村上春樹と小阪修平か

これまで、政治党派やそこに属していた人による総括はいろいろと出されてきた。しかし、わたしのようにノンセクトの(政治党派に属さない)ものにとってストンと腑に落ちるものには出あわなかった。唯一肯《うなず》き、大いに刺激を受けたのは哲学者小阪修平さんの『思想としての全共闘世代』だった。そこで、小阪さんはあの時代を通過することが何かに「つかまれてしまう」経験だったとくりかえし指摘している。わたしもまたまったく同じように感じている。あの運動をくぐったことで、その後の人生が一般の社会のレールから脱線してしまった人は周辺にもけっこういる。たとえば作家の村上春樹さんの文学世界にも、全共闘体験は大きく影を落としている。もっと直截にいえば、彼の文学はずうっとその総括という意味を秘めている。

村上春樹と小阪修平。二人はともに全共闘世代の優れた表現者だ。本書では主にこの二人の表現と生き方と対話しながら論じてみる。

村上春樹さんは、全共闘世代を代表する作家であるのみならず、世代を超えて日本、いや世界を代表する作家である。

小阪修平さんについては、少し説明が必要かもしれない。全共闘運動のことを深く考え続けて生きてきた在野の哲学者である。当時東京大学に入学し、六九年三島由紀夫との討論にも参加。大学を中退して以降は評論活動をし、二〇〇七年に急逝している。現代思想を嚙み砕いて説明する案内人としてはよく知られているが、全共闘運動についてこだわり思考し、その意味を思想的に深くつきつめてきた人であることはあまり知られていない。

この二人は、生き方とスタイルは好対照をなすところがあった。ファッションでは、村上さんは髪をきちんと整えアイビールック風にさわやかに決める。小阪さんは長髪で少しよれたジャンパーやコートを羽織り、ときにランボー(あるいは中原中也)風帽子を被っていた。一方は二〇世紀後半を代表する作家となり屹立し、他方は大学を中退してフリーターのはしりとなり、予備校講師などしながら評論活動をしつつ、来る者を拒まずに自前の学習会を続けたりしていた。

だが、二人には三つの共通点がある。

一つは、学生時代ともに演劇世界を少し囓《かじ》ったこと。小阪さんは演劇サークルに熱を入れ、村上さんは大学で演劇学科を選び脚本の勉強などもしていた。二つめはともに革靴が似合わない生き方をし、だいたいスニーカーを履いていたこと。

以上の二つは軽く流してよいことなのだが、三つめは決定的に大事なことだ。それは誰もが抱く観念世界との向きあい方だ。

人はあれこれ考え、観念の世界をもつ。誰もが、世界をよりしっかりとつかまえようとする。これ自体は価値の是非もないたんなる自然的な過程にすぎないのだが、この過程で獲得した観念世界を人や組織は絶対化し、その絶対観念で全世界を覆い尽くそうと目論む。たとえば六〇年代末から七〇年代はじめ、観念はラディカリズムを突っ走った。そのあげく、内ゲバや連合赤軍事件を生みだしてしまった。

このように観念が患う病いを痛切に受けとめ、それをどう免れうるか、小阪さんは思想的にとことん追求してきたし、村上さんはそうした病いの惨劇を前にして、生の歌をどう歌えるかを追求してきた。二人とも全共闘運動の光と影にとことんこだわり続けてきた。

全共闘的なるものは現在の課題

もちろん二人だけでなく、多くの若者が以降それにこだわり続けてきた。当時はノンセクトとして運動の後方で右往左往してきたにすぎないわたしのような存在が、七〇年代になっても職場でフリーター解雇に端を発した泥沼の争議をあえて担い続けたのも、全共闘運動的なるものがわたし自身に深く刻印されていたからにほかならない。

闘いが瓦解した八〇年代以降、黙して働いてきた間も、六〇年代後半の全共闘運動的なるもの、そして七〇年代体験のことが、わたしの心から離れることはけっしてなかった。

なぜだろう。もし全共闘運動的なるものが突きつけた問題が現在解消されているのなら、過去の体験などに拘泥する必要はまったくない。あるいは拘泥してもそれは過去への感傷やノスタルジーにすぎない。あるいは自慢話や懺悔譚にすぎない。

しかし、あの時代の運動が突きつけた問いは、八〇年代以降今日に至るまで生き続けている。情況がこの社会への異和感をわたしの心に分泌し続けているからだ。この社会が転倒しているとの想いは拭いがたく、まったく消えない。どんなに断念を抱えたにしても生が自ずから醸しだす、「この社会はおかしい」という想いは消えることがない。むしろ、転倒をもたらす渦の度合いはより大きくなり、また速度を増している。

全共闘運動の総括の重要性はこれまで以上にせりあがってきているのだと思う。だからこそ「六八年」から四〇年経たいま、全共闘運動、全共闘的なるものとはいったい何であったのかを探ってみたい。

あの時代をくぐり、かつこだわることで優れた仕事をしてきた村上春樹さんと小阪修平さんの表現と生き方を主に据えながら明らかにしてみたい。

「全共闘世代」について

ところで、「全共闘世代」という括り方について、あらかじめことわっておきたい。いわゆる戦後ベビーブーマーの大学進学率は一五パーセントに満たない。短大進学も入れて、二〇パーセント近く。大学に進んだものたちのなかでも、全共闘運動に関わったのは、おそらくその一〇パーセント前後だろうと思われる。少なくともわたしが在籍した早稲田大学では、そんな感じだった。つまり、多くみても同世代全体の数パーセントくらいの若者たちの運動だった。もちろん、東大や日大のように個別課題が全学的テーマとなった大学では、もっと広汎な学生たちが一時は結集したのだが。

したがってベビーブーマー、団塊世代がイコール全共闘世代ではもちろんない。また、闘争に参加したもののなかでも「全共闘」と括られることに異議を唱える人もいる。ただ、全共闘に背を向けたり、全共闘と対立したものも含め、全共闘運動がその時代に与えた影響ははなはだ大きかった。

そこでここでは、全共闘運動と何らかのかたちで関わった若者たちを「全共闘世代」と呼ぶことにする。一九四七年前後から一九五〇年前後の生まれで、全共闘運動的なるものに触れ、その影響を大なり小なり受けたものたち、としておこう。

ただし、六〇年代後半の熱い季節は、この世代だけによって担われたわけではない。前世代の活動や表現に刺激され響きあうようにしてうねりが醸成された。政治的、社会的、文化的にさまざまな要素がからみあって熱い季節が生まれたのであり、「六八年」や六〇年代後半の闘いを、全共闘世代だけに絞って特権的に語ることはできない。

I

六〇年代後半 叛乱の季節

「六八年」への道

「六八年」とはどんな年だったのか

小阪修平さんは一九六六年福岡から上京し東京大学に入学、村上春樹さんは六八年に兵庫から上京し早稲田大学文学部に入学している。ちなみにその間の六七年に、わたしは同じく早大文学部に入っている。

全共闘の運動が昂揚したのは、一九六八年前後のごくわずかな期間だったが、この六八年は世界中で同時多発的に若者たちの叛乱が起こった。海外、国内ともに叛乱の季節がピークを迎えた年である。

ヨーロッパではパリ五月革命が勃発する。大学の制度問題や学生処分に端を発した学生運動に労働者も立ちあがり、五月には労働者、学生たちによるゼネラル・ストライキがあり、フランスの交通機能は麻痺。革命前夜の様相を呈している。他にドイツやイタリアなど世界各地で学生たちを中心にした反体制運動が起こっている。

チュニジアでも学生たちの叛乱があり、当時チュニスにいた哲学者ミシェル・フーコーも、学生たちの運動を目の前にして衝撃を受けている。

アメリカではベトナム反戦、人種差別等でコロンビア大学で起こった学園闘争が全米各地に広がる。

秋に開催されたメキシコオリンピックでは、男子二〇〇メートルで一位と三位になったアメリカの黒人選手二人が表彰台で黒い手袋を付けた握り拳を高々と挙げ、黒人差別問題に抗議している。この春には、黒人公民権獲得運動の指導者の一人、マーティン・ルーサー・キング牧師が暗殺されていた。

さらに、東欧のチェコスロバキア(現在はチェコとスロバキアに分離)では「人間の顔をした社会主義」を掲げる自由化のうねりに対して、ソ連はじめ東欧諸国の軍隊が首都プラハを戦車で制圧し、運動を武力で抑えこむ。「プラハの春」は戦車で蹂躙され、「社会主義」(スターリニズム)への幻滅がさらに露わになった。

日本では、この六八年には、東大闘争の火ぶたをきる医学部生による安田講堂占拠が起こる。日本大学では、大学当局の莫大な使途不明金が発覚し、日大生による初めてのデモが起こる。こうして東大、日大それぞれで全学共闘会議(全共闘)が結成されている。

各大学では学生たちがストライキに入りバリケードを築くなどして当局や教授会に抵抗し、街頭闘争も波うつようにくりかえされ、広がっていった。それまでの、党派に属する学生たちだけでなく、ノンセクトの学生たちが立ちあがり参加したことが闘いの大きな昂揚をもたらした。

また、国際空港建設を進める政府(佐藤栄作首相)は、地元の合意を得るどころか、事前説明すら怠り千葉県三里塚・芝山地区を空港予定地として決定する。有無を言わせずに反対運動を強権的に抑えこもうとし、農民と支援する学生、労働者の抵抗運動が激しさを増す。

こうしたなか、一〇月二一日の国際反戦デーでは、全国六〇〇ヵ所でベトナム戦争に反対する集会・デモが開かれた。新左翼系学生たちとそれに加わった市民たちによって新宿駅と周辺が占拠され、騒乱罪が適用される。

国鉄(現JR)など一部の労働者たちも立ちあがり、ベトナム反戦の行動を展開し始める。

このように、六〇年代後半もっとも反体制的な大衆運動が昂揚を迎えたのが「六八年」だった。

六〇年安保闘争の残像と「七〇年決戦」

若者たちを立ちあがらせる背景には、いくつかの要因があった。

まず、それより一〇年近く時代を遡る必要がある。

一九四七年から五〇年前後に生まれた戦後ベビーブーマーたちが、一九六〇年を迎えたのは小学五、六年前後だ。六〇年とは改定される日米安全保障条約の是非をめぐって左右の政治勢力が激突した年だった。わたしも六〇年安保闘争の模様を小学六年から中学一年にかけてテレビやニュース映画で観ていた。国会議事堂前でのデモや集会、国会内での攻防に驚き、子ども心に社会の争闘実態を知ることになる。

そして浅沼稲次郎日本社会党委員長が講演中、壇上で刺殺されるというショッキングな映像が流される。殺害したのが当時一七歳の少年だったということにも言葉を失った。

他方では、九州の三井三池炭坑等での労働争議の様子も伝えられていた。労働者のみならず妻と子ども一緒の、文字通り家族ぐるみでの労使激突が映し出されていた。しかも、それは労使の対立だけでなく、第二組合ができ、第一組合と第二組合が対立し、地域の家族たちもそのなかで真っ向から対立する事態が生まれていた。それこそ「去るも地獄、残るも地獄」の争議映像だった。家族ぐるみでの労働者どうしの衝突は、子ども心にもじつにつらいものがあった。

六〇年安保闘争前後のこうしたできごとは、当時一二歳前後だった少年、少女の心に重い澱《よど》みを残していた。

六〇年安保闘争は敗北したが、一〇年後が自動延長時期であり、この条約は破棄通告がなければ自動更新され、その通告期限は更新の一年前とされていたから、六八年、六九年が実質的な決戦期となる。中学、高校時代を送り、社会的知識を身に付けていくにつけ、来るべき一九七〇年前が「再決戦」のときだ、と受けとめるようになってきた。

不思議な話だが、わたしのように一九六七年頃まで政治や社会・経済には背を向けていた若者ですら、六八年頃になると、一九七〇年以降という時代はまるでないかのように思い詰めてしまうところがあった。反安保は政治課題であり、社会闘争としての全共闘運動とは別ものではあるのだが、七〇年を前にした決戦期に入るのだという切迫感が、多くの若者の心を支配し始め、社会闘争(学園闘争)に影響を与えたことは間違いない。

ベトナム反戦運動

アジアではベトナム戦争が激化していた。南ベトナムにおける政府側と反政府側の紛争にアメリカ軍が露骨に介入し傀儡政権を支え、南ベトナム民衆を殺戮したり、北ベトナムへの爆撃を続けていた。それらの写真や映像は日々メディアで流されていた。

それは遠い東南アジアの問題ではなかった。日本政府はアメリカ政府のやり方を支持し、アメリカ軍の軍事行動を後方支援するかたちになっていた。

若者たちは、ベトナム戦争の悲惨に毎日接し、そしてアメリカ軍のやり方に対しては怒りを覚えざるをえなかった。社会運動的なことを敬遠していて「文学青年」を気どっていたわたしのようなものも、このまま黙しているわけにはゆかない、との思いをどんどん膨らませていった。多くの若者が、そう衝き動かされた。

一方、「プラハの春」が蹂躙されたことに象徴されるように、現在の「社会主義」が専制国家しか生みださないことにも幻滅していた。新左翼党派のなかには、この運動を「右」からの揺り戻しとして「民主化反対」を唱えるセクトも一部にあったが、全共闘運動に参加する学生たちからみれば、「社会主義」国家も批判の対象でしかなくなっていた。パリ五月革命でも「プラハの春」弾圧抗議が一つのテーマになっていた。

大学の荒廃とポツダム自治会批判

一方、自らが日常学ぶべき場である大学では、経理上の不正が発覚したり、戦後民主主義を奉っていた大学教授らがじつは権威を笠に着て、もの言う学生たちを不当処分したり、大学の自治を謳いながら、機動隊を導入するという欺瞞を露わにしていた。

こうしたなかで、何をするにもマスとして扱われ、もまれてきた戦後ベビーブーマーの学生たちは、大学でも大量生産・大量消費的坩堝《るつぼ》に入れられ、大学には幻滅を感じ、苛立っていた。戦後体制を疑う動きは学生運動のあり方にも及んだ。そもそも戦後民主主義のもとでは、大学の自治を守ることが学生運動の柱の一つだった。しかし、大学の自治が虚像でしかないことは、学生組織についても言えることだった。各大学や学部ごとにあった学生自治会は硬直化していた。自治会は共産党系の学生組織である民青(日本民主青年同盟)か、それと対立する新左翼党派系のどこかが握り、自治会はそれら政治党派が支配しその財源とする機構に変容していた。自治会を握るかどうかが、党派の大課題だった。そしてノンセクトや一般学生が自治会執行部に異を唱えようものなら妨害したり、すぐにゲバルトをかけるという抑圧機構にすらなっていた。

だから、自治会体制は「ポツダム体制」として批判され、乗り越えられるべきシステムとしてとらえられ始めていた。そうしたなかで、全共闘(全学共闘会議)というスタイルが生まれることになる。各大学で個別の闘争課題が生じたとき、もっと自由に活動でき、ものが言え、学部を超えて、あるいはサークル・文化組織を超えて、出入りも自由なかたちとしてつくられたものだ。

全学共闘会議のかたちがとられたのは、学費値上げ反対闘争として組まれた(第一次)早大闘争(一九六六年)が最初だったが、あとでみるように、六八年には東大、日大はじめ全国の各大学に全共闘を生むことになる。浪人学生たちは浪共闘を結成してデモ隊列に加わり、一部高校にもその動きは広がっていくことになる。

近代化のなかで広がる息苦しさ

さらに、若者たちをとり囲む生活の構造が劇的な変化を遂げつつあった。敗戦後の窮状を脱した日本経済は成長発展し、人々の生活は物質的には豊かになり始める。

一九六四年の東京オリンピックを機に東海道新幹線が完成し、東京の街はモダン都市に変貌。急速な近代化が進行する。

六〇年代も半ばになると、なんとか食える時代に入ったと人々は実感し始める。生活のあらゆる分野での商品開発が進む。経済成長による便利な時代への突入である。テレビの普及でさまざまなコンテンツ映像が家庭に入り、クレイジー・キャッツの軽いコントが流れ、商品コマーシャルが子どもたちの間に浸透する。食をみれば、一九六〇年前にはすでにインスタントのチキンラーメンが誕生し、一九六八年には大塚食品工業からボンカレーが出された。のちに「三分間待つのだぞ」のCMを生んだレトルト食品の登場である。

あらゆる分野で大量生産される商品が提供されるようになった事態をわたしたちは享受していた。だが、他方では異和を覚えるようになる。資本の網の目が至る所に張り巡らされるようになり、えもいわれぬ息苦しさを感じ始めるようになる。たしかにあらゆる場への大量生産商品の浸透は、食えるようになったという実感をもたらし、また人が恣意的に振る舞えるようになったという想いを醸成したのだが、他方では資本制の論理に生をからめとられているだけではないか、との醒めた感覚も忍びこんできた。

また、経済成長を第一義とする流れは、公害の発生、自然環境の破壊など、無視しえない弊害を露呈するようになってきた。それは近代の「進歩」への疑いをも膨らませた。つまり、食えるようになり、便利になり始めた時代を享受する一方、近代化を拒絶したいという心情も半ばする。それがのちに全共闘運動が進むなかで「自己否定」ということばを生む要因になる。

こうした情況が、カウンターカルチャーが勢いをもつ背景となる。

勢いを増すカウンターカルチャー

ロックとモダンジャズと

反安保闘争やベトナム反戦運動は、重いテーマではあったものの、あくまでも政治的課題だった。だが、この季節は政治課題だけではなく、あらゆる分野で既成のものへの反発や抵抗が生まれていた。

まず音楽からみてみよう。当時の若者たちはまだ輝いていたアメリカのポップスを主に聴きながら育ったが、その間を割ってザ・ローリング・ストーンズやザ・ビートルズのサウンドが六〇年代半ばから入り始める。ボブ・ディランら反体制的志向をもつフォークも広がり、反戦歌が力を得るようになる。

日本では六七年頃からはグループサウンズが大流行するが、そのほとんどがアイドル系か演歌風に回収されるなか、ロック、ブルース系本格派のザ・ゴールデン・カップスのようなバンドも生まれていた。

学生たちの溜まり場となったジャズ喫茶で流れるモダンジャズは前衛的なものが主流になる。六七年ジョン・コルトレーンが亡くなった頃には、彼の演奏が必ずかかり、さらにフリージャズが主流の様相を呈する。ジャズ喫茶はいわばアヴァンギャルド(前衛)の空気を吸う空間になり、一九四六年生まれの作家中上健次から村上春樹、そして少し年下、一九五二年生まれの坂本龍一に至るまでそこに入り浸っていた。わたしも、新宿、池袋、上野あたりの店に出入りしていた。

クラシック分野でもさまざまな前衛的なコンサートやイベントが頻繁に催されるようになる。小さなホールでも盛んにコンサートがあったが、記憶に残っている大きなイベントでは、代々木の第二国立競技場で「クロストーク・インターメディア」が、時代は少し下るが開かれた(一九六九年)。とくに音楽を志すわけでもなかったわたしのようなものも、そんな音楽と美術の最前線の前衛イベントに出向いていた。

ちなみにわたしは子どもの頃からクラシックもそこそこ聴いていたのだが、六五、六年頃だったか、FMラジオからピアニストのグレン・グールドが弾くバッハが流れてきたときには仰天した。それまでの教養主義的重厚的バッハ演奏を覆すもので、「革命的」と思えた。だが、グールドを評価する評論家は当時、吉田秀和、黒田恭一の両氏を除いてはいなかったと記憶している。

他方で、ザ・ビートルズがインドへ渡った影響もあったのだろうが、ラビ・シャンカールのシタール、あるいは武満徹の作品にあったように尺八など邦楽器の見直し等、すでに形成されていた西欧の教養音楽とは別の流れも広がっていた。わたしは一柳慧《いちやなぎとし》の実験音楽にはずいぶん惹かれた。

アートでも前衛的な運動が至るところで生まれてきた。現代前衛アートが注目され、たとえばデザインなどでは既存のシステムへの反旗が翻されるようになり、宣伝広告分野でも全共闘のような組織がつくられる。先端のアートシーンを追う「美術手帖」のような専門雑誌を、わたしのようなアート素人が毎号のようにチェックする、そういう時代になっていた。

「地中海に投げられた疑問符」

文学分野では大江健三郎や吉本隆明、江藤淳などが既存を突き破って颯爽と登場したのは、六〇年前後の頃のことだ。わたしなどは六〇年代半ば、『性的人間』『われらの時代』に代表される大江健三郎さんの初期の世界にはとことん入れこんだが、多くの若者が同じだった。

映画では、五〇年代末から始まったフランスのヌーヴェルヴァーグが評価を得る。ジャン＝リュック・ゴダール、アラン・レネ、フランソワ・トリュフォーらの映画に人気が集まる。ヨーロッパのヌーヴェルヴァーグに呼応するように、国内でも六〇年代に入りヌーヴェルヴァーグが胎動、開花する。若い大島渚、篠田正浩、吉田喜重らの作品や、新宿アートシアターなどで上映される自主制作的映画が勢いをもち、若者たちの心をつかんだ。

大学でも自主上映が盛んになり、早大では毎日のように上映会が催されていた。

小阪さんは『非在の海』のあとがきで、「あれは、六八年だったか、九年だったか。わたしはゴダールの『気狂いピエロ』を新宿の映画館で見た」として、ランボーの詩を引用したラストシーンについて触れている。

そのゴダールの傑作『気狂いピエロ』が実際にアートシアターで封切られたのは六七年の七月のことで、友人に誘われて出かけたわたしも衝撃を受けた。ちなみにわたしは『気狂いピエロ』を劇場だけでも二〇回は観た記憶がある。少なからぬ若者がゴダールにいかれていたのは、『気狂いピエロ』が当時の若者たちの心情をよくつかんでいたからだ。ブルジョア社交の消費社会に嫌気がさしたフェルディナン(ジャン＝ポール・ベルモンド)はマリアンヌ(アンナ・カリーナ)とともに南仏へ向かう。しかし彼女に振りまわされ、裏切られたフェルディナンは最後に彼女を撃ち殺し、自らもダイナマイトを頭に巻いて自爆する。そこにランボー「地獄の季節」の一節が流れる。

愚かな男(ピエロ)の失恋風物語にすぎないが、商品が溢れるだけの空疎なアメリカ社会(資本制とベトナム戦争)が徹底して風刺される。そこからは脱出した(閉め出された)ものの、辿り着く場所を見いだせず、自爆するしかない。この社会の息苦しさを感じつつも、どこにもつながることができない存在が放つ滑稽さ、錯乱、そして哀しみが描かれた。自らを「地中海の疑問符にすぎない」と語る「ピエロ」(ベルモンド)に若者たちは自分を重ねて観ていた。既存の物語の枠組みと映画手法を無視し、ぶち壊した破天荒ぶりにも共感を覚えた。

文化のさまざまな領域で既成の価値や権威がひっくりかえされる時代が到来していたのだった。

資本の論理が生を覆うことへの拒否

このように「六八年」の抵抗、叛乱は、拡大する資本の論理とそれを支える体制がわたしたちの生をからめとろうとすることへの反対表明でもあった。

六四年の東京オリンピックによる近代化と街の変貌、テレビの普及と商品の氾濫。たしかにわたしたちは一方ではこれらの近代化の進行、大量に生産される商品の氾濫を享受していた。それは食えるようになってきた社会情況と対応していた。

だが他方、それはたんに資本の論理の貫徹でしかなく、したがって「自由」をもたらしているのではなく、恣意的に振る舞えるように強いられているのにすぎないと感じとっていた。だから、反抗は体制や権力への怒りでもあったが、同時に自らの日常の関係と生のあり方そのものを問うという二重性を有することになった。

こうしたことが全共闘運動が盛りあがる土壌を形成したのだった。

それぞれの「六八年」

六七年一〇月八日

入射角の違い

このようにあらゆる分野で既成の体制への反抗が起こり、横につながり、社会的文化的闘いがもっとも盛りあがりをみせる「六八年」を迎えるのだが、その「六八年」の体験は、人それぞれに異なる。

「六八年」にどう動いたか、全共闘運動にどのように関わったかは、そこに至るまでの個の歴史に左右されるのは当然のことだが、彼、彼女が大学に入った時期、入った大学、入った学部、あるいは大学に入らなかった情況によっても大きな違いが生じる。

小阪さんが九州から出てきて東京大学に入学したのが一九六六年。村上さんが兵庫県から出てきて早稲田大学文学部に入ったのが六八年。ここに二年の差があり、大学も学部も異なる。小さな差異のようでもあるが、こうした違いがずいぶん異なる体験を生むことになる。

このあたりについて小阪さんは的確な分析をしている。

ぼくは「入射角」というたとえを使うことがある。ある媒質を通過する光が入射角の違いによって異なった出方をするように、六〇年代末の季節という環境にたいしてどのように入っていったかということによって、経験の質も出射角も異なってくる。いろいろな友人の話を聞いても、何年に大学に入り、入った時その大学がどういう闘争の状況だったかで、経験のありようがまったく変わっている。入学した時もうバリケードが築かれていたか、それともぼくが入った六六年のようにまだ夢想だにできなかったかで、闘争の厳しさも違い、その後の経験の質も異なってくる。

（『思想としての全共闘世代』）

入射角の違いが出射角を大きく変えたのは間違いない。小阪さんがいうように、バリケードがすでに築かれていたか、あるいはまだとても想定できない時期だったのか。どんなセクトが大学、学部を支配していたのかによっても異なる。相部屋だった相手、同郷の先輩、入ったサークル……、そうした個別のさまざまな偶然性にも左右された。

学生運動なんてとんでもない、親の脛をかじった甘えにすぎない、独善的振る舞いに辟易するとして、近寄らずに、離れていく学生もたくさんいた。

たとえばマスメディアにコメンテーターとしてよく登場する寺島実郎さん（財団法人日本総合研究所会長、三井物産戦略研究所会長）。彼は一九四七年生まれで、わたしと同じ六七年に早稲田大学の政経学部に入学している。

全共闘とはいわば対立する立場にいた彼ですら、大学時代の四年間をこう表している。

第一次早大闘争の余燼《よじん》なおくすぶる一九六七年の春に入学し、その年の秋に当時の三派全学連による羽田闘争、そしてそれに続く「全共闘運動・大学革命」を経験し、卒業の年にこうした一連の政治の季節の終焉を暗示したかのごとく三島の自刃に出くわしたのである。私の学年の者は、いかなる姿勢であれ、そのサイクルの中に思索し行動してきた。そしてともかくそこでの思索や行動を「核」として大学からの出発をなしたのであった。（『われら戦後世代の「坂の上の雲」』）

彼は全共闘運動とはぶつかる道を選んでいる。「あの運動に敵対するかたちでの運動（当時の位置づけでいえば、『一般学生を糾合した秩序派』）」として活動したと自己を規定している。学生大会のとき、親友が「お前は醜悪なものに力を貸すのか!!」とむなぐらをつかんで叫んだのを忘れられないとあとで記している。こうした立場と関係も、入った年、大学、学部によって、異なっていた可能性は十分ありうる。

寺島さんは全共闘系学生たちののちの姿を手厳しく批判している。「社会に出てあざとく旋回した」、「他人に厳しく自己に甘い『生活保守主義者』の群れと化した」、「多くはたわいもない中年と化し、『都合のよい企業戦士』となっていった」等々。これについてはあとで触れることにしよう。

その彼も「全共闘運動のあり方そのものが戦後世代の内部構造の表現であること、そして、その発端から解体までの運動体験が戦後世代の社会的参与の様式に大きな影響を与えたことに気づくのである」(同前)と、全共闘運動の社会的影響は認めている。

入射角の違いもあり、全共闘運動とどのように関わったのかは、それぞれ異なる。ただ全共闘運動に背を向けるものであれ、全共闘運動に対立するものであれ、全共闘運動を遠くから眺めているものであれ、全共闘運動的なるものと以降も何らかのかたちで向きあうことになったことは間違いない。

六七年一〇・八羽田闘争　ある学生の死

村上さん、小阪さんの「六八年」をみるまえに、六〇年代後半の叛乱の季節が昂揚する契機になるある事件を挙げておこう。

六六年の暮れ、中核派(革命的共産主義者同盟全国委員会)、解放派(社会主義青年同盟解放派)、ブント(共産主義者同盟)による三派全学連が再建される。この三派全学連は、街頭での行動を重視したことで大衆的支持を集め、以降学生運動の昂揚期に入る。三派全学連の結成のあと、六七年から六九年にかけて街頭闘争はもっとも盛りあがった。ベトナム反戦運動を軸にして、王子野戦病院闘争や佐藤首相のベトナム訪問阻止闘争、成田新空港建設反対の闘争が闘われた。

なかでも、佐藤首相のベトナム訪問阻止の闘いでは、京都大学学生の山崎博昭さんが機動隊との衝突で死亡する。六七年一〇月の闘争時に起こった事件だが、これは学生運動の「武装化」の節目になっただけでなく、わたしのような当時闘争にまったく参加していなかった学生たちにも、小さくない衝撃を与えた。

一九四八年生まれの京大生山崎君が三派全学連の隊列に加わり、佐藤首相のベトナム訪問を阻止すべく羽田空港近くの弁天橋で機動隊と衝突するなかで死亡した。六七年一〇月、彼が大学に入って半年後の死だった。

当時の週刊誌によれば、彼は大阪市営住宅の二軒長屋の一軒に住み、木材工場に勤める父親の次男だった。大手前高校卒業だったというから政治的な意識を早くからもっていたのだろう。彼の遺したバッグには、一〇冊の本が入っていた。

マルクス『経済学・哲学草稿』、トロツキー『ロシア革命史1』、レーニン『なにをなすべきか?』、宇野弘蔵『マルクス経済学原理論の研究』『経済政策論』、朝日新聞安全保障問題調査会『アメリカ戦略下の沖縄』、キルケゴール『誘惑者の日記』、J・N・シュクラール『ユートピア以後——政治思想の没落』、このほか、フランス語とドイツ語の教科書が各一冊。

当時わたしも大学に入って半年しか経っていなかったが、セクト的左翼を毛嫌いし、また大学の学部を牛耳るセクト学生たちの姿にも辟易していた。心の葛藤や争いごとをすべて社会的に還元して経済や政治のせいにする左翼のあり方に強い反発を覚えたし、センスを感じさせない振舞いには退いてしまうしかなかった。そんなわたしは、山崎君がセクト学生たちが根拠としていたマルクスやレーニン、トロツキー、宇野弘蔵の書を持っていたのには驚かなかった。だが、キルケゴールの書も携えていたことに、ニーチェの実存論に惹かれていたわたしは、大きな衝撃を受けた。また、「週刊朝日」同年一〇月二七日号に掲載された彼の日記の一部にも驚いた。深く葛藤する彼の内面がそこに綴られていた。

「歌なんて歌っている場合か」

六七年一〇月の山崎さんの死と遺された表現は、当時の少なくない若者たちにずしりと重いものを残した。

わたしと同じように当時学生運動にはまだ接近していず、その二年後、ガリ版印刷二四ページの「闘争宣言」を発する親友は、山崎君の日記を読んで、メモ用紙に当時こう記している。数年前逝った彼の部屋を整理していて見つけたものだ。

無垢の感性。ピリピリと伝わってくるもの。僕の心を打つ。痛々しいほど研ぎ澄まされた自意識。行間からにおってくるのは、清潔なあまりにも清潔な感性である。（姉崎誠）

もう一人、例を挙げてみよう。羽田弁天橋での衝突の日、「飛行機の脚にしがみついてでも、佐藤訪ベトを阻止しなければ」と決意して家を出た青年がいる。のちに連合赤軍の一員として浅間山荘に立て籠もった吉野雅邦だ。家には遺書を残して闘争に参加した。その日、闘いに加わった彼は山崎君から五メートルほど離れたところで機動隊に警棒で滅多打ちされて頭を割られて、十三針を縫う重傷を負う。

そのあと、彼はこう考えた。

山崎博昭君の死は、私にとっては、あの弁天橋上で五、六メートル離れたところでの出来事として身近なものだったはずなのに、当時の私は、橋上で立ちはだかった装甲車を前にしての無力感と負傷したことのショックで、避けて通ってしまい、自責の念を感じ続けてきました。

（大泉康雄『あさま山荘銃撃戦の深層』所収のノート）

最前線で闘い頭を割られながら、それでも自分を責める。山崎君の死を前に、羽田弁天橋で自らの闘いを貫徹できなかったことに自責の念を抱き、のちにもっと激しい運動に入っていくことになる。

頭を割られたとき、誰かが彼をデモ隊列に引き戻した。そのとき介抱してくれたのが彼の恋人だった金子みちよさん。彼女はのちに彼とともに連合赤軍兵士となる。

金子さんと吉野は、同年入学した横浜国立大学の混声合唱団で知りあっている。闘争に参加しながらも、彼は翌年には合唱団の団長になっているが、六九年には二人して合唱団を退団している。後年彼は退団について、「『歌なんて歌っている場合か』と言われ、その気になって一切の文化活動を否定視し、『革命運動』に献身せんとした」とふりかえっている（『若松孝二　実録・連合赤軍あさま山荘への道程』）。その金子さんと彼女がのちに胎内に宿した子は、酷寒の山岳ベースで吉野はじめ仲間の制裁によって殺される。

また、七〇年代に入って東アジア反日武装戦線メンバーとなった大道寺将司は、当時大学受験をやめて、釜ヶ崎の現場で働いていたが、山崎君の死に強い衝撃を受けている。

このように、反戦闘争で死んだ彼の死は、同世代のものたちに深い衝撃を与えた。「六八年」の前年秋のことである。

以降、多くの若者たちが続々と立ちあがることとなった。

ちなみに一九五二年生まれの音楽家坂本龍一さんは運動が活発だった都立新宿高校に六七年に入学、一年のときからデモに参加し、三年生のときにはストライキを決行したという。なかには高校時代から活動を始め、あげくに大学に行くことを放棄する若者たちも少なからず存在した。

小阪修平　つかまれてしまった「六八年」

違う世界の住人に

では、こうした社会情況のなかで村上春樹さん、小阪修平さんがそれぞれどのように「六八年」を迎えたのか、辿ってみよう。

まず、小阪さん。

読書好きで、高校時代には「将来は朝日新聞の記者にでもなりたいと思うようになっていた」小阪さんは、福岡県立修猷館高校を卒業して六六年東京大学に入学している。親戚が用意してくれた四畳半に一・五畳の台所の付いたアパートは井の頭線富士見ヶ丘駅から一〇分ほどのところにあり、先輩と一緒に住むことになる。

新幹線に乗って九州から出てきた小阪さんの人生は、その六六年を境に決定的に変わってしまう。

はじめて新幹線に乗った時以前とそれ以降では、ぼくはまったく違う世界の住人になってしまったような気がする。

（『思想としての全共闘世代』）

それは大学に入り、住まいが変わったという個人的な環境の変化だけによるのではない。時代が戦後日本社会の転換期にもあたっていたのだ。彼はそうとらえ、変化を象徴するその年のできごととして、ザ・ビートルズと哲学者ジャン＝ポール・サルトルの来日を挙げている。ザ・ビートルズの武道館公演の日に彼はデモ（おそらくベトナム反戦デモだろう）に参加していた。武道館公演は六月三〇日のことだから、大学に入ってすぐデモに参加するようになった。

高校時代の生徒会活動のノリで、自治委員になったことも影響を与えたようだ。東Ｃベ平連（東大教養学部の「ベトナムに平和を！市民連合」）を友人と立ちあげている。

文化的にも大きく自分が変わる。

六六年の四月から秋ごろまでの自分の変化は、自分でも思いもよらぬものだったと言うしかない。半年前には埴谷や吉本の名前を知らなかった九州の高校生が、サルトルや不条理劇やヌーボー・ロマン（新しい小説、これもフランスの前衛的な小説をさす）をあたかも十年前から知っているような顔をしてしゃべっていた。

（同前）

東大闘争の勃発

こうして、小阪さんはセクトには距離を感じながらも、デモに参加することはあたりまえという生活に馴染み始める。

そして一年生の「夏休みがあけると、クラス活動家協議会に入っていた友人たちは、みんなどこかの党派の大衆組織に属していた」ことに彼は驚いている。そして彼自身も一年の二学期からは授業にほとんど出なくなる。「当時それはあたりまえの感覚だった」と語っている。

翌六七年のはじめには、参加したデモで機動隊に踏みつけられ、前歯を四本折ってしまう。一〇月には、前述したように山崎博昭さんが羽田闘争で亡くなったことに象徴されるように街頭闘争が激しさを増す。

そして翌六八年になり、東大闘争が勃発する。春、インターン制度廃止を求める医学部での闘争で、病院当局とのやりとりを理由に学生ら一七名に退学を含む処分が発表された。そのなかには、事件当日九州にいて現場にはいなかった学生も含まれていた。ところが、不当処分に対する学生側の抗議は受け容れられなかった。

そこで六月には医学部生、青医連(青年医師連合)が安田講堂を占拠。すると、大学当局は排除のために機動隊を導入したことから、怒りはさらに広がる。

医学部教授会は不在だったものの処分だけを切り離して処理しようとし、権威主義的な医学部長談話を発表し、事態を乗りきろうとした。

ちなみにこの不当処分事件について、二〇〇七年に刊行された写真集『東大全共闘1968–1969』に寄せたあとがきで、元東大全共闘議長の山本義隆さんはこう書いている。

一〇年ほど前、テレビで東大闘争の回顧のような番組をやっていた。そのとき、当時の医学部教授会メンバーが、本当のところ医学部教授会は粒良氏（不在にもかかわらず処分された当人――引用者注）の問題については、彼が現場にいなかったことを知っていたのでしょう、どうして認めなかったのですか、とのアナウンサーの質問にたいして、それを公に認めてしまうと教授会は責任を問われることになるからだ、と言下に答えた場面が映されていた。彼らは自分たちの保身のために、白を黒と言い含め、学生の人権を踏みにじったのである。

ちなみに、普段は教壇から立派な法理論を講じている法学部の教授で、このひどい文書（医学部長の談話文書――引用者注）を批判した者は一人もいない。こういう連中が医師の卵を教育し、法を説いているのかと思うと、本当におぞましく思われた。全学の学生たちが憤った背景には、医学部の処分や機動隊導入の不当性だけではなく、この問題をめぐる話し合いの過程で眼にした、自分たちの学部の教授たちのあまりにも無責任で無知で、そのくせ恥知らずで強圧的な言動があった。

東大全共闘の誕生

当局や教授会の暴挙は火に油を注ぐことになり、医学部だけでなく、他学部でもストライキに入り、七月五日には東大全共闘（東京大学全学共闘会議）が結成される。自治会ではなく、闘う学生、院生たち有志の組織だ。そのあと、全学助手共闘会議も結成される。

小阪さんは結成の場にはいなかったが、いつの間にか全共闘の一員になっていた。六八年になると、「若路奴人」と描いた黒ヘルメットを被って活動するようになる。

一方で彼は演劇に興味をもち、東大や明治大学で演劇活動に加わり、明大の女の子に惚れてしまう。だから、「……ぼくは、全共闘を先頭で闘ったわけではない。少し斜めに構えてつきあったわけだ」(『思想としての全共闘世代』)と述懐している。

「ぼくは当時、政治的な運動よりも、アングラ演劇やカウンター・カルチャーやヒッピーのようなものが好き」(『現代思想のゆくえ』)だったと語っているが、政治党派に入っていないノンセクトの連中は、どちらかといえばこんな生き方をしていたものが多かった。

三島由紀夫との対論

六八年に昂揚した東大闘争も、翌年に入ると後退局面を迎える。大河内総長辞任のあとを継いだ加藤一郎総長代行が六九年一月一〇日、秩父宮ラグビー場で七学部集会を開催し事態収拾を画策。一八日には八千五〇〇名の機動隊が導入され、学生や院生たちが占拠した安田講堂や各学部建物への攻撃が始まる。翌一九日、安田講堂が落城して、潮が引き始める。

そんななか、小阪さんは「まじめに組織をつくろう」としたり、当時「遠くまで行くんだ…」というミニコミ雑誌を出していたグループに近い反戦連合に接近している。

五月には友人から声をかけられ、東大焚祭委員会を作り、作家の三島由紀夫を東大駒場に呼んで討論会を催す。

三島さんは学生たちで埋め尽くされた教養学部九〇〇番教室の壇上に一人上がり、全共闘系学生と激論を交わす。このときの討論は、『三島由紀夫VS.東大全共闘——美の共同体と東大闘争』としてまとめられ、同年すばやく刊行されている。小阪さんは「全共闘H」の名で登場し、「討論を終えて」というあとがきにも感想の文を寄せている。

立ち位置からすれば「極右」であり「天皇」へ自らの存在と行動を懸想《けそう》する三島と、「極左」の東大全共闘はまったく対極的なところにあったはずだ。しかし、この両者は「暴力反対」なるスローガンに代表されるような空語を侮蔑し、いまある肉体としての存在を社会にぶつけていこうとすることにおいて極めて近しかった。小阪さんはじめ東大全共闘はそのことを肌で感じていたから、三島さんのことを「近代ゴリラ」と揶揄《やゆ》しながらも、一目置いていた。

三島さんのほうも、「つまり天皇を天皇と諸君が一言言ってくれれば、私は喜んで手をつなぐのに、言ってくれないからいつまでたっても殺す殺すと言ってるだけのことさ」と、小阪さんとのやりとりで答えているくらいで、「天皇」のひとことを全共闘が口にすれば共闘するとまで全共闘に近しいものを感じていた。これを小阪さん自身「奇妙な一致」と表している。

いずれにしても小阪さんのみならず、討論に参加した学生たちの心に、三島さんの発言と存在はのちに小さからぬ重みを残すこととなった。

「つかまれてしまった」経験

東大全共闘との討論の一年半後、七〇年一一月、三島さんは楯の会会員四名とともに市ヶ谷の陸上自衛隊東部方面総監部を訪れ、益田総監を人質にしてバルコニーで演説したあと、割腹自殺を遂げた。

ちなみに小阪さんは三島由紀夫にこだわり続け、二〇年近くののち『非在の海』という自身初の本格的評論を単行本として生みだすことになる。一九八八年のことである。あとで触れるが、それは全共闘運動の意味を問うものでもあった。

東京に出てきた六六年からの数年間を、小阪さんはのちにこうふりかえっている。

ぼく個人にそくして言えば、六〇年代末から七〇年代初頭にかけての時代をどういうふうに通過したかが、それ以降のぼくの人生を決定してしまった。……ぼくにとってあの時代を通過したということは、何かに「つかまれてしまう」という経験だった。それは同時に、自分自身にとってもつねによくわからない何かが自分の根底にあるということを意味する。ぼくとは違ったかたちでも、つかまれてしまったという経験は多くの同世代の人間にとって共通のことかもしれないとも思う。

（『思想としての全共闘世代』）

「つかまれてしまう」体験は全共闘世代の多くをとらえた。それは村上春樹さんも例外ではなかった。

村上春樹　屈折の「六八年」

村上春樹の「六八年」の幕開け

村上春樹さんはどんなふうに「六八年」を迎えたのだろう。

子どもの頃から読書好きだった彼は、兵庫県立高校を出て一年浪人したあと、六八年に早稲田大学第一文学部に入っている。

この春、彼は新幹線に乗り東京駅に着く。宿はすでに決まっていた。目白台にある和敬塾。そこはのちに『ノルウェイの森』の舞台として登場する。

> 夕方まえに東京に着いて目白の新しい部屋に行ってみると着いているはずの荷物がどういうわけか着いていなかった。……。部屋はがらんとしていた。引出しがひとつしかないおそろしくシンプルな机と、おそろしくシンプルな鉄のベッドがあるっきりだ。(『象工場のハッピーエンド』)

こうして村上春樹の東京での学生生活が始まる。それは彼自身表する「タフでハードな時代」(「Par Avion」一号)の幕開けだった。

第一次早大闘争後の文学部

その頃、早稲田大学はどんな情況にあったのだろう。先に大学の情況に触れておこう。

早大は、全共闘運動のはしりとなる第一次早大闘争を経験している。村上さんが入学する二年前の六六年、学費値上げに反対する学生たちが全学共闘会議を作り半年にわたる闘争があったのだ。全共闘(全学共闘会議)という組織と名称の始まりだった。

大衆団交、バリケード封鎖、当局による機動隊導入、闘争反対派との対立――、その後の学園闘争でくりひろげられる現象はおおよそここに見られる。ただ、「新左翼」党派間の対立・内ゲバはまださほど激しくはなかった。一九四三年生まれの歌人福島泰樹さんは、渦中にあったその闘いを歌集『バリケード・一九六六年二月』で詠んでいる。当時の情況が垣間見える数首を挙げておこう。

積み上げし椅子プラカード獄門の留年の門われは通るも
一隊をみおろす　夜の構内に三〇〇〇の髪戦《そよ》ぎてやまぬ
流血はまぬがれぬゆえオルグ断つ　ただわが〈覚悟〉のみ確認す
機動隊去りたるのちになお握るこの石凍てし路面をたたく
飛沫《しぶき》するレイン・コートを纏いしは無残なりわが暁の帰路

この第一次早大闘争の終結後、六七年、六八年、早大には学生会館の管理運営をめぐる問題が闘いとしてあったが、それ以外には大きな闘争課題はなかった。六八年には総長選挙があり、春にその選出をめぐる総長選粉砕闘争が展開されたくらいだ。だが、学内ではセクト間の主導権争いが激しさを増す。

文学部は革マル派（日本革命的共産主義者同盟革命的マルクス主義派）の拠点だった。彼らは、スピーカーのボリュームをあげてアジテーションを学部構内に流し、その騒音で講義も妨げられるようなことが多々あった（「授業など受けている場合か」というメッセージもそこには含まれていたのかもしれないが）。スロープ上にはいつも彼らが陣取っていたが、その姿はわたしにはあまり美しいものにはみえず、わたしの周囲では反発を覚えるものが多かった。それでもそのセクトのシンパになるもものクラスに数名はいた。

わたしより一年あとに入った村上さんも、おそらくはじめから文学部を支配する党派には背を向けたろう。

革マル派と民青（日本民主青年同盟、日本共産党系の学生組織）の小競り合いは日常茶飯のことで、他学部では対立する解放派、中核派、ブントなどとの小競り合いがくりかえされていた。

文学部内でのセクト支配は強まり、それに抗議したり、他セクトの人間はしだいに文学部構内に入れない情況になっていた。こうしたセクト間の争いをみていれば、よほどの利害がからまないかぎり、そういう運動からは距離を置きたいと思うのも自然のようにみえる。

街頭闘争の昂揚

しかし学外に目を転じれば、この六八年はすでにみたように街頭闘争がもっとも昂揚を迎える。四月二八日の沖縄反戦デーでは各地で反戦デモが展開される。五月になると、パリで学生たちが警官隊と衝突、労働者たちのストライキが広がり、いわゆるパリ五月革命の報も入ってくる。六月になると、一五日、ベトナム反戦・安保粉砕の総決起行動と集会が全国各地で開かれる。

日大闘争や東大闘争が盛りあがり、各地の大学でも闘争の狼煙《のろし》が上がった。日大では使途不明金が発覚し、怒った学生たちが立ちあがる。九月三〇日、日大全共闘は両国講堂に三万人を集め古田会頭ら大学当局と大衆団交を行い、要求を克ちとった。ところが翌日、佐藤首相はこの大衆団交を批判し、古田会頭も団交での確認書破棄を表明する。

また三里塚（成田）空港建設反対闘争の攻防も激しさを増してくる。

もっとも激しく爆発したのは、一〇月二一日、国際反戦デー。都内各所で学生らが機動隊と衝突する。

新宿駅構内と周辺では学生、労働者、市民が合流し米タン(米軍の燃料タンクを運ぶ列車)阻止の集会・デモが繰り広げられる。六八年からやっとデモに参加するようになった「遅れてきた青年」たるわたしは、ノンセクトやべ平連の隊列に入り、明治通りを新宿に向かった。新宿駅東口は立《りっ》錐《すい》の余地がないほど群衆で埋まり、地下鉄出入口の屋根の上にもこぼれそうなほど人が立ち、旗が振られていたのを記憶している。その深夜、騒乱罪が適用されることになる。

六九年春の「番外地」

翌六九年、村上さんが二年になる年の一月、東大安田講堂が落城し、学園闘争や社会闘争はすでに後退局面に入りかけていたのだが、早大では第二次早大闘争の火ぶたが切っておとされる。四月一日、大隈講堂前で、ノンセクトで構成される早大反戦連合によって「四・一早稲田番外地大集会」が呼びかけられる。当時学生たちに人気のあった高倉健さんの東映映画「網走番外地」シリーズから「番外地」の名をもってきたのだろう。同日、演劇関係サークルの学生たちが九号館五階をバリケード封鎖する。

続いて四月一七日には、早大反戦連合が大学本部を実力封鎖する。当時革マル派と民青でほとんど支配されていた学内での公然たる対抗行動だった。六六年の第一次早大闘争に対して、これが第二次早大闘争と一部では呼ばれるようになる。

反戦連合に近い部分が当時刊行していたのが、雑誌「遠くまで行くんだ…」だ。

この集団には小阪さんが当時シンパシーを感じていた。

堪え性のないぼくは東大に見切りをつけ、党派をやめた活動家がつくっているグループに出入りするようになった。『遠くまでいくんだ』という雑誌を出し、いくつかの大学で反戦連合という組織をつくっていたグループだったが、ぼくはちょっと救対（救援対策のこと）をやったくらいで、そこでも具体的な運動を展開できずに終わった。

（『思想としての全共闘世代』）

当時小阪さんはヘルメットには若路奴人（ニャロメ）と書いていたが、たしかにそう書いたヘルメットをわたしも大学構内で何度か見かけたことがあるので、彼だったのかもしれない。

五月の文学部衝突

これに対して早大当局側は、四・二八沖縄闘争を前に四月二六日、構内をロックアウトする。五月になると文学部で衝突が起こった。学生大会のあと、文学部を支配する革マル派（自治会執行部）のもとへ、夜遅く反革マル派のものたちが殴りこみをかけた。

この衝突のくだりをモティーフに書かれたのが三田誠広さんの『僕って何』で、のちに芥川賞を受賞している。立松和平さんもこの頃の学内情況を素材にして『今も時だ』を著している。また、桐山襲《かさね》さんの『風のクロニクル』も当時の早大全共闘系学生のことを描いた作品だ。

この月、文学部（第一文学部）は無期限バリケードストライキに入る。各学部でも無期限ストに突入するが、夏休み明け間近の九月三日、学生たちが占拠していた第二学生会館、大隈講堂の封鎖が機動隊によって解除される。一〇月には機動隊を導入し、全学ロックアウト。そして機動隊の厳戒体制のもとで授業が再開される。

第二次早大闘争はこうして、広汎な盛りあがりを欠いたまま下火になり消えていく。

作品に登場する「六八年」

では、こうしたなかで村上さんはどんな学生生活を送っていたのだろう。

入学した六八年から七〇年にかけての騒乱の時代については、彼自身遠慮がちだがいくつか発言も残している。

親元を離れて東京での一人暮らしを、村上さんは「毎日の生活はとても楽しかった」と語っている(『村上朝日堂』)。

早稲田界隈で飲んだくれ、飲めば必ず酔いつぶれる。すると誰かがタテカン(セクトやサークルがキャンパスに立てるアジテーション用の看板)でタンカを作って和敬塾の部屋まで運んでくれたという。

「石も投げたし、体もぶつけたりしてました」(「ビックサクセス」一九八四年三月号)、また「正直言って、僕は政治的にはかなりラディカルな方だったと思う。……あらゆる権威を容認しないという意味においてはね」(「Par Avion」一号)とも語っている。

しかし、一方では、「誰かと連帯することはどうしてもできなかった。手を繋ぐことを考えただけでぞっとした」(「Par Avion」一号)。組織や共同性に対しては退けていた。

そしてこの時代のできごとや舞台は、彼の作品のなかに断片的に埋めこまれている。

まず六八年。デビュー作『風の歌を聴け』の「僕」が「寝た」二人目の女の子は、「地下鉄の新宿駅であったヒッピーの女の子だった」。それは「新宿で最も激しいデモが吹き荒れた夜」だから、六八年の一〇・二一国際反戦デーのことを指している。

続いて六九年。『ノルウェイの森』の物語はもちろんフィクションだが、さまざまなディテールで当時の学内情況が素材にされている。

夏休みのあいだに大学が機動隊の出動を要請し、機動隊はバリケードを叩きつぶし、中に籠っていた学生を全員逮捕した。その当時はどこの大学でも同じようなことをやっていたし、とくに珍しい出来事ではなかった。大学は解体なんてしなかった。

（『ノルウェイの森』）

これは先に触れた六九年の（第二次）早大闘争の夏のことを指している。

僕は九月になって大学が殆んど廃墟と化していることを期待して行ってみたのだが、大学はまったくの無傷だった。図書館の本も掠奪されることなく、教授室も破壊しつくされることはなく、学生課の建物も焼け落ちてはいなかった。あいつらは一体何してたんだろうと僕は愕然として思った。

（同前）

こうしてバリケード解除され授業が再開されたあと、最初に出席してきたのがスト指導者で

あったことに、『ノルウェイの森』の「僕」(ワタナベトオル)は強い怒りを表明している。「僕」は亡くなった友人キズキにこう語る。「キズキ、ここはひどい世界だよ」「こういう奴らがきちんと大学の単位をとって社会に出て、せっせと下劣な社会を作るんだ」と。『ノルウェイの森』では、アジテーションしてきた活動家たちに対して怒りのこもった語りを「僕」にさせている。

また、早大九号館を占拠していた学生たちの排除については、『１９７３年のピンボール』で挿入している。

気持良く晴れわたった十一月の午後、第三機動隊が九号館に突入した時にはヴィヴァルディの『調和の幻想』がフル・ボリュームで流れていたということだが、真偽のほどはわからない。

これを「六九年をめぐる心暖まる伝説」としている。

七〇年一一月二五日の三島の自決については、『羊をめぐる冒険』にさりげなく置いている。一九六九年秋、大学近くの喫茶店で出会った「誰とでも寝る女の子」と翌年に再会したときのことだ。「僕」が住む三鷹のアパートを訪ねてきた彼女とＩＣＵ(国際基督教大学)のラウンジに入る。

午後の二時で、ラウンジのテレビには三島由紀夫の姿が何度も何度も繰り返し映し出されていた。ヴォリュームが故障していたせいで、音声は殆んど聞きとれなかったが、どちらにしてもそれは我々にとってはどうでもいいことだった。

このように、叛乱の季節の歴史的事実を素材として作品内にしばしば配置している。

寄稿した学生誌の急変

その頃の村上さんの姿を垣間見させてくれる文が残されている。早稲田大学出版事業研究会が刊行していた「ワセダ」という学生誌がある。当時は年二回前後刊行されていたようだが、六九年四月に出された同誌九号に、「評論と感想」というコーナーが数ページ設けられ、「問題はひとつ。コミュニケーションがないんだ！」というエッセイを寄せている。

冒頭「何だか映画の評論を書けっていうもんで下宿に寝転がって煙草を三本吸う間考えをめぐらしてみたものの、バカバカしい程何も出てこない」とあるから、編集部の知りあいからでも依頼されたのだろう。

「'68年の映画群から」とサブタイトルが付けられているとおり、映画について書かれたものだ。スチュアート・ローゼンバーグの『暴力脱獄』、高倉健の網走番外地シリーズもの、ウイリアム・ワイラーの『必死の逃亡者』、マイク・ニコルズの『卒業』、オーソン・ウェルズの『市民ケーン』、キャロル・リードの『第三の男』、黒澤明の『野良犬』、ルイズ・ギルバートの『アルフィー』、今村昌平の『神々の深き欲望』など、その当時封切られたものや過去の映画を取りあげながら、現代のコミュニケーションの困難性について軽いタッチで書いている。

吉本隆明やアルバート・アイラー（前衛ジャズプレイヤー）のことばも引用されている。六八年に上京し大学一年足らずの間に洗礼を受けた映画や文学、音楽の断片が並べられているといってよいだろう。

この「ワセダ」九号は、「現代の世相と青年」という特集を組み、評論家の村松喬や安田武といった一般評論家のほか、「べ平連に聞く」という企画があったり、文芸インタビュー「現代の文学」として吉行淳之介に取材を試みていたり、と総合誌風の編集で構成されている。

ところが半年後、六九年一一月刊行の一〇号は、前号までの総合誌風の編集がかなぐり捨てられ、まるごと「早大闘争'69」特集号となり、先に触れた六九年四月に始まった第二次早大闘争の文で埋め尽くされる。「第二次早大闘争の幻の中で ~反戦連合の場合は~」と題した反戦連合系の文章も掲載され、最後には同年九月五日結成された全国全共闘連合結成宣言や山本義隆議長代行の基調報告も収められている。

前年にもっとも昂揚を迎えた日大闘争、東大闘争に連帯して早大闘争をという趣旨の特集の弁が、巻頭に述べられているが、編集の激変ぶりは、当時の情況の切迫を反映するもので、こうしたメディアジャックは当時各分野の雑誌でみられた。

だが、この特集号が出された六九年秋、先に触れたように第二次早大闘争は盛りあがりを欠いたまま、下火になっていく。

村上さんもこういう激変する情況のなかで呼吸をしていた。

「六八年」体験の屈折

大学一、二年だった六八年、六九年のこうした学内情況での体験は村上さんに深い影響を与えている。「重い時代だったと思うな」とふりかえり語っている。

とくに個人的に生きていこうとする人間にとってはかなり辛い時代だったですよ。個人的に生きるというのが殆ど認められなかった時代だから。とにかく何処かに属さなくてはならなかった。ノンポリならノンポリという風にね。そしてあらゆる場所で口の上手い奴がでかい顔をしていた。一人きりで、自分一人で筋を通して納得して生きていくというのは大変難しいことだった。高倉健が「怨みはございませんが、渡世の義理でござんす」と言うと冗談抜きで説得力があった。僕はあの時代で鉄のように鍛えられた。

（「Par Avion」一号）

また糸井重里氏との対談（『話せばわかるか』所収）でも、当時について珍しく心情を吐露している。糸井さんが「それにしても、村上さんの悲観の仕方って、かなりニヒルだね」と発言すると、「やはり68〜69年の経験っていうのが、けっこう大きいんだよね」と答えている。

そして、アジテーションをしていた学生たちへの怒りのことばが続く。「あのときコトバにだまされたっていう意識がものすごくある」「ボクは早稲田だったんだけど、全共闘で、ストをやれってアジってたヤツがいっぱいいた。ところが、ロック・アウトされてスト解除になり、授業が強行再開されたとき、最初に出てきたのが彼らだったんだよね。ボクは、頭にきたから聞いたんだ。『何で授業に出てきたんだ』って。そうするとサ、『今でもストが正しいと思っているけど、オレが落第すると田舎のオフクロが泣く。そうするワケにはいかないから……』というんだね」「それを聞いたとき、ボクはもうなにも信用すまいと思った」。

こうした怒りは、先に挙げた『ノルウェイの森』での「僕」のことばにつながっている。

六八年、六九年は村上さんが関西から出てきたばかりの大学一、二年の時代だ。毎日のように授業がクラス討論に変わり、激論が交わされ、支配するセクトと他セクトの争闘が日常の風景になる。キャンパス、学館、喫茶店では四六時中論争があり、互いに糾弾しあい、殴りあいがあり、闘いが渦巻いた。こうした対立や行き違いや激論、もみあいが日常の風景になっていた。党派間の内ゲバで早大内で瀕死の重傷を負う学生が出始めたのもこの頃からだ。

そうしたなかに突然投げこまれれば、カルチャーショックを受けざるをえない。スト突入をアジテーションしていた学生が、スト解除されたあと授業に出てきたことに腹を立てるのも、わからないことではない。村上さんはとくにことばに厳密であろうとしたのだろう。

こうして、活動家たちやセクトのあり方に対して不信を募らせたりもしているのだが、他方では「石も投げたし、体もぶつけたり」もしている。

要するに村上さんのなかには反体制的な運動への共感と不信が共存していたのだ。つまり、集団がそもそも苦手なのに、個人的に生きることが認められず、「口の上手い奴がでかい顔をしていた」から、「かなり辛い時代」だった。だが、一方、「政治的にはかなりラディカル」であり、「根がフィジカルな人間」だから、石を投げ体をぶつけるのが楽しくもあった。こんなふうに、彼の「六八年」体験はかなり屈折していたのだ。それはノンセクト・ラディカルと呼ばれる連中がおおむね抱えた屈折で、けっして珍しいことではない。

だが、一〇代で上京直後のこの体験は、一個の生にとって決定的である。

——六〇年代というのは、つまり六〇年安保から七〇年安保までの十年間ですね。高度成長があり、オリンピックがあり、ヴェトナム戦争があった。ロックが革命的に進化した。フリー・ジャズがあって、ヒッピー・ムーブメントがあった。ストリート・ファイティングがあった。まあ特殊と言っていいような時代だった。かなりテンションの高い時代だったわけです。僕は一九四九年生まれだから、僕の十代というのはすっぽり六〇年代に収まっちゃうわけです。そういう意味で、あの時代は僕にとっては、あるいは僕らの世代にとってはすごく大きかった。十代に身につくものって、圧倒的ですからね。価値観、ものの考え方、生き方、感じ方。それはしっかり身についちゃうんですよね。

(「文藝春秋」一九八九年四月号インタビュー)

六〇年代、とりわけ六八年に大学入学してからの六〇年代末は、村上春樹さんにも圧倒的な影響を与えることになった。それは、のちに彼の作品世界に深く投影されることになる。

林郁夫　明るい「六八年」

学生運動に批判的なテニスボーイ

もう一人、村上さんや小阪さんとは対極に位置する青春を送っていた同世代人に触れておこう。オウム真理教のサリン撒布事件(一九九五年)実行犯の一人、林郁夫《いくお》だ。

一九四七年一月、父親が開業医、母親が薬剤師の家庭に生まれ、戦後まだものが不足していた時代に育つ。高校時代には医師になろうと目標を決める。「世の中のすべてを包括的にかつ総合的に説明できて解決に導くような法則はないものだろうか、そしていつの日かそのような法則を理解し、身につけて、世界のすべての人々に説いてまわることができたら」と思うようになり、それを「人生のテーマ」にする（林郁夫『オウムと私』）。自分のためだけではなく、人々のために役に立とうと考える。

同時に、社会への異和を強める。

経済成長とともに圧倒的になりつつあった「物質的豊かさイコール幸せ」という価値観の風潮には、ある種の違和感を抱いていました。その風潮と進化論の誤った解釈のような進歩主義とが合体して、本来人がもっているはずの優しい心や、存在するものすべてが大きなものにつつまれて生かされている「天と地と人と相和す」智恵が忘れられてしまった、そんな社会になりつつあるという、漠然とした不安や問題意識をもつようになっていたのです。（同前）

心の豊かさを失い、物質的豊かさへ流れているという社会批判は、どこにでもみられ、つねに変わらず生みだされる言説だ。人々が物質だけを追いかけ、心を大切にしないという反省的意識は経済活動が営まれているかぎり、必ず「良心」として生みだされる。林もまた、心を痛め、良心を醸成した。

一九六五年、大学の医学部に入ってからは、勉学のかたわら神宮のテニスコートに通い、雨の日も雪の日もという感じでテニスに打ちこむ。

慶應大学でも彼が入学する直前の六五年一月から二月にかけて学費値上げ反対闘争が起こり、

全学ストライキに入っている。以降の学園闘争の端緒となるものの一つだった。

また一九六七年頃から、すでにみてきたようにベトナム戦争の激化に伴い、日本でも反戦運動がしだいに高まってきた。三派全学連が羽田周辺でベトナム訪問阻止闘争を組み、弁天橋で京都の大学生が死亡するという事件が起こった。街頭での闘いが激化、「ベトナムに平和を！市民連合」のデモや活動も広がった。

しかし、彼は反戦運動や学園闘争に参加するでもなく、毎日テニスに打ちこむ。

当時のことを次のようにふりかえっている。


当時、全国的に学生運動が盛んでした。私はイデオロギーの違いで問題の実体を度外視して、争いまで起こすというのには批判的でした。学生運動にも共感できず、そのような意味ではノンポリでした。（同前）

学園での闘いや反戦運動には背を向けた「ノンポリ」（政治に関心をもたない）一般学生だった。

当時テニスに熱中していた連中のことをシンボリックに描くことができる。髪は七、三に分けたアイビースタイル、襟と袖に赤と緑のラインが入ったVネックの白いセーターにテニスラケットのバッグを持ち、さわやかな笑顔で男女なかよくキャンパスを歩く――そんなイメージになる。で、わたしなどは自分の大学にもたくさんいたこうした学生たちに対して、どろっとしたじつに暗い思念をもって毒づいていた。この社会の闇や矛盾に知らんぷりして、よく明るい顔して歩いていられるなと。

もっとも、彼が学生運動に批判的だったことは無理からぬともいえる。セクトに属する学生たちが教条主義的な乱暴な論理を振りまわし、内ゲバに明け暮れている姿をみれば、連帯して中に入ろうという気持ちがそがれることもあったろう。

だが、のちに彼がオウム真理教の信徒として、「真理を守る」ためにとった行為は、学生運動の内ゲバのレベルをも遙かに超絶したものになってしまう。

「食べれば罪を犯すんだからな」

「遅れてきた青年」

ノンセクトで「遅れてきた青年」の一例として、わたしの場合についても触れておこう。

一二歳の頃、下町の上野から都内西部に引っ越したわたしは地元の都立高校に通っていたが、一年浪人したあとの六七年、親が希望した国立大学に落ち、早大第一文学部に入学した。

当時は一部の高校内でも社会的政治的な問題がなにがしか課題になり運動が組まれたりしていたものだが、わたしの通っていた高校ではそういうことは一切なく、じつに牧歌的な学校だった。

わたしは政治経済的な世界や争いを毛嫌いするところがあり、個人的世界に閉じ籠もりがちで、たとえば、経済利害を超越したカントの『道徳形而上学原論』や、逆に既存道徳に反旗を翻しそこから超え出ようと超人を説いたニーチェなどに惹かれていた。とくにドストエフスキーの『罪と罰』のラスコーリニコフや『悪霊』のスタブローギンに魅了される、当時どこにでもいる「文学青年」だった。

大学に入ったものの、社会に対しますます異和を覚えるようになる。

高田馬場駅から大学に向かうスクールバスに並んで乗るたくさんの学生たちを嫌悪し始めていた。スポーツに興じたり、楽しそうに学園生活を送っている学生たちへの反発が募っていた。そのなかにいる自分への嫌悪はさらに膨らむ。マスプロ的世界に息が詰まりそうだった。

社会への苛立ちも膨らんだ。スーツを着てネクタイを締めて都会を歩いているサラリーマンが異人種のようにみえた。拝金主義、経済数字優先主義ばかりが目に付くこの社会はどこかで間違えていると勝手に思い始める。

とはいうものの、社会に背を向けて閉じ籠もっているだけでいいのかという疑問も少しずつ芽生えていった。

当時、『青春の墓標』という、学生運動のなかで自死した若者の日記をまとめた本が売れていた。革共同(革命的共産主義者同盟)に属していた横浜市立大学生の奥浩平さんが党派の分派抗争や恋愛に悩み、服毒自殺を遂げる。高校時代から六〇年安保闘争に参加し、以降死の直前まで闘争に参加してきた著者の生とその切迫感に圧倒される。その書の存在を教えてくれたのは、街で知りあった演劇の勉強をしている同世代の女の子で、要するにわたしはずいぶんと遅れていたのだ。

先に挙げた六七年一〇月八日の羽田闘争などを報道で知ると、黙していていいのかとの想いがしだいに強まってきた。ただ、現在の自分を闘いにどうつなげるのか、その論理をもっていなかった。その役割を果たしたのは、はじめ大江健三郎さんのエッセイだった。山崎君の死のあと、たしか「死んだ学生の想像力」というタイトルのエッセイを彼は週刊誌に寄せていた。市民運動的論調だが、わたしはそこから自らを行動へつなげていった。しかし、セクトへの反発は変わらなかった。

六八年に入って、つまり大学二年になる頃から、ようやくベ平連のデモに参加するようになる。以降はさまざまなテーマでのデモや集会に参加する。

そのうち大江さんの立論には限界を感じ始め、マルクスやヘーゲル、吉本隆明、埴谷雄高、梅本克巳、黒田寛一らの書物に触れるようになる。キリスト者にしてマルクスを論じる哲学者滝沢克己さんの論にもずいぶん影響を受けた。

六八年だか六九年頃、学部内の友人たちと研究会を作った。初期マルクスについての研究がテーマだった。マルクスの学位論文「デモクリトスとエピクロスの自然哲学上の差異」は当時、市販本の入手は困難だったので、大学図書館でコピーしてテキストにした。「ヘーゲルの法哲学批判」や「ユダヤ人問題に寄せて」等々、マルクスの著作をセクト的色味はもたずに読みこんでいった。

物理力の行使ということ

あるとき、ずいぶん小さなデモに参加したことがある。出入国管理法に対するノンセクトのデモだったと思うのだが、池袋の立教大学で集会のあと、巣鴨拘置所(現在はなくなりサンシャインシティに変わっている)に向けてせいぜい一〇〇名か二〇〇名ほどの小規模なデモだった。ノンセクトということもあってか、警備側も機動隊ではなく制服警官がやってきただけだった。

デモ行進の途中で小競り合いになり、たまたま同年齢くらいの制服警官の背中を小突いてしまった。そんな行為は死ぬ気でゲバ棒を握っていたセクトの中心メンバーからみればままごとのようなできごとだろう。だが殴りあいなんてした経験はほとんどなかったから、人間の背中を殴ったのは嫌な感覚だった。しかも相手は機動隊ではない、地方から出てきた若い純情そうにみえる制服警官だったのだから。要するにわたしにとって、ゲバ棒をもって機動隊と衝突したり、意見の合わないグループにゲバルトをかけるなんてことは思いもよらないことだったから、後味が悪かった。

ヘルメットは被ったものの、ゲバ棒をもってわたりあおうとする、自分を衝き動かすものはなかった。党派に入り体を張っている人間からみれば、軟弱と一笑に付されることだ。だが、自らのなかに必然性を感じられないことをするつもりはなかった。

物理力の行使については、一方には「暴力反対」というスローガンがある。他方には物理力を行使した武装闘争こそ情況を切りひらくのであり、武闘する決意を固めなければならないという考え方がある。

前者の「暴力反対」論は一見もっともらしく聞こえ、民青あたりが唱えていたが、左右を問わず、きれいごとで反対しても実際には物理的暴力以上の暴力を行使していることが多々あったし、とても信用できなかった。そして後者は、連合赤軍のリンチ殺人事件やセクト間の内ゲバに行き着いてしまった。

大江健三郎やドストエフスキー、スタンダールを読みふけっていたわたしをしだいにとらえたのは、吉本隆明やカール・マルクスの思想だったのだが、それとは別に戦後文学者武田泰淳にも惹かれ始める。

『ひかりごけ』の世界

『ひかりごけ』を読んだのはその頃だった。羅臼で難破した漁船が洞窟に漂着するが、食糧は何もない。飢えで仲間が死んでいく。船長自身もこのままでは飢え死にするだけだ。生の極限情況に置かれた船長が手にしたのは、先に死んだ仲間の人肉だった。

のちに人肉食で裁かれることになる法廷で、弁護人は船長にこう語る。

「お前も気の毒な男さな。食べなければ、餓死するんだし、食べれば罪を犯すんだからな。不幸なめぐりあわせさな。」

食べなければ死んでしまうし、食べれば罪を犯すことになる。遭難したあげく、生の極限で究極の選択を突きつけられる。

だが、いったいこれは遭難して食糧が何もない洞窟に置かれた情況にすぎないことだろうか。むしろ、わたしたちがこの社会で日常置かれている情況なのではないか。『ひかりごけ』はそのことを問うているのではないか。わたしはそう受けとめた。

この社会では、食べれば罪を犯すことになる関係を他者と結ぶことなく生きることはできないのではないか。たしかに、日常生活で死んだ人肉を食うことはないが、他者を傷つける、他者から奪う、他者と争うことを避けて、わたしたちは生きられないのではないか。つまり人肉を直接食べるという刑法上の罪は犯していなくても、人倫的な罪を犯すことなくこの社会に存在することはできない。

『ひかりごけ』で問われた生が負う罪は、当時のわたしをとらえてはなさなかった。たしかに、生存するにあたって負わざるをえない宿命は、どんな社会にあっても免れるわけにはゆかない。それにしても、今日資本の自己増殖運動の渦にまきこまれてあがく人間という存在は、一見ソフィスティケートされた市民社会のなかで、より深く他者と争い、他者を傷つけ、他者から奪うことでしか食べていけないように強いられているのではないかと。

生きるありようの根源を問うなかで、社会のしくみに疑問を抱くようになり、遅ればせながら全共闘的運動にも少しずつ関わっていくようになる。少なくとも、生存に伴う罪を増長させるような事態は阻止すべきだと思い始める。それは生のすべての問題ではないとしても、社会的存在として半分は負わなければならないのではないかと。

専修共闘会議への参加

六九年、三年になると早大文学部では専修学科ごとに分れるのだが、その各科のノンセクト連中が集まり、専共闘(専修共闘会議)が結成される。民青はもちろん革マル派など諸セクトに入ることはまっぴらだという連中が東大闘争、日大闘争に連帯し全共闘運動の一翼を担おうと集まった。わたしも黒ヘルメットを被り諸闘争に参加するようになり、学内では総長選粉砕闘争を組んでいた。といっても、全共闘スタイルだから、参加したい者が参加し、離れたいものは勝手に離れるというじつに緩やかな組織にすぎない。もちろん規約も組織責任者も特定しない。ひとりひとりが自らの責任において闘いを担うものだった。

先に触れたように、四月一七日、早大反戦連合が大学本部を封鎖する。知りあいのノンセクトメンバーのなかには反戦連合に結集していくものもいた。

四月二八日の沖縄反戦デーでは、銀座で機動隊と対峙となり、隊列も崩れ、楯で殴られた。催涙ガスが蔓延し、投げられた石やデモ隊の脱げた靴が散乱する数寄屋橋付近の路上で、ばったり顔を合わせたのは中学時代の同級生だった。彼は通信社のアルバイトでカメラマンに付いて取材をしているところだった。二、三情報を交わしたあと、お互い気を付けようと声をかけあってすぐに別れた。

三波春夫の「こんにちは」が広がる七〇年

秋に入ると九月五日、日比谷公園で全国全共闘連合結成集会が開かれた。全国各大学の全共闘の結集を図ったものである。しかし、すでに全共闘運動は後退局面にあり、セクト間の内ゲバが前面化してくる。この集会にはたしか学部の専修共闘会議の旗を立て参加したと記憶しているが、赤軍派が登場し会場で乱闘を演じるなど、党派の姿だけが目立つようになる。六九年のさまざまな闘いには参加していたわたしにも、運動の退潮と全共闘が党派の草刈り場と化してきたことが肌で感じられた。

翌七〇年に入っても四・二八、六・一五などの集会やデモはあったものの、六月二三日には日米安保条約は静かに自動延長され、もはや六八年頃の勢いは失せ、カンパニア的なセレモニーを消化しているだけのような光景だった。

一方、街にはあまりにも明るい歌声が流れるようになる。三月、三波春夫さんの笑顔と声で「世界の国からこんにちは」が歌われ、スタートボタンが押された大阪万博にどっと人が押し寄せた。

岡本太郎さんの太陽の塔が何だか情けなくみえた。六〇年代、中学生の頃からわたしは彼の前衛芸術論に惹かれていた。彼の論に影響を受け、中学の美術時間には学校隣の上野公園を写生していてキャンバス上の森林の一部をわざと赤く塗ったのだが、美術教員からこの色づかいはおかしいと権威主義的に注意されたことに反発した覚えがある。けれども、アヴァンギャルドのその岡本さんが国家行事の万博の中心に太陽の塔を押っ立てた。他にも反権力と思えた芸術家たちの多くがいつの間にか万博になびいて大合唱していた。もちろん芸術の優劣はどんなパトロンをもとうと、どんな政治イデオロギーに傾斜しようが関係ない。そんなことは承知してはいても、太陽の塔とそこにくりだし広場を埋め尽くす、笑顔いっぱいの大多数の映像をテレビで観ていると複雑な気持ちを抱かざるをえなかった。

そんななか、大阪万博に対するイベントとして反博（反万博）があった。大阪の公園で開かれたそのイベントに出かけたが、テントのブースが並ぶだけのわびしいものでしかなかった。それはもちろん自らのわびしさの反映にすぎなかった。

七〇年に入り、目の前には、妙に明るいけれど、ざらついてかすれて白っぽい日常の、薄っぺらい風景が広がるようになった。それを眺めるこちらの目も埃《ほこり》で滲《にじ》むのだった。

大衆的昂揚をもつ闘争はしぼみ、政治闘争課題を掲げる政治党派が前面に出て、セクト間争いがますます強くなってきた。

専共闘の内部でも、方向をめぐり論戦があり、わたしもガリ版を切り、いくつかのパンフレットを出した。政治闘争へと突き進むべきだと主張する仲間もいたが、わたしは専共闘はあくまでも個別大学のテーマを目的とした闘争組織であり、政治闘争へと横滑りしないことを主張し、その間でいくつかのやりとりがあった。わたしを批判し、政治闘争に突入していったものもいた。

自分なりに問うていた。たしかに総長選粉砕を叫んでいたわたしが、その粉砕もできず総長選が終われば、また学内で授業を受け、単位を取得し、いま卒業を選ぼうとしている。大学を中退するものもいるなか、卒業をしようとする自分は何なのか、と。

七一年の二月頃、卒業を目前にしてわたしは自分の出した総括文書に次のようなフレーズを記している。焼失していたのだが、亡くなった親友の書斎に残されていた。

総長選粉砕を叫んだもの(わたし)が、そのあと鞄《かばん》を提げて文学部のスロープを歩く(つまり学生生活に戻り卒業する)ことをめぐってのものだ。


ソウチョウセンフンサイの叫びとカバンサゲアルクコトの間の覆うべくもない亀裂は、亀裂止揚の反撥的必然として次のことを要請するはずである。すなわち、イッタコトハヤルという、街の生活ではことさら強調するのは奇異であるところのことがらであり、またそれが逆規定的に押し出す、イッタ以上徹底して貫きうる思想よりほか口にするな、というこれまた初歩的なことなのである。こうした二つの初歩的検証を経ずして安売りされる思想は思想として無力である。思想とは、行為者にとって孕んでしまったら貫かざるをえないものでなければならず、また貫徹を絶対的必然として強いる恐ろしさをもたぬ思想を思想者は語ることを許されない。

妙に肩に力の入った文だが、大学を卒業するにあたって、社会に出て以降自らが最低限の倫理としようとした心構えでもあった。これからいったいどんな時代になるのかまったくみえない七〇年代への出発の決意表明だった。

残務整理と彷徨の七〇年代

「善悪の此岸」を極めた連合赤軍事件

リンチ殺人事件の発覚

六九年から七〇年にかけて、全共闘運動は各地の大学に広がってはいたが、大勢としては後退局面を迎えていた。運動の渦中にいたものたちは、ばらばらになって社会に放り出され、これからをどう生きるか模索し始めていた。

そんなときに、反体制運動に致命的な打撃を与えるできごとが七二年に発覚した。連合赤軍のリンチ殺人事件である。それは六〇年代後半にうねった反体制運動の終焉を告げるものだった。

それまで山岳ベースに隠れていた連合赤軍は、七二年二月、警察の追及を逃れるようにして五名が長野県軽井沢の浅間山荘に立て籠もる。テレビの前に人々を釘付けにした一〇日間にわたる攻防の末、全員が逮捕される。

ところが、その前後に逮捕された他の仲間たちの供述から、計一二名(連合赤軍結成前の二名を含むと一四名)もの「同志」たちが殺されていることが発覚し、その遺体が供述通り発見される。この事実は世間を震撼させ、六〇年代後半の運動に関わったものたちを愕然とさせた。

新左翼が誕生して間もない頃から内ゲバはあり、次第にエスカレートしてはいたが、連合赤軍のリンチ殺人は趣きを異にする。それは敵対する党派間の内ゲバではなく、組織内の「総括」過程で生起したからだ。

この事件が明らかになったとき、連合赤軍の路線をほとんどのものが嗤《わら》った。それでもリンチ殺人事件は若者たちの心に重いこわばりを残すことになった。一歩間違えれば自分がその渦中にいてもけっしておかしくないと感じたからだ。だから小阪修平さんは、連合赤軍最高幹部だった森恒夫は「自分である」ということを以降の公準とすることになる。社会の変革のために立ちあがったものたちがこのような残虐な事件を起こしてしまったことをどうとらえるのか、それが思想の分水嶺を形成する。

まず彼らの軌跡を辿っておこう。

一九六〇年代後半、反体制運動が昂揚し、デモや街頭闘争が激しさを増すと、機動隊側の弾圧も激しくなり、闘いはしだいに抑えこまれ後退する。

こうした局面で、政治党派のいくつかは、機動隊の暴力を粉砕していくには武装闘争の物理的な質を嵩上げするしかないと、武装闘争を強化する方針を掲げるようになる。物理的な弾圧にはより強いそれで対抗し、これを粉砕しなければならないと。

六〇年代新左翼の大きな潮流を形成したブント(共産主義者同盟)の分派として六九年に誕生した赤軍派は、「前段階武装蜂起」を掲げるようになる。一方、日本共産党革命左派(京浜安保共闘)は、「銃から国家権力が生まれる」という毛沢東思想に傾斜する。

両派は、激しい武装闘争で警察から追及され、接近する。山岳ベースを築き、合同で軍事訓練を行うなかで両派は結党し、連合赤軍を名乗る。銃火器を手にして敵・日本帝国主義国家権力と闘うことが必要だと方向を絞りこみ、武闘の形態をしだいにエスカレートさせていく。その過程で、同志への制裁・処刑という殺人事件が生まれたのだった。

「共産主義化」という「闘い」

彼らの心情倫理を辿ってみよう。

敵国家権力は、国内の人民を抑圧し、ベトナムで人民を虐殺するアメリカ帝国主義と結託して、アジア侵略を進めている。そういう敵、支配階級を打倒しなければならない。しかし新旧を問わず、自分たち以外の左翼は銃をとらず、ひるんで日和見主義に陥り引き下がってしまった。みな弱腰の裏切り者たちだ。彼らの日和見を糾弾し、断固たる闘いを組む。それには主体の強化が必要だ。自己批判しながら、しみついたブルジョア的残滓を取り去っていかなければならない。敵国家権力は党派の壊滅を狙ってさまざまな、硬軟あわせた攻撃をしかけている。それに対抗するには、強靭な意志と細心の警戒心をもたねばならない。いっさいのブルジョア的残滓を捨てきらねばならない。

ところで、武装闘争では脆弱な身体や感覚に流されない強靭な精神力、意志力が飛躍的に必要とされる。銃火器による闘争を貫徹するには、その闘いを担う「主体」が強靭でなければならない、として主体の強化が課題となる。連合赤軍幹部はそれを「共産主義化」の過程と規定した。それによってしか真の党と軍は生まれない。精神力と意志力と物理的闘争力を高めるのが共産主義化であり、制裁《リンチ》もその闘いの過程としてある。

たとえば、化粧をするとか異性に媚態を売ったりとみえるちょっとした言動をとらえ、それは「共産主義化」が足りないと分析され、その弱さを改めなければならない、ということになる。任務中に風呂に入れば、革命兵士として脆弱であり、ブルジョア性の残滓があるととらえられる。

こうして自己批判が十分でないと幹部が認定すれば、身体を痛めつけての意志と観念の改造が要求される。それでも足りなければ、柱に体を縛りつけ、顔面や体を殴打したり、棒で叩いたり、酷寒の屋外に放置するなどした。それによって「総括」を強要し、心身の改造・強化を狙った。

そして死者が出たとき、それは自らの総括と自己改造がきちんとできていない弱さゆえの「敗北死」ととらえることになる。自己批判が十分ではない場合、あるいは体力が衰え死に瀕すれば、それは「共産主義化」を克ちとれない「敗北」ととらえ、本人のためにも「敗北死」を早めてあげるべく、アイスピックで胸を刺したり、首を締めるに至る。明らかな殺人へと行為を飛躍させる。むろん彼らはそれを殺人ととらえていたのではなく、共産主義化への変革の闘いの総括過程ととらえる。

こうして、制裁《リンチ》を加え、また日が替わればいままでリンチに加わっていたものがリンチされ、という凄惨な世界が続くことになる。彼らは殺人を意図したのではなく、共産主義化への自己改造の闘いを自他に課したのだ。その闘いに敗れたとき、死が訪れる。客観的にみればその死は同志のリンチによって結果しているのだが、それは闘いの敗北にほかならないととらえられる。闘いの敗北が死として結果する、そういう教義が戴かれた。

市民社会が膨らみ、七〇年の大阪万博に人々が群がり、「革命」への希求やリアリティがますます遠のいていくなかで、閉じられた政治党派では組織を防衛するために規律を強めなければならない。絶えざる緊張を生みださなければならない。社会の「明るさ」「豊かさ」に傾斜することなく断固とした主体(観念)の強化が求められる。異なる組織の合体に伴う運営の難しさと、警察の捜索が迫る緊張を、作風、規律の厳格化にむしろ求める。

連合赤軍で制裁を受け死んでいったものたちも、制裁を加えた側もみな、権力の暴虐を粉砕して抑圧された「人民」の「解放」をめざす、そのために我が身を挺する闘いを担おうとした。リンチによる殺人(死)はそうした「善」の意志の先にあったのだ。彼らはおしなべて「善き人」であり、それをラディカルに貫こうとしたがゆえに、凄惨な劇を演じてしまった。

総括と「敗北死」

ところで、連合赤軍の同志リンチ殺人事件の原因を探る論調の多くが最高幹部らの性格、資質に帰すか、路線の誤りに求めている。だが、それだけではこの事件の深層には至らない。

幹部の資質や路線にも原因はあったが、それだけでなく、むしろ人間が膨らませる観念力学の底知れぬ闇に光をあてなければならない。リンチを命じるものも、それを実行するものも、さらにはリンチされるものをもとらえてしまう観念作用だ。

連合赤軍が結成され、最初に「総括死」が起こったとき、最高幹部の森恒夫は、その死を「総括できなかったところによる敗北死」と規定し、当人の精神が弱かったから死んだのだとし、他幹部の動揺を抑えた。小阪さんはこれによって「総括」への動揺や疑いを隠蔽していったと指摘し、次のように書いている。

自分たちの行為を理念づけ正当化するようなことばは、しゃべった当の本人の思惑をこえてひとを動かし、思ってもいなかった場所へと運んでいく。ぼくはそういった観念の力学にたいする考察が不可欠だと考えている。連合赤軍は、六〇年代末の政治の季節にはたらいた観念の力が内閉的な集団のなかで凝縮されて起こった出来事であり、ぼくはいつでも起こりうる出来事だったと考えている。連合赤軍の政治方針に代えて別の方針を出せばこの問題が克服されるのではなく、スローガン的に唱えられたことばとその文脈にはたらいていた「力」を解きほぐしていくしかないのだと思う。それがぼくが考えている「制度論」のひとつの課題だ。

(『思想としての全共闘世代』)

観念の力学にまで分け入り、連合赤軍のリンチ殺人事件をとらえようと格闘している小阪さんがここにいる。だから、制度論の進展が待たれたのだが……。ちなみにこのように共同観念が転倒していく作用を抉《えぐ》ろうとしたのは、ほかには作家の笠井潔さんくらいしか知らない。

「他者の弱さを見逃すのは自らの弱さを許すこと」

この問題をもう少し追ってみよう。

山岳ベースでの惨劇について、あさま山荘銃撃事件を起こした吉野雅邦は、七〇年代末獄中で次のように書いている。

とくに早岐さん、向山君殺害を通じて、自分の内部にもある個人主義的な傾向や非組織的な感情を見つめ、それを払拭すべきという考えがさらに強くなっていった。それは、小袖ベース入山直後に永田さんが説いた、「相互批判、自己批判を通じて、自分の内部にあるドロドロしたものを見つめ、洗いざらい自分の過去とその意識を明るみに出すことで、弱点やブルジョア生活に毒された部分を克服していく」という総括方法を評価したときからさらに顕著になった。

（大泉康雄『あさま山荘銃撃戦の深層』所収　吉野雅邦が友人に宛てた手紙）

他者のなかにある「弱点やブルジョア生活に毒された部分を克服していく」ために、まず洗いざらい自己の非や弱さ、「プチブル性」を抉り出す（懺悔、告白）。そして自己改造は他者への総括作業を通じてなしうる（相互批判）。逆にいえば、他者に手加減することは、自己の弱点、ブルジョア性に毒された部分を放置する甘えにつながる。他者の弱さに制裁を加えないことは、自己の弱さ、甘さを許してしまうことになる。こうした力学の働きがどんどん構成員を追いこんでいく。他者を批判するために自己を批判する、自己の弱さを克服するために他者批判を弛《ゆる》めないという自己批判・相互批判の総括力学は、じつはセクト内だけではなくノンセクトの部分にも大なり小なり作動していた。

それが「革命組織」となれば苛烈を極める。「革命組織」にふさわしい人間に改造するためには、自己の甘さを絶対に許さない、そのためには他者への制裁に参加する、他者を殴り、蹴る、それをひるんではならないというように論理が結ばれ伸びていく。

くりかえせば、それは指導者の恐怖政治だけがもたらしたものではない。

吉野雅邦自身はこう書いている。


この間、私が暴力行使しつつ考えていたのは、自らに科された任務としての暴行を絶対に日和ってはならない、被対象者への同情から臆するようなことがあれば、自分が日和見主義者に堕すのであり、何としても「銃による殲滅戦」を担い、革命戦争に勝利し抜く革命戦士とならねばならないということでした。

(『若松孝二　実録・連合赤軍　あさま山荘への道程』)


他者への同情は自らの日和見を許すことにつながる。こうして自他を際限なく追い詰める観念の力学が作動する。

そのあとに、彼はこうも記している。「結局、詮じつめれば、心の奥底にある暴行対象者と同列視されたくない、指導者からの批判を受けたくない、ひいては、暴力行使対象者とされることを回避したい、という潜在的感情が、先の論理にしがみつく根本動機に他ならなかった、と思えるのです」。たしかにこうした思惑があったことも間違いないだろう。つまり、自らが制裁される対象者になることを回避したいと。しかし、それだけでは「総括」の援助としての暴力行使に打ちこむことはできないだろう。「革命戦争に勝利し抜く革命戦士」となりきる不可避の過程としてあるととらえ、他者の甘さを許すことは自己の甘さを許すことになるという論理が行為へと衝き動かしたはずだ。

「善」の倫理主義の果てに

「正義」と「大義」の共同理念を括りだしたとき、構成員はいかにその理念に近づくか、その理念を掌中に収めるかに全力を集中する。ここで立てられた「銃による殲滅戦」を担う主体強化（共産主義化）のためには、（ブルジョア的残滓とされる）化粧や異性へのちょっかい、闘争時の主体的弱さを許容するわけにはゆかない。つまりここでは個的、あるいは対的次元でゆらめく事象はすべて政治的共同性のもとで断罪される。

彼らは「正義」と「大義」の世界を倫理主義的に突き詰めた。夢から覚めたあと、彼らは自らの志とその顚末のあまりの落差に総括の言葉を失わざるをえなかったろう。なぜなら「善」の倫理主義の最先端を突っ走っていたと自負していたのだから。だが、善悪の此岸の極限化は、悲惨な事態をもたらした。

「銃による殲滅戦」を担うことは死を恐れないことでもある。死を賭して闘わねばならない。「総括」を強いられ、「援助」を受けた被制裁者たちのなかには、「革命」のためには死を甘んじて受け容れるとの心情が過《よ》ぎったとしてもおかしくない。現にこときれる前に、「総括」途上ではなく「革命戦士」として死にたかったと漏らしたものもいる。

重要なのは、共同世界のこうした観念の力学は何も先鋭的な政治党派内のできごとにとどまらず、この社会の外へ出ようとする理念や運動世界ではいつでも分泌されうるし、どこにだって水を薄めたかたちで存在しているということだ。それはわたし自身の問題でもあるのだと思っている。あとで触れるが、九〇年代のオウム真理教においても同じことがいえる。

散文的な七〇年代にこそ

全共闘運動の意味が問われた七〇年代

六九年一月の東大安田講堂落城以降、大衆的闘争は後退する。七〇年代初頭、若者たちはばらばらになり、自らの居場所を探し始める。そして七二年に発覚した連合赤軍リンチ殺人事件が追いうちをかける。

学園から社会へ出ていったものたちは、全共闘運動的なるものを抱えこみながら、自分や社会とどう折りあいをつけるのか、あるいはどう決着をつけるのか、そのことを問われる時代になる。それまでの熱気に包まれた風景は一変し、目の前には土埃でざらついた街を白けた陽光が不躾《ぶしつけ》に照らし出す、じつに散文的な風景がひろがっていた。

だが、砂を嚙むような七〇年代のなかでこそ、人は全共闘的なるものの意味と否応なく向きあわざるをえない。

村上さんは次のように語っている。

たしかに僕は十代の成長過程をすっぽりと六〇年代で過ごした人間だし、七〇年代よりは六〇年代に対しての方に強い思い入れはあったんですが、小説を書くということになると何か七〇年代の方にずっとひかれたんです。つまり我々にとって七〇年代という十年間は六〇年代のいわば「残務整理」だったし、その「残務整理」について何かを書くということは、ダイレクトに六〇年代を描くよりは自分にとってより正確な意味を持ちうるんじゃないかという気がしたんですね。誰かが七〇年代という十年間について責任を持って何かを書くべきだという思いですね。六〇年代というのはたしかに面白いエキサイティングな時代だったし、そこから我々はいろんなことを学んだ。でもそれが終ってそのあとにやってきたあのなぎのような七〇年代からも、我々は――少なくとも僕は――同じくらいいろんなことを学んだと思うんです。

（「文學界」一九八五年八月号インタビュー）

また小阪さんもこう書いている。

全共闘運動の意味は、「神話」化されるあの時代にあるのではなく、むしろ、七〇年代の一見あたり前の、さえない経験のひろがりのうちにあるのではないかと私は思う。

（『市民社会と理念の解体』）

二人とも、七〇年代のくぐり方にこそ、全共闘運動（的なるもの）が何であったかを探る方途があるとしている。そしてこの七〇年代経験こそが、小阪、村上両氏の七〇年代末デビューを背後から衝き動かすことになる。

ばらばらになり歩み出す

七〇年代に入ると、若者たちは自らの、そして家族の生活の糧を得なければならなくなる。仲間たちはばらばらとなり、それぞれが自らの道を必死で切りひらかなければならなくなる。

小阪さんは七〇年に大学を去る。

ぼくは七〇年に大学を中退した。それほど大上段にかまえてやめたわけではない。単位をほとんど取っていなかったので、大学の教務課からこのままでは除籍になるので中退届けを出してくださいという手紙がきた（中退だと復学の道があった）。へえー意外に親切だなと思い、中退届けを出し、四年ちょっとの大学生生活にわかれを告げた。闘争をやめたというような意識ではなかった。ただ自分の居場所が変わっただけだった。また、先のことはまったくといっていいほど考えなかった。関心は一貫して自分がどういうふうに生きるかということだった。

（『思想としての全共闘世代』）

アルバイトで食いつなぎながらパートナーとの生活を始め、子どもができる。「同棲時代を先駆けしてフリーターの元祖みたいな生活」を送る。かぐや姫の「神田川」の歌詞ばりに風呂屋の前で待ち合わせをしたりしていた。

祝祭のように空間が存在した六〇年代後半の昂揚期が去ったあと、白けた日常と向きあっていかなければならない。だから彼にとって「七〇年代前半は、さまざまな試行錯誤の時代だった」。そして七〇年代半ばから後半にかけては「一種のリハビリ時期だった」と、小阪さんはふりかえっている。

人にはそれぞれ依怙地になる原点があるとすれば、ぼくの場合は六〇年代よりもこのきつい時期の経験だったと思う。なぜやさしい人間、「正しい」人間が滅んでいかざるをえないのか、という半ばナルシスティックな自己憐憫にぼくはとらわれていた。（同前）

この時期、塾の講師などを始めながら、彼は哲学や古代史、ロシア革命史の研究や唯物論の再検討などに没頭する。そして全共闘時代の造反教官らを講師に迎えた寺子屋教室に通う。

一方、村上さんは大学在学中の七一年に学生結婚し、彼なりに七〇年代を出発させた。アルバイトで資金を蓄え、三年後には奥さんとともにジャズ喫茶を国分寺に開店し自ら働く。

そして、翌七五年にようやく大学を卒業している。勝手な推測をすれば、村上さんは大学にも卒業にも執着していなかったのだろうが、おそらく身辺のしがらみもあり卒業だけはした、ということろだろう。

「転向」と「関係の絶対性」

「転向」が俎上に載らなかった背景

小阪さんはフリーターとなり、村上さんは店を開き自営し、それぞれが組織のしがらみにとらわれないシンプルな生き方を選んだ。いや、強いられたといいかえても同じだ。

しかし、多くの学生たちは企業に就職をする。

いったい学生時代に運動に関わったものが企業に就職することをどうとらえたらよいのだろう。それぞれの心に軋《きし》みは生まれなかったのだろうか。企業就職を積極的に合理化したものもいたろうし、職場からの再闘争をひそかに決意したものもいたろう。いずれにせよ、当初は大なり小なり軋みを抱えていたに違いない。しかし、六〇年安保闘争時のような「転向」論が喧《かまびす》しく論じられることはほとんどなかった。

理由は主に二つある。一つは、連合赤軍のリンチ殺人事件の発覚だ。計一四名にものぼる同志への制裁・処刑は、すでに闘争から身を退いたり、後退局面で苦闘していたものたちに、総括や転向論を論じる力も意欲も封殺するだけの衝撃をどうあれもっていた。

もう一つは、そもそも全共闘運動が、六〇年安保闘争のような前衛と大衆、あるいはインテリゲンチャと大衆という構図のなかで、倫理や自己犠牲を払って担う闘いとは異なり、自分がやりたいから闘うというかたちに変容していたことが挙げられる。

しかし、「転向」をめぐる問題はもう少し検証されてもよい。それは全共闘世代が闘いにどう決着をつけようとし、七〇年代をどう生きたかということと深く関わっているからだ。それぞれの内部では簡単に割り切って生きられるような軽い体験でなく、さまざまな荷物を背負い、残務整理に追われ、傷と向きあわざるをえなかったはずだから。

「思想的大事件としての大学紛争」

全共闘運動では、大学のあり方が問われ、そこで禄《ろく》を食《は》む大学教官のありようが問われた。文学者であり、当時中央大学で教官をしていた文芸評論家磯田光一さんは、「大学紛争を中心に」と副題を付した「古典知識人の終末」(『吉本隆明論』一九七一年所収)でおもしろいことを書いている。冒頭「もし戦後四半世紀のうちで、最大の思想的事件はなにかと問われるならば、私は躊躇なしに『大学紛争』と答えるであろう」とする。社会一般からみれば、「大学紛争」とのこの表現は、全共闘系学生からみれば「大学闘争」とことばが変わる。いずれにせよ、大学紛争(全共闘運動)こそ戦後四半世紀での最大の思想的事件だとしている。

それまで大学は「真理のための学問」を司る場であり、学者は「真理の使徒」として存在していた。だから大学の自治が謳われていた。大学ではイデオロギーとしては反権力、あるいは権力からの独立が標榜され、学者は知的優位と知的特権によって護られてきた。

ところが六〇年代後半、学者たち、大学当局は自らの非を隠蔽し、全共闘系学生たちの要求に応えることなく、闘いを排除するために機動隊を導入する。

自らを「ブルジョア・リベラリズムの相対的な良質部分」と規定している磯田さんは、ひと括りで機動隊導入を批判しているのではない。秩序や収拾は必要悪とみる考え方も存立するから機動隊導入もありうるとする。ただし、そのとき、導入した大学や教官は、マルクス主義やあるいは反体制や大学の自治などを標榜する「真理の使徒」面をするのは少なくとも止めるべきではないかと指摘する。建前と実態の乖離から目を背けていた戦後民主主義的知識人への批判である。

それは小阪さんが『思想としての全共闘世代』で、当時右側に位置する東大文学部長として学生たちとの一七〇時間余「カンヅメ団交」でも自分の主張を曲げなかった林健太郎氏について次のように書いているのと重なる。「ぼくたちは同情めいたことを言う教官よりも、思想的には異なっていても逃げずに対話しようとする、この林健太郎のような教官のほうを尊敬していた」。

要するに戦後民主主義的知識人が表向き示す「心情的な理解度」と「生活意識」(管理の要請につながるものを含む)の断層にこそ、むしろ問題の本質があったと磯田さんは指摘しているが、そこに戦後民主主義的知識人の理念と実態の矛盾が露わになっていて、それが全共闘系学生の怒りの矛先でもあった。

ここで磯田さんは、社会に対して知識人がとりうる態度として、吉本隆明の『マチウ書試論』におけるキリスト教の辿るかたちを引いてくる。

よく知られているが、『マチウ書試論』では、キリスト教が社会秩序や権力に対してとりうる型として、三つが挙げられている。「己れもまたそのとおり相対感情に左右されて動く果敢《はか》ない存在にすぎないと称して良心のありどころをみせるルッター型」(磯田さんの表現に直せば「心情的反抗派」)。次に、「マチウ書の攻撃した律法学者パリサイ派をそのまま、教会の第一座だろうが、権力との結合だろうがおかまいなしに秩序を構成してそこに居すわるトマス・アキナス型」(磯田さんのいう「秩序派」)、心情のパリサイ派たることを拒絶し、積極的に秩序からの疎外者となるフランシスコ型」(磯田さんのいう「進んで被疎外者となってゆく孤立派」)。

学園闘争(紛争)で教官たちがとりうる道もこの三つのうちのいずれかだった。磯田さんは例として、「心情的反抗派」に高橋和巳や折原浩、「秩序派」に丸山眞男、坂本義和、篠原一を挙げ、そして大学を去った自らを「進んで被疎外者となってゆく孤立派」としている。

強調すべきは、「心情的反抗派」(恒久的ルッター派)と自他ともに認めていた知識人、学者たちが現実には「秩序派」(トマス・アキナス型)であることが、学園闘争の過程で露呈したということだった。

「就職転向説」の逆転

「人間と人間のあいだには、ひとつの関係があり、それが現実的なもののすべてである」と吉本隆明は『マチウ書試論』に記しているが、学生たちも教官のありようをこのように批判し追及した。現実的なものがすべてであると。たとえば不当な処分を下し、しかもそれを撤回せずに教授会の権威を保とうとする教官たち、教授たちを追及した。

だが、当時糾弾する主体だった学生たちが社会に出て、今度は社会のなかに身を置き、現実の関係のなかに位置を占めるようになれば、問いは今度は自らに突きつけられることになる。

ところで、「大学紛争のもたらした成果」の一つとして、磯田さんはそれまで流布されていた

「就職転向説」を完全に崩壊させたことを挙げている。

そもそもの「就職転向説」とは、大学に残って研究を続けるものが「非転向」とされ、出版社などに入って知的作業に従事するものが「転向」からの免罪符をわずかにもつ。（営利を露骨に追求する）大企業就職者は必然的に「転向」概念に包摂されたとみる。全共闘運動以前までは、学生たちが卒業後に辿る「転向」のとらえ方はこうだったのだろう。

だが、全共闘系学生からみると、これは奇異な感じがする。こうした「転向」のとらえ方は、全共闘運動のなかでは壊れてしまった。つまり、大学に残って研究を続けることこそ、逆に「転向」だととらえられた。当時は「転向」という言葉はあまり使われなかったが、大学に居残ることは節操のなさを批判されるべきだった。なぜなら全共闘系学生たちは「大学解体」を掲げ、あるいは大学のありようを批判し、またそこに安穏としている自らを批判していたからだ。

だから、六〇年安保世代にとっては「非転向」とされた大学に残ることは、全共闘世代にとってはまったく逆に「転向」、無節操な居直り、犯罪的行為ととらえられた。

磯田さんはそれを指摘し、冷徹に次のようにみている。

……大学が営利企業とまったく異ならないことが露呈されたいま、右の「転向」序列は完全に空無に帰したといってよい。たとえ大学に勤めようと、編集者になろうと、あるいは銀行の支店長になろうと、それらのコースにはまったく上下の差が意識されない。人間が生涯にこうむるであろう実生活の挫折は、どのようなコースをたどろうと、その本質に優劣のあろうはずはない。

（『吉本隆明論』所収「古典知識人の終末」）

磯田さんがこうとらえるのは正しい。そして当時の学生たちは、大学に残ることが「非転向」ではなく、逆に「転向」であると、むしろ大学に残ることをよしとしなかった。つまり六〇年安保闘争世代にあったような、大学をめぐる転向の概念は、大学の社会的変容によって一八〇度変わってしまった。

就職後にとりうる道

さて、では大学教官を批判した学生たちの実際はどうだったのだろうか。学園で教官や当局のありようを追及した学生たちは、大学を離れた（卒業、中退、除籍等）あと、当然自分の生き方を改めて問われることになる。

先に磯田さんのとらえ方を紹介しておこう。彼は、「新左翼」が「大学卒業後にどういう就職コースをたどろうと、それはまったく恣意性の問題に属している」としたうえで、次のように問いを発する。

……大学に残るか編集者になるというコースが、たとえば銀行員になるというコースよりも優性をもつと錯覚したばあい、少なくともその錯覚は次の設問によって破られるだろう。もし彼が大学または出版社にあって業務に従事しているとき、そこをより若い世代の急進派が占拠したとき、そこにおいてとりうる態度は、極限的には、次の三つであろうと思われる。

（1）新世代と共闘して企業をつぶすか、新世代にすべてをゆずる。（これはルッター型であり、「思想の一貫性」だけは保持しうる。）

（2）最終的には機動隊を導入する。（これはトマス・アキナス型であり、生活者としてこの道を選別すれば別であるが、思想原理への錯覚をもっているとき、ルッター型はここで破産する。）

（3）絶望して退職する。（これがフランシスコ型である。）

例は極端であるかもしれない。だが人間社会が存続しているかぎり、これ以外の態度は原理的に不可能なのである。（同前）

『マチウ書試論』の類型をもとに、磯田さんは全共闘系学生が社会に出て就職したあとについて、このように問題を投げかけている。

磯田さんのこの問いに、社会に出ていった学生たちはどのように対したのだろう。

たとえば村上さんは、多少就職活動らしきことをしたけれど実際には企業就職をせず、ジャズの店を開くという自営の道をとる。小阪さんはフリーター風の生活で、糊口《ここう》を凌ぐ。したがって二人は磯田さんの問う枠組みから外れた生活を送ることになる。大学に残ることはもちろん、企業への就職を避けている。こうした道を選んだものも少なくなかった。あえていえば、村上さんも小阪さんも「進んで被疎外者となってゆく孤立派」（フランシスコ型）に近い道をあらかじめ選んだということになる。

以降も闘争を続けたものもいる。党派の運動を継続するものもいた。あるいは連合赤軍に象徴されるような軍事闘争に突き進むものもいた。さらに爆弾闘争に傾斜するものもいた。底辺労働者として身を置き、そこで抵抗や労働者組織化をめざした人もいる。あるいは医療や法の場で、全共闘運動の理念を少しでも生かそうとした人もいた。あるいは農などの自営業に就いた人もいた。だが、多くは企業への就職を選んだ。

選んだ道自体はすべて等価

まず押さえられるべきは、市民運動であれ、評論活動であれ、芸能活動であれ、あるいは企業人活動であれ、どんな道を選ぼうがすべては等価であるということだ。さらに企業にしても、磯田さんが挙げたような銀行であれ、出版社であれなんであれ、どんな企業を選んだのか、その選択自体で是非が論じられるべきでもない。

そして、企業に就職したのちの生き方もまちまちだったはずだ。反抗派として生きたものもいたろうが、少数だったろう。秩序派(トマス・アキナス型)として、全共闘運動で培ったノウハウを生かし企業で労務管理に辣腕をふるうものもいたろうし、そういう争いに嫌気がさし、身を退いて「進んで被疎外者となってゆく孤立派」に転じたものもいたろうし、黙してひたすら働くものもいたろう。

企業に職を得れば、当然反労働者的な振る舞いもせざるをえないことも出てくる。非正規雇用者を切り捨てることもあるだろうし、中間管理職としてあるいは役員として労働者を抑圧することも随所に出てくるだろう。機動隊導入ということはないまでも、権力として自らを作用させることは日常のことになる。

企業内にあればそのように振る舞わざるをえない。その場合、磯田さんの論に沿えば、そこで「秩序派」だと自己認識することは最低限必要なことだろう。そうした事実から目を背けて、抵抗している、あるいは良心をもって対処しているといった現実と理念の違いを隠蔽して自らを護ろうとする姿勢だけはとってはならない、ということになる。

それ以外に残された道は生活者としての沈黙だ。

わたし自身のことはあとで述べるが、ここで改めて押さえておきたいことは、企業組織に帰属したか否か、あるいは「心情的反抗派」か、「秩序派」か、「進んで被疎外者となる孤立派」のどれを選んだか、というところで生き方の是非が問われるべきではない、ということだ。

なぜなら、市民社会は互いに規定しあっているのであり、絶対の心情反抗派も、絶対の秩序派も、絶対の孤立派もありえなくなっているからだ。残される課題は、そこでの具体関係においてどう振る舞うかであり、それを思想的にどう自らのうちに組みこめるかだけだ。

フリーでいる作家やもの書き、あるいは孤立している仕事をしているものにとっても、結局は組織とのつながりにおいて生活の糧を得ているのであり、それは間接的に組織の矛盾と相互に依存しあう関係にあるということだ。だから組織の矛盾と無縁なんてありえないことだ。

寺島実郎の全共闘世代批判

ところで、先に触れたように同世代の寺島実郎さんは、全共闘系学生たちを手厳しく批判している。「社会に出てあざとく旋回した」「他人に厳しく自己に甘い『生活保守主義者』の群れと化した」「多くはたわいのない中年と化し、『都合のよい企業戦士』となっていった」と。寺島さんの目だけでなく、他世代の目にもこのように映るのかもしれない。

企業に入った全共闘世代もさまざまな生き方をしたろうから、ひと括りにはしがたい。しかし大きく括れば、人が企業に属し生きていくということはそのようにみえるしかない。いくら批判派を気取ったところで、それは心情的なものにすぎない。ほんとうに徹底して全共闘運動的な理念を貫き通そうと思えば、職場で闘いぬいたあと、職場や社会から弾き飛ばされたり、生活の糧を失う。「進んで被疎外者となってゆく孤立派」になるしかない。しかし、孤立派もまた、生きていれば「あざとさ」と無縁ではありえない。

そして企業に所属すれば「都合のよい企業戦士」として映るしかない。なぜならこの社会で働くことは、自己、所属部署、所属企業の収入と利潤を増やすことを主旨するより生きられないからだ。

いや、それも甘い言い訳だと、もしみなすのなら、その次元に立ってこちらから問い返すしかない。寺島さんは大手商事会社に勤め続けるなかで、そういう批判から自らは免れていたのだろうか。組織で働く実態において、そうした批判を免れていたのだろうか。世界中に進出する大商事会社の諸活動を担っても、そういう批判から免れうるのだろうか。商事会社とそこに属するものは、「あざとく」利益を収奪し、「他人に厳しく自己に甘い『生活保守主義者』の群れ」や「たわいのない中年と化し、『都合のよい企業戦士』」となっていないのだろうか。

わたしはそういうレベルの批判を大小どんな企業に所属したものに対してであれ、浴びせるつもりはない(わたし自身も同じだから)が、もし彼のような批判を口にするとすれば、それは当然発する自らにも返ってくるしかない。

もう一つのルッター型の末路

恒久的ルッター型と考えられていた知識人は、現実には秩序派(トマス・アキナス型)にほかならない、と磯田さんは暴露する。

当然、学生が職場に入りルッター型を徹底させれば結局職場を失い、さらに糧を得ようと別の職場に潜りこめば、こんどはトマス・アキナス型か、弾き出されればフランシスコ型を気取って生きるしかない。

でももう一つルッター型を永続させる道がある、と磯田さんはいう。それは「職業革命家」になることだ。そうだ、職業革命家か、それに近いかたちで党に献身することを主として生きる道が一応考えられた。

しかし七〇年代以降存続するほとんどの「新左翼」党派は内ゲバに明け暮れ、現実をとらえきれない分、「大義」を肥大化させ、観念をますます転倒させていかざるをえなかった。

「旧」にいたっては、たとえば組織外(未組織)労働者を平然と抑圧し、この秩序を支える。つまり自覚せざる(否、自覚する?)秩序派として命脈を保っているにすぎない。磯田さんが「恒久的ルッター型」(心情的反抗派)とした職業革命家や党やその周辺はむしろ小さな世界の抑圧者(秩序派)となっていった。

新、旧を問わず「転向」していないことが逆に転倒している構造になっている。したがってここまでくると、「転向」しない(非転向)という道はいかなるかたちでも閉ざされた、というしかない。

「転向」概念の崩壊

全共闘運動以前、大学に残ることが非転向とされていたが、それは全共闘運動のなかで崩れた。一方、理念を持ち続け職業革命家になる、あるいは政治党派に自己を献身していく道も閉ざされることになった。それを無理に続ける活動は内ゲバや抑圧という転倒をもたらした。

もはや「転向」という概念を軸に考えることができなくなってきた。

人間は狡猾《こうかつ》に秩序をぬってあるきながら、革命思想を信じることもできるし、貧困と不合理な立法をまもることを強いられながら、革命思想を嫌悪することも出来る。自由な意志は選択するからだ。

（吉本隆明『マチウ書試論』）

このあと、吉本さんは「しかし、人間の情況を決定するのは関係の絶対性だけである」と付け加えている。

そうだ、情況を決定するのは「関係の絶対性」だ。ただし、今日の市民社会は入り組み、互いに依存しあう構造になっている。「関係の絶対性」は一シーンにおける絶対性にすぎない。別のシーンでは、また別の関係が現われる。つまりひとつひとつのシーンでのことにすぎなくなっている。そういうことが六〇年代後半からの市民社会の膨張のなかでしだいに明らかになり、「転向」の概念も崩壊したといってよい。

白けた七〇年代の生に残されるのは、個々の場での闘いか、あるいは思想的な営為を深めるのか、あるいは黙して生活を紡ぐか――そのいずれかでしかなかったはずだ。つまり、倫理的に糾弾しあうことに意味があるのではなく、織りなす生活のなかで内側に向かって全共闘運動の意味を検証するしかない。七〇年代はそういう時代であることをしだいに告げ知らせることになった。闘いの後退、敗北を嚙みしめながら、それぞれの道を歩く。砂を嚙むような日々の生を生き、かつての仲間がどうしたのか横目で見遣り、ときに言い争い、進むべき道をみな手探りしていた。ここで、就職した先が大企業なのか、銀行なのか、小零細企業なのか、そういうことが問題ではない。生きるということは、トマス・アキナス型として開き直るかどうかは別として、秩序を形成するしかない。ただ、そのなかでそのようにしか生きていけないという自分と素直に向きあうかどうか。まず問われるとすればそのことだったのではないか。

都会の片隅の小戦闘史

フリーター解雇に端を発した長期争議

七〇年代のデタッチメントとコミットメント

七〇年代初頭の時代の変わり目について村上さんはこうふりかえっている。

結局、あのころは、ぼくらの世代にとってはコミットメントの時代だったんですよね。ところが、それがたたきつぶされるべくしてたたきつぶされて、それから一瞬のうちにデタッチメントに行ってしまうのですね。それはぼくだけではなくて、ぼくの世代に通ずることなのではないかという気はするんです。

（『村上春樹、河合隼雄に会いにいく』）

たしかに多くはそうだったが、七〇年代がデタッチメントの時代とは必ずしもいえない例として、わたし自身の七〇年代について語っておこう。

大学のほうでは四年になった七〇年、すでに触れたが学部内の共闘会議の連中と総括をめぐってやりとりがあった。わたしには政治闘争を闘う必然が自分のなかになく、多少の迷いはあったが、大学を「卒業」しようと思った。

大学を卒業するのか否かも問われていた。実際、小阪さんのように中退していったものも少なからずいた。そもそも「大学解体」を叫びながら卒業するとはどういうことか、という詰問も成り立つ。わたし自身は「大学解体」をスローガンとして立てはしなかったが、それでも、自分のなかで整理できない曖昧さを残してはいた。なぜなら、よく闘えば大学を追われるし、自ら卒業を拒否することもできるからだ。卒業することにかすかな負い目を感じないわけではなかった。しかし、その頃わたしは「負い目」はどこかで倫理主義的糾弾の世界と表裏をなしていると感じられ、負い目による倫理を拒否しようとしていた。大学生であることでの負い目、底辺労働者への負い目、アジア人民への日本人であることの負い目……、そのように「虐げられた人」を措定した上で立てられる負い目は無限に退行して対象を探し続けるのだが、そこで組み立てられる倫理は観念の転倒をもたらすと思えたからだ。自分のなかでリアリティをもちえないのに、決意を固めて向こう側へ飛ぶことは避けようと考えていた。

七一年、卒業と同時に結婚した。そして小さな出版社で働き始めた。前年の秋深まった頃、新聞だったか大学の掲示板だったかで見つけた広告を頼りに応募し、滑りこんだものだった。学生という身分ではなく、自力で働き生活していくなかで必然的に生まれることを大切に紡いでいくんだ、と心に決意を秘めていた。

その職場ではすでに小さな争議事案があった。首を切られたらしい労働者とそれをバックアップする既存産別・地域組織がたまに昼休み社前集会を開きに来た。腕章を巻いた人たちが来ると経営一族は隠れてしまい、対応を押しつけられた年配の総務部長は、厳しい抗議を受けながらうつむいたまま書面を受け取っていた。

その労働組合の属する産別組織指導部には、大学時代から反発を覚えていた。体制を補完するものでしかなく、思想的に無効にみえた既成党派の匂いをぷんぷんさせていたので、シンパシーをもてなかった。といって、もちろん経営側に付く気もさらさらなかった。

勤め始めて一年近く経つ七二年二月下旬のことだった。連合赤軍によるあさま山荘事件が起こった。中継で流されていたテレビの映像を観ていたのは出張先、中国地方の小都市だった。

雑誌編集と営業を兼務する仕事をしていて、月一、二回、全国の書店を営業で回っていた。宿泊費は千円前後しか出ないので、四畳半の畳部屋、襖に小さな鍵を掛けるような安宿を探すのに毎回苦労していた。

その日は投宿する街に夕方着くと、駅前商店街の街頭から見えるテレビに、雪の浅間山荘の実況映像が流れていた。連合赤軍を「とんでもないな」と思いつつも、まだ一二名(連合赤軍結成前も含むと一四名)もの仲間をリンチで死に至らしめたことが発覚していない頃だったこともあり、立て籠もった連合赤軍メンバーと警察側の攻防戦の映像を複雑な思いで見入った。武装闘争を極めた彼らと、小企業に入り営業で地方出張し街頭テレビに見入る己れの現状を噛みしめ、情況もどん詰まりを迎えているのだな、との感慨が身に滲みた。

『緋牡丹博徒　お竜参上』に森恒夫自殺のテロップ

翌月その会社に見切りをつけ、スナックでウェイターのアルバイトなどして食いつないだあと、就職した二つめの会社は、従業員が四〇名くらいいる中堅の出版社だった。

翌七三年の元旦。千住荒川沿いの小さなアパートの一室で夜酒に酔い、連れあいと加藤泰監督『緋牡丹博徒　お竜参上』だったか、藤純子の映画をテレビで観ていた。そのとき、「連合赤軍森恒夫、東京拘置所内で自殺」のテロップが流れた。あさま山荘事件のあと、「同志」リンチ殺害がすでに発覚していた。最高幹部森恒夫の正月自殺の報には、暗澹として言葉を失った。小菅の東京拘置所は住んでいたアパートの近くでもあった。

軍事とか武装とかに傾斜するセクトには反発しかなかったし、日航機をハイジャックして北朝鮮に飛んだ赤軍派にも、「なぜ?」と疑問と反発しかなかった。それでも、赤軍派や連合赤軍のやったことに対して、自分のなかでは関係ないと一蹴してすますことはけっしてできないものがあった。それは小阪さんが「自分たちのだれもが森恒夫になる可能性をもっていた」と書いていることと同じだ。そして以降も重いこわばりとなって心身に残り続ける。

七三年はこうして幕を開けた。

フリーター解雇に全員が立ちあがる

移った会社でまもなく労働組合結成の動きが出てきた。誘われて、内心面倒だなという想いも過ぎった。わたし自身は、組織には関わりたくないなという想いがあった。既存の労働組合のあり方には否定的だったからだ。労働組合も矛盾に満ちた体制の補完物にすぎない。そんな組織をすすんでわざわざ支えるのも嫌だから。既成党派が指導する、あるいは既存の労働組合運動のようなものには関わりたくないなという想いがあった。

しかし、労組をつくろうという職場の仲間がどうも既存の労組運動には批判的なところもあり、けっこうラディカルな質を共有していることがわかった。

こうして労組ができ参加することになるのだが、結局、以降一〇年近く泥沼の労働争議が続くとは夢にも思わなかった。そしてほぼその間じゅう、私は組合役員として活動を担わざるをえなくなる。

会社は都内に本社があり、東京近郊に倉庫を持っていた。その両方の職場の若い従業員二十数名が組合に参加した。職制以外のほとんどの従業員が加わったことになる。

倉庫からは夜間大学に通う勤労学生も加入した。当時倉庫では業務量が増え、「勤労学生」の正規雇用者以外にもアルバイトを雇用し始めていた。彼らは短期契約(二ヵ月)の臨時雇いだが、契約は自動更新されていた。

争議のきっかけは、結成と同時に労組に入ったフリーターに対する「契約期限切れ」を理由とする解雇だった。二ヵ月間契約を書面で交わし、以降一、二度書面を交わさず自動更新してきたアルバイト労働者に対して、労組結成直後契約更新がうち切られた。

わたしたち組合は、これをフリーターへの不当な差別・解雇であり、かつ労組切り崩しの攻撃だとして、解雇撤回を求める闘争を組んだ。おそらく当時の一般的な労働組合では闘争としてはほとんど取り組まないことをテーマにした闘いだった。そう簡単には展望をもちにくい闘いでもあった。

一人は皆のために　皆は一人のために

こうして組合結成とともに労働争議に突入した。

フリーターの「解雇撤回・正社員化」を要求として掲げたこの闘いでは、三つの想いがあった。

第一に、差別を正規雇用者(社員)が認めてはならないという労働者の原則と団結。

第二に、労働者間の分断や、労働組合の弱体化・解体を阻止するのだとの考え。

第三に、雇用継続を望む本人が目の前にいるという事実。

一番目の「差別」について補足しておけば、それは政治的抽象の先に措定されるものではなく、職場で正規雇用と同じ業務をしているものへの差別を問題にしたものである。同時に「正社員化」を要求はしたが、「正社員」になれば万々歳と考えていたわけでもない。労働のありようには根底的な異和があった。だから正社員という形態であれ、さまざまな否定的規定を被っているという暗黙の前提をもってはいたが、まずは同一労働をしているものへの差別を労組は容認しないし、本人も社員化を希望していた。

交渉の場で要求は頑として受け容れられないので、組合はストライキやピケッティングなど、職場での力を軸にした闘いを全員で展開した。経営者や職制との小競り合いは頻繁にあった。「実力闘争」(法廷での裁判の争いを中心にするのではなく、現場での闘いを主とする闘い)を中心に闘った。

既存の争議といえば裁判闘争が中心で、たまに社前集会を開くという、法廷を中心にした闘いが主流だった。だが、わたしたちは、全共闘運動の、「いま・ここ」の現場で、自らの体を張って闘うというスタイルを職場の闘いに持ちこんだ。一人は皆のために、皆は一人のために……、そういう気風が漲《みなぎ》っていた。

こういうスタイルは、七〇年に勃発した、身分差別を超えて闘争を展開する大手出版社争議などですでに出現し始めていた。

わたし自身はこの闘いにおいて、七〇年頃に専修共闘会議内での総括論議で自ら表現した「イッタ以上徹底して貫きうる思想よりほか口にするな」という総括を心秘かに踏まえているつもりだった。

ショッキング・ピンクの旗を掲げ

小さな出版社でのこの闘いには、労働者の差別・切り捨てを許さないと共鳴する同じ業界、地域の多くの労働組合、争議団が支援を寄せてくれ、闘いは大きく広がっていった。

既存路線をとる産別執行部からは途中から争議を支援保留された。理由は、産別中央が支援保留する大手出版社労組の原則的な闘いをわたしたちが支援したからだ。しかし、そんななかでも労働者の原則を共有する労組や労働者、争議団がわたしたちの闘争支援に結集してくれた。

解雇された当人を支えようと「支援する会」が作られた。当時までは、解雇されると既存運動では「守る会」という組織が作られるのがつねだった。しかし、被解雇者の生活と権利を防衛的に「守る」のではなく、被解雇者、支援労働者がともに闘い、被解雇者を「支援」しながらそれぞれの情況を切りひらいていく――そういう趣旨で「支援する会」が作られた。

会の旗の色はなんとショッピング・ピンクだった。従来の労働運動の旗色イコール「赤」という常識を破るもので、これは支援労働者からの提案だった。その色にわたしたち当該労働組合は苦笑したが、考えてみれば既存の運動を乗り越えていこうとするのだから、そんなポップな色調こそふさわしかった。既存の労働運動を批判し、乗り越えるのだという気概がしっかりこめられていた。実際、赤旗が林立するなか、ショッキング・ピンクはじつによく目立った。

会社が雇用関係の不存在を求めて本訴を起こし法廷に逃げこもうとしたが、こちらも反訴し職場闘争をあくまでも中心にしながら裁判闘争も担った。裁判所に対してもそのあり方を問うた。労働事件で「反動」と名高かった裁判官が法廷でこっくりと居眠りをしていれば、「居眠りするなっ！」という仲間の怒声が法廷に炸裂した。

長期の闘争態勢を敷いて運動を広げるなか、新しい労務担当が就任して会社側も解決の意思をようやく示し、ついに職場復帰と社員化をはじめ、組合の要求をほぼ満たすかたちで争議は終結した。三年半に及ぶ長い争議だった。

早朝、仲間が逮捕される

争議は解決し、静かな日々が戻ったはずだった。しかし、ことはそれではすまなかった。その後オーナー経営者は、警察側と組んで反撃に出てきた。

一年半後、春闘の要求申し入れ日の早朝、第一次争議で解雇撤回・社員化を克ちとった当の仲間が自宅で逮捕された。他社の争議での支援行動で刑事事件をデッチあげられたものだった。

同時にその日、会社は突然倉庫(逮捕された当人の職場)の売却を通知してきた。経営側と警察が一体となって反撃に転じたのだった。狙いは明らかだった。非正規雇用労働者との共闘や差別撤廃運動のシンボルになった労組とその運動の広がりに対抗し、公権力が前面に登場して、運動の圧殺を図ってきたことになる。

刑事弾圧と職場縮小合理化という二重の攻撃であり、再度闘いに立ちあがらないわけにはゆかない。驚き、また動揺はしたものの、すぐに態勢を整えて反撃を開始した。

刑事弾圧に対抗して警察への抗議と救援活動を開始した。拘留されている警察署の前で逮捕された仲間への激励のシュプレヒコールを何度も挙げ、救援態勢を整える。

同時に倉庫売却について会社側と交渉を続けたが、話し合いではとても決着がつきそうもないことがはっきりしてきたため、会社側の資産売却やロックアウトに対抗して、無期限のストライキに突入した。本社と東京近郊にある二ヵ所の職場でバリケードを築いて泊まりこみ生活を始めた。応援してくれる労働者の支援も得て、本社屋と倉庫の二ヵ所で二四時間監視態勢をとり、夜番は朝五時までの見張り、早朝番は朝五時から見張りに入り、暴力的な突入に備えた。わたしは法務対策担当でもあったので、合間をみて、移送された東京拘置所へ仲間の面会と差し入れにたびたび出かけた。

労働債権の確保のため、争点となっている倉庫物件関連の仮差押えを行うと、それまで紳士を装っていた倉庫買い主の不動産業の社長は豹変し、「ブル(ドーザー)でも入れったるっ」と脅しをかけてきて事態は緊迫化した。

第二次争議も半年を過ぎた頃だった。泊まりこみで防衛してきた倉庫で日曜の朝、近隣のアパートから大音量の叫び声とサウンドが流れてきた。それがサザンオールスターズのデビュー曲「勝手にシンドバッド」と知ったのは少し経ってからのことだが、二度の争議を経て、時代はどんどん先に進みつつあることを感じないわけにはゆかなかった。

こうして二ヵ所での職場防衛を続けるなか、半年を超えた第二次争議はなんとか収束を迎えた。倉庫売却は認めたものの、代替として今後の事前協議制、経営者の責務保証などの協定を締結した。

第三次争議勃発と本庁公安の登場

第二次争議中に三人目の子どもが生まれた。闘争続きで育児は連れあいに任せきりと、とんでもない負担をかけてしまったが、二次争議も終わり、なんとかこれからは迷惑をかけずにすむと思っていた。

そんな矢先、次はオーナー経営者所有の本社ビルの売却、そして別会社設立の動きなどが発覚する。組合からみれば計画倒産の布陣が完全に敷かれたことになる。七九年、第三次争議の勃発だ。組合はすぐに本社不動産売却を阻止すべくストライキに入り、本社防衛のため再びバリケードを築き闘争に入った。同時に買い主である建築会社への抗議・申し入れ行動に出る。水道、電気、ガスが止められないように措置を講じる。

その頃すでに一〇名前後になっていた小さな組合の争議なのに、本庁公安も乗り出してきた。三次争議に入り、争議団どうしの横のつながりも広がり、社会の注目を浴び、無視できない存在になっていたからだろう。経営側は別の場所に事務所を構え、執行部を解雇してきた。そして暴力をこととする団体が介入を始める。陰に陽にさまざまな恫喝をかけ、乱闘服を着たその手の団体構成員たちが徘徊し、組合側が泊まりこむ職場の前にわざわざ現われて暴力をふるう(その組織は実際どこかの企業の建物にクルマごと突っこみ、新聞で報じられたこともある)。直後に実況検分と称して本庁公安刑事が登場、刑事事件をデッチあげて、弾圧を狙ってきた。

警察・地検からの呼び出しがかかるようになる。わたしが平日不在であることを知ったうえで、自宅に私服がわざわざやってくる。同居する母が応対した。母は定年時まで教職員組合員としてストライキにも参加してきた戦後民主主義派だった。わたしが帰宅すると平然と「警察が来たよ」とひと言だけいい、闘争の足を引っ張るような言辞は一切吐かなかった。わたしも含め執行部は所轄署と東京地検の呼び出しに応じ出頭したうえで、黙秘を貫いた。

無期限ストライキに突入し執行部以外の組合員も解雇を受けてからは、組合で生活費の体系をつくり、本社屋泊まりこみを続けながら皆でアルバイトをして自活の道を探った。すでに三〇を過ぎていた私も、トンカツ屋でアルバイトしながら職場防衛を続けていた。トンカツを揚げる油のせいだろうか、安物のジーンズはすぐに膝が破れてしまうのだった。

屋上に旗を立てて「死守」を

第三次争議の泊まりこみを始めてすでに一年以上が経っていた。膠着状態が続き、なかなか展望が開けないなか、わたしたちの疲労は深まり、表情は重くなり、それぞれの家族との関係もきつくなってくる。

すでにオーナー経営者所有の本社社屋は所有権が建築業者に移転され、買い主側は建物明け渡し断行の仮処分を地裁に起こしている。立て籠もる建物の明け渡しの強制執行がいつあってもおかしくない情況だった。一〇年ほど前全国各地の大学闘争では、建物を占拠し籠もり続け、最後は警察の放水を受け、催涙弾をぶちこまれたあと、機動隊の突入があり、叩きつぶされ排除された。間近では、三里塚で成田空港建設の土地収用の強行に抵抗して、建物や鉄塔に籠もって占拠エリアを死守する闘争があった。

ある日、光の入らない地下室で気のおけないメンバーで方針論議の雑談をしていたときだった。長老格のNが冗談めかしてこう言った。

「建物のなかに最後まで籠城するぞ。最後は屋上に追い詰められて放水されても旗を立ててインターナショナル(労働者連帯歌)を歌おう」

「そうな、屋上で最後まで『死守』」と初代委員長Mが呼応する。

これに長老Nがことばを返す。「『死守』は死んでも守る。そのときはMには体に鎖を結びつけて、放水に耐えて頑張ってもらいましょう」

Mが即座に反論する。「馬鹿言え、おれにはそういうの、似合わないの。それ、似合うのはNととよだだろ。俺は地上からハンドマイクでシュプレヒコールを挙げて激励するからな!」

だが、笑いながらのそんなやりとりも、しだいに珍しくなるくらいに皆疲弊し、余裕もなくなっていった。バリケード内は、息苦しい空間に変わっていった。二四時間泊まりこみを続け、しかも展望が開けないなか、それぞれが家族関係で軋《きし》み、仲間どうしの関係も煮詰まっていった。組織内の関係が崩れつつあった。

木枯らしが吹く冬、立て籠もるビルの地下室でシュラーフに入って寝ていると、蚊が頬を刺した。季節外れの冬に漂う蚊も、刺す力が弱っていた。

地下室で寝泊まりしていてすっかり世間に疎くなっていたわたしに、あるとき支援の人がオーディオカセットを差し入れてくれた。八〇年にリリースされた松任谷由実のアルバム『時のないホテル』だった。彼女にしては重い楽曲に仕あげられたアルバムにしみじみと耳傾けた。労働運動とはまったく不似合いにみえるユーミンの楽曲だが、闘いと関係が煮詰まっていた当時のわたしには救いでもあった。『流線形'80』など彼女の楽曲に関係のとり方の美学を見いだし、傾斜していったのだ。

二四時間防衛空間での息遣い

闘争が始まり一〇年近く経ったこの頃、わたしのなかで闘いへの決意が崩れていくのがわかった。それはおもに三つの面からやってきた。

まず第一に団結。これがもっとも大きかった。ことばが閉ざされ、関係が崩れる。ああ、崩壊というのはこうしてやってくるのだな、としみじみ体感できた。

当初二十数名、三度の争議を経て一〇名前後になっていたが、組合ではつねに全員一致を原則としてきた。そういう暗黙の合意があった。それは執行部内でも同様だった。意見の違いがあれば、時間をかけて討議しあった。執行部方針に疑義が出されれば、議論は重ねられた。路線や方針をめぐって致命的な対立に至ることはなかった。

政治信条を同じくする政治党派でもなく、闘いたいものが集まる全共闘運動でもなく、偶然職場を同じにしたのにすぎないものたちが、厳しい争議を経るなかで、希有な団結力を培ってきた。

互いに信頼しあう関係性も固めていた。

だが、三次争議に入り、この団結の瓦解が次第に明らかになってきた。会議での発語が閉ざされる。決められた泊まりこみローテーションに穴が空く——それまでありえないような事態が生まれ、仲間どうしのコミュニケーションが閉ざされがちになる。比喩的に語れば、自己と他者の息遣いの問題を意識に浮上させた。

展望のみえない情況の厳しさを背景にしていたことは間違いないのだが、泊まりこみを伴う一〇年近い争議のなかで、関係性が煮詰まってしまった。それが闘いを前へ進める推進力を失わせることになる。お互いにそう感じ始めていた。これは決定的なものだった。

かくして闘いの崩壊が

第二に家族との関係において。

各組合員の家族、パートナーたちはそもそも第一次争議から闘争をともに支えてくれた。集会に参加したり、さまざまな雑務をこなしてくれ、家族間の交流も行っていた。

わたしの連れあいも、ときには苦言を呈しつつも、腕章やゼッケン作りから、集会参加等々を、三人の娘の子育てを担いながら支えてくれた。二次争議では、三人目を身籠もっていた大きなお腹で二人の娘を両手で引いて、バリケードが築かれた泊まりこみの職場まで組合への差し入れにやってきたこともあった。

そのカミさんも第三次争議が泥沼化する頃からは、さすがにもういい加減にしてちょうだいという怒りをときにぶつけるようになる。当然だ。泊まりこみが続くなか、週に一、二度帰宅すれば、つい愚痴が出る連れあいと、疲れていたわたしの間で口論も起こる。

ところが、ある時期になると連れあいはそういう苦言も漏らさなくなり、沈黙するようになる。問題は言い争いや対立にあるのではない。とうとうカミさんが沈黙してしまうような心的情況になったということだ。これまで相手の苦言はもっともと受けとめつつ、闘いを継続する気持ちにいささかも揺るぎがなかった。組合では家族のフォローも試みてはきた。カミさんは文句を言いながらも家庭を守り、なんだかだと闘いを支えてくれた。もちろんそれは生活を守るためである。だが、そのカミさんがとうとう沈黙し、今後の関係についての提案を淡々と口にする。

闘いが崩れて一年後に、ふりかえって自分なりに総括を試みた文がある。少し長くなるがそのなかから引用してみよう。


こうした時期にもっともきつい問題が、家族と闘争の軋轢である。わたしひとりがただ闘いを担うという己れのきつさは、どのようにも処理できるように思えた。家族の実態こそ厳しく自己に迫ってきた。もはや家族の口にのぼる非難、批判が問題なのではなく、家族が沈黙してしまうそのぎりぎりの心的実態こそが己れと闘いを鋭く問う。自ら驚くほど冷静に透視してみることができた。家族における関係を解体させて闘いを継続する道を具体化しひきつけて己れに問うてもみた。

しかしこう問うてみても、関係の解体のもたらす代償に闘いが拮抗しえないはずだ。すでに形成されてある家族の関係と闘いを個の意志が選択しうるものではない。意志的に選択したとき、どちらをとっても闘いは個にとって死ぬにちがいない。いいかえれば、闘いへの批判的言辞すらもつきぬけてしまう家族のぎりぎりの心的実態こそに厳しく問われ、あれかこれかの極点に立たされたとき、闘いの内実が崩れ去ったといってもよい。

あるとき自分のうちに、闘いか家族かいずれをとるか、というように問いが立てられてしまうような状態になった。本来、二者択一ではなく闘いも家族もでしかありえないのだが、二者択一的にしか問いを立てられなくなってしまった。そういうふうな情況を生みだしてしまう闘いしか組織できなくなったとき、闘いは崩れたと受けとめざるをえなかった。

もしそのとき、さらに闘いを選んだとき、以降の闘いは恨みつらみの世界に変質していくようにわたしには思えた。こういいかえてもよい、もしそこで闘いから退くことを、主体の弱さ、決意の脆弱性として糾弾するとすれば、それこそ観念の転倒を自身もやらかすことになる、と。それは団結の崩壊の反映でもある。

そして闘いが崩れていく三つめの理由として、経営との対抗関係の変容がある。その頃すでに大手企業では労働争議はほとんどなくなり、自分たちも含め、多くの争議は小零細企業でのものだった。そこでの闘いは結果として倒産や企業解散を招来することも少なくなかった。もちろんそれも組合つぶし、雇用責任放棄の攻撃ととらえて対抗してきた。たしかに悪辣といってよい攻撃をしかけてくるところもあったのだが、個別職場の争闘をきりきりと突き詰めていき経営側の舞台裏の事情もみえてくると半ばわからなくもなく、闘いへのパトスが萎んでいくこともある。

大阪万博のあと幕を開けた七〇年代がすでに過ぎ、時代は八〇年代に入り、市民社会はますます膨化し、恣意性がさらに溢れる時代を迎えていた。

街には薬師丸ひろ子が歌う「セーラー服と機関銃」が流れていた。

さよならは別れの言葉じゃなくて
再び逢うまでの遠い約束
夢のいた場所に　未練残しても
心寒いだけさ

（来生えつこ作詞）

わたし（たち）の長年の闘いはこうして終わりを迎えた。

だが、つけ加えておけば、女性はしたたかだ。連れあいは、「夫頼るに足らず」と地域で活動を開始しネットワークを広げながら、生きかつ諸関係を変えていく道すじをつけ始めていたのだった。

ラディカルゆえの隘路

全共闘運動的な質をもった闘いだった

ふりかえって、一〇年近い闘いとは何だったのか。特徴についてまとめてみよう。

一. 差別を許さない
二. 実力闘争
三. 直接民主制的組織運営
四. 政治(党派)とは一線を画す
五. 連帯共闘

第一に、差別・格差を労働者自らが許さない闘いだった。そのためにフリーターなど非正規雇用者と正規雇用者が一体となり団結して、差別や労働者分断をはね返そうとする闘いだった。多くの労組が正規雇用者の権益を守るだけで、非正規雇用者を切り捨てて成り立っていることへの異議申し立てでもあった。さらにその団結を一企業内にとどめるのではなく、地域や産業内に連帯を広げようとするものだった。

ただし、左翼イデオローグがときに差別の摘出を自己目的化し、虫眼鏡で微細な差別を引っ張り出したり、自らの場から遠いところに貧民や窮民を措定し、そこから倫理主義的に折り返して、糾弾闘争をすることとは別だ。関係を切り結ぶ「いま・ここ」の場での差別を許さないとするものだ。

第二に、闘いのスタイルを挙げることができる。わたしたちが掲げた闘い方のスローガンは、「実力闘争」だった。それは全共闘運動の質を受け継いだものだったといってよい。

従来の労働運動といえば、現場で闘うのではなく、経営側の行ったことを不当だとして裁判所や労働委員会に提訴し、裁判闘争などで白黒決着をつけることを主とし、職場ではせいぜい昼休みに社前・社内で集会を開いて決議文を提出する――そんなことしかやらない運動になっていた。既成の政治党派が背後にあり、結局は政治勢力の拡大が大きな目的であり、すべてはそこに収斂される構造になり、「いま・ここ」での変革を自分たちで決着をつけていこうとする戦術はとらなかった。つまり法廷での闘いが中心だった。

それに反発し、職場で自分たちの力をもって局面を切りひらく――そうした闘いを「実力闘争」と呼び、担おうとしていた。

だから職場闘争が基本になる。職場での集会、ストライキ、社前でのピケッティングが主となる。そのうえで、地域デモ、ビラ撒き、駅頭での宣伝活動(ビラ撒きとマイクでの呼びかけ)などで地域への広がりもめざした。職場が売却されそうになったり、売却されたあとは、資産防衛のために職場に泊まりこみ、暴力部隊などを使った突入に備えてバリケードを築いて監視にあたり、職場を「実力」で守る。あくまで職場、「いま・ここ」の闘いを基本にした。政治党派の拡大に問題を収斂するのではなく、生き働く「いま・ここ」にこだわる生の直接性を求めるという意味でも全共闘的な質を有していた。

ストライキをうてば賃金は支払われないなか、あるいは立ちあがれば解雇され賃金が支払われないなか、自らと妻子の生活を維持しながら闘う困難は、学生時代の学園での闘いとは比較にならない厳しいものだった。しかし、それでも既成労組・団体のあり方に批判的なこうした闘うスタイルは、七〇年代、職場のそこここに噴出していた。

そして第三に、組織の運営にも特徴があった。直接民主制的運営を重視し、できるだけ開かれた会議とし、大きな方針・方向を決定する際には、全会一致をこととしてきた。それは規約で定められたものではなく、暗黙の運営方法としてとられたものである。もちろん最後は一〇名前後の少数の組織だから可能であったともいえる。だが、政治党派のように主義主張が同じものが集まっているわけではない。全共闘のように学生が自由に出入りできる組織でもない。たまたま職場に集まったにすぎない、思想・信条も異なる仲間たちが全会一致をめざすのは容易ではないが、互いに納得のゆくまで議論を重ねた。

また、執行委員はできるだけ持ち回り制にするように心がけた。

そして第四に、新旧を問わずどんな政治党派とも一線を画す。労働運動は政治運動とは異なるものであり、一線を画すことは暗黙の了解ともなっていた。

深い連帯と広い共闘

そして第五に、個別の闘いに封じこめるのではなく、地域や産業での連帯と共闘を深めることがあった。

I

わたしたちの闘いにはたくさんの労組、労働者、争議団が惜しみなく支援をしてくれた。職場泊まりこみは、当該だけでは充当できないので、ローテーションの空隙をあたりまえのように埋めてくれる支援者がたくさんいた。泊まりこみにはいつも酒などを差し入れてくれ、ありがたく皆で語り飲む夜もよくあった。また、事件が起こればすぐに駆けつけてくれた。

わたしたちもできるだけそのようにした。つまり一企業の枠を超えて、他の争議の支援に出かける。互いに連帯共闘するという作風は自然にできあがっていた。支援に出かけると、暴力をことする組織が常駐していたり、会社側みずからが襲いかかってくるような争議もあった。第二組合との対峙では、徹底的に規律化されたプロ集団を配置して襲撃してくるところもあった。政治党派が背後にいたのだろう。

わたしたちの争議には二人の弁護士が付いてくれ、よく闘いを支えてくれた。主任弁護士は長年の争議をずっと弁護士として応援してくれた。日中は一般事案の弁護士活動に時間を費やすので、わたしたちとの打ち合わせは開始時間がいつも夜になるのだが、嫌な表情は一切みせず、淡々と応援してくれた。といって、当該の方針には口出しをしない。そういう原則をわきまえていた。争議解決時には若干の報酬を支払いはしたが、ほとんどボランティアに近い活動を長年淡々と担ってくれた。ただただ頭が下がるばかりだった。

こういう支援、連帯、無償の支えが、闘いをあたりまえに担う力を与えてくれた。

「いま・ここ」の闘いの隘路

だが「いま・ここ」の闘いは、二律背反の隘路を進むしかない。

わたしたちは当然二重性を強いられる。企業であるかぎり、労使交渉の着地点(落としどころ)をさぐり、妥協(妥結)はしなければならない。他方では、労働者としての(全共闘的運動がめざした)原則をつねに踏まえる。その二重性を意識しながら、なんとか運動の推進に努めた。

既存の労働組合のように、フリーターら非正規雇用者への差別・首切りを容認し、正規雇用者の「権利」と「生活」を守るだけの戦後民主主義下の労働運動に堕すことを拒絶する。実力闘争を貫こうとすれば、当然資本の論理と真っ向からぶつかる。妥協する接点を見いだしにくい。徹底した対立を生みださざるをえない。それは結果として働く場(企業)の解体をもたらすかもしれない。もちろんそれは経営にとっても死活問題だ。「生活と職」を守るための運動と立ててみても、そこで原則的な闘いを展開すれば、市場で厳しい競いあいをしている企業をも追いこむことになる(もちろん資本が偽装解散を企てることもあるが)。

他方、そうではなく企業の論理の枠内での「改良」にとどまれば、そこでは資本の論理を受け容れることになる。もちろん個々の職場で働く者にとって「改良」はとても大切なことで、それが否定されるべきではけっしてない。だが、それはあくまでもこの社会システム内で許されることにすぎないから、必ず資本の論理が貫徹される。

このとき、既存の労働組合組織が陥りやすいのは、だから「労働者のための政治党派」がまず政権を掌握することだ、とし、政治や選挙運動にすべてを収斂させることだ。

でも、わたし(たち)には政治党派への思い入れなんてとうになかった。政権をとっても五十歩百歩がいいところで、むしろ怖いくらいだといってもよい。

わたしたちには、職場あるいは「いま・ここ」をおいて、どこかほかにユートピアが描けるわけでもない。団結は大切だが、団結が自己目的化されればそこでも転倒は起こる。政治へ吸収される労働戦線もまっぴらだ。

こうして、わたしたちは隘路に追いこまれていく。こちらからみればあたりまえとみえる原則的要求であっても、資本・経営側にとってはこれほどの脅威はなく、自己防衛で対抗してくる。労使がそれぞれ原則を貫けば「労使協調」なんてありえない。労働組合なので企業解体などもちろん望まないしあってはならないが、磯田さんのいう一番目の激しい表現である「企業をつぶす」ような方向に結果することになる。

他方、労使協調主義がもたらす労組の犯罪性には加担するつもりなどまったくなかった。それほど醜悪なことはないと思えた。

どちらを進んでも展望がひらけるわけではない、じつにニヒルな質をこの闘いはそもそも抱えていた。だが、そのようにしか世界はわたしたちの前には存在していないという認識がほんとうのところだった。

結局のところ、磯田さんが挙げた「秩序派」でも「心情的反抗派」でも「進んで被疎外者となってゆく孤立派」でもない道を歩んだわたし(たち)の闘いは、こうして崩壊した。そのことに悔いはまったくなかった。

かけがえのない仲間たち

「強いられている」という受感

　争議中、わたしは「強いられている」という受感をずっと抱えこんできた。

　そもそもまず、この社会では恣意的に振る舞うことを「強いられている」ということだ。溢れる商品に囲まれている。貨幣さえあればいかようにも商品を選択できる。だが、裏返せば、商品を選択するように強いられているにすぎない。恣意的に振る舞うように強いられているにすぎない。

　さらに、闘うことを「強いられている」ということだ。闘いを続けていながら、それを「強いられている」という感覚がずうっとつきまとっていた。何から闘いを「強いられている」のか。情況からだ。

　では、情況とは何か。

　この社会では他者に犠牲を強いてしか生きられない、他者から奪うことにおいてしか生きられないという情況の問題だ。もちろん、他者から犠牲を強いられる、他者から奪われることにおいてしか生きられないと受動形でいいかえても同じだ。

　あるいは、この社会では貨幣を得るために労働をする。それは消費する、あるいは労働力を再生産するために必要なことではある。だが、経済は利潤を上げ、資本を増加させるための物語としてのみ回転し、その歯車として自分の生産活動は位置づけられるように逆立ちしていく。そのような転倒を強いられている。そこでは共生ではなく奪いあいが貫かれざるをえない。

そんな社会に異を唱えたり、少しでも変えていこうとするなら、体制を補完する既存の組織には迎合せずに闘わざるをえない——だからけっして闘いたくはないが、闘うことを「強いられている」と。

たしかにわたしたちはこの社会で恣意的に振る舞えるようにみえる。強い規制もなく、思いのままに行動もできる。でも、実際にわたしたちが生きることができるのは、他者と争い、他者と競争して相手を蹴落とし、他者から奪うことにおいてである。そのように関係することにおいてでしかないのではないか。

だからこそ、闘うことを「強いられている」。

イデオロギーなど信用せず

七〇年代のこの労働争議をともに担った仲間たちの顔がいつも浮かぶ。なかでも、長老Nさんのことをよく想い出す。闘いを「強いられている」という受感を彼とわたしは共有していた。

N氏はわたしより少し年長、だからベビーブーマー世代より三歳ほど上の人で、一〇年間近い争議をともに闘った。若い組合員のなかで彼は年長だったので、長老的存在でもあった。

彼の母親は自らの生と引き換えに彼を産んだ。そういう出生の宿命を背負っているからかもしれないが、彼は自己犠牲の人だった。高校を出て地元九州の書店に勤めたあと大学生協で働くようになる。ときあたかも全共闘運動が広がっていた時期だ。ベトナム戦争が激しさを増すなか、その地で自らべ平連（ベトナムに平和を！市民連合）を立ちあげ、市内で定期的にデモを行う。ときには二、三人だけのデモということもあったという。

大学生協は新左翼系セクトが支配していて、彼はそこでは労働者として働いていたから、そのセクトと対抗せざるをえない。だから新左翼系セクトの裏側も知り、何の幻想も抱いていなかった。もちろん既成左翼においてはなお。

上京した彼は、大学の夜間に通いながら働き口を探す。「真面目な勤労学生求む」の広告が目にとまり、出版社に入る。それがわたしのいた職場でもある。彼はその会社の倉庫部門で入出庫作業に従事する。

その職場でフリーターの若者が契約期限切れを理由に解雇され、労働争議が始まり、一〇年近い争議に発展したのだが、倉庫の若い労働者たちを丁寧に組織化したのがNさんだった。埃っぽい職場の労働条件改善のために奔走する。

彼はイデオロギーなどまったく信用していなかった。基底には断念があった。理念を誇大に妄想したりすることは一切ない。現に困っている、あるいは虐げられている人がいれば、それに対してはともに断固闘う——ただそれだけの原則を守り、きっちりと闘いを担う人だった。

彼からみれば、わたしなどは親の脛をかじって昼間の大学を卒業し、恵まれたプロセスを経ているのだが、彼はそういうことを関係のなかで味付けすることはいっさいなかった。それが彼の根底にある倫理の魅力だった。

仲間たちのその後

結成当初二十数名いた仲間たちも、最終段階では一〇名ほどだった。少しずつ抜けていくなかで、それでもともに厳しい闘いを続けられたのは、フリーター解雇に立ちあがったことに端を発した闘いを最後まで放棄しないでいこうという関係、つながりを大切にする心だった。

全共闘運動は、大学で立ちあがりたいものが名乗り集まる共闘組織だ。だが、労働組合は異なる。職種も学歴も異なり、全共闘運動にはまったく関係のない人も当然いた。たまたま同じ職場に入ったにすぎないものたちがつながり、共同の利害・考えを掲げ活動をしていく。

そのなかで長年にわたる厳しい争議をともに担いえたのは、労働者としての大きな枠組みと関係性によってだった。互いに信頼しあい、支えあうという関係性がそこにしっかりあったからだ。最終局面で「団結」が瓦解するような状態のなかでも冷静に議論を進めることはできた。

この仲間たちと形成した共同性をおいて、いったい他のどこに「変革」や「労働者階級」や「プロレタリアート」があるだろうか。おそらくこれだけは自信をもって断言できた。そしてそういう闘いをよく闘いきって瓦解した。

ばらばらになってから、すでに四半世紀以上のときが流れている。学習塾教員として子どもたちの信頼を得ながら働いたあと、病いで逝去したものがいる。北方の小さな漁村の空き屋を得て生活を営みながら、生態系分野の活動をしているものがいる。消息不明になったものがいる。就職先をいくつか変えながらも黙々と働き、定年後の現在も静かに就労しているもののもいる。

そしてNさんは争議後故郷に帰り、障害者との偶然の出会いから福祉生協を自ら立ちあげて、その活動を牽引し、地元での介護支援の共生活動をいまも担い続けている。

たしかに「団結」は崩れた。そういう闘いしか形成しえなかったという自分の問題であったし、わたしたちの世界に忍びこむ共同世界の陥穽でもあった。同時にそれはよく闘う労働運動が抱える二律背反であり、まさに情況の問題であった。

他方「団結」が維持されること自体が自己目的化されるべきことでもない。もちろん、大きな企業や官公庁、自治体などでは、「団結」を解消するわけにもいかないだろうし、どんな職場でも、労働者が生存、生活する権利を擁護していく動きは必要に応じて起こりうる。それは当時も現在も変わりはしない。

けれども、労働者の「団結」が「正規雇用」労働者の利害・権益擁護に限定されるとすれば、その団結は、労働者内部で齟齬をもたらすし、生活者、消費者との間でも齟齬をもたらす。自らの組織内権益を守ることが、非正規雇用者の犠牲のうえに成り立っていること、他の外注先、下請け先により過酷な労働を強いることによって成立しているにすぎないことに思いをいたすことは前提とされるべきことはいうまでもない。

中間総括のとき　八〇年代

村上春樹　「残務整理」としての初期三部作

ヒルトンが二塁打を打ったとき

反体制運動が残した硝煙煙る七〇年代、人は総括を迫られつつ、生活の糧と居場所を求め彷徨した。そして時代は八〇年代を迎える。

すでに触れたように、小阪さんは七〇年に大学を中退し、元祖フリーターのような生活を始め、村上さんは七一年には学生結婚し、三年後には奥さんとともにジャズ喫茶を開店、働いていた。二人はくぐり抜けた七〇年代末から表現を発表し始め、八〇年代に本格的に表現活動に入っていく。「軽薄短小」がもてはやされる時代を迎えるが、二人はそれとは異なるところで表現を展開していくことになる。

まず村上さんからみてみよう。彼は七八年の春、突然小説を書くことを思い立つ。

小説を書こうと思い立った日時はピンポイントで特定できる。1978年4月1日の午後1時半前後だった。その日、神宮球場の外野席で一人でビールを飲みながら野球を観戦していた。

(『走ることについて語るときに僕の語ること』)

ちょうどヒルトンが二塁打を打ったとき、「そうだ、小説を書いてみよう」と思い立ったという。書き上げた小説『風の歌を聴け』が翌七九年文芸誌「群像」新人文学賞を受賞する。

ちなみにわたしは、このとき、雑誌「群像」に載ったのを近所の図書館でちらっと見た記憶がある。当時は争議中で週のほとんどは徹夜の泊まりこみをしている状態だったので、泊まり明けで帰宅したときだったはずだ。

惹かれはしたが、とても読める心的情況ではなかったし、時間もなかった。『風の歌を聴け』を読んだのはそれから二年前後経ってからのことだった。

こうしてちょうど七〇年代末から、村上さんは表現を世に問うようになる。六〇年代末の全共闘運動を体験してから表現を生み始めるのに、一〇年が必要だったのである。

「残務整理」のまとめとして

すでにみてきたように、村上さんは六〇年代を「特殊と言っていいような時代」とふりかえっている。デビュー作『風の歌を聴け』は一九七〇年を舞台にしている。第二作、八〇年発表の『1973年のピンボール』は六〇年代末から七三年頃までを舞台にした。八二年発表の第三作『羊をめぐる冒険』は六〇年代後半から七〇年代を舞台にしている。のちに発表された『ノルウェイの森』は改めて六〇年代末を舞台にしている。他の作品にも、六〇年代体験が色濃く投影されている。

たしかにどんな人にとっても青春は絶対的である。だから、たまたま村上春樹さんの青春が六〇年代後半と重なっていたので、特別な時代のように感じているだけだともいえなくもない。しかし、それだけではなく六〇年代後半は「何か特別のもの」があったと彼が感じ、以降の生き方に深い刻印を残すだけの衝撃力をもっていた。

彼はその六〇年代体験を七〇年代の一〇年をかけて問い続け、それが「鼠」と「僕」の三部作を生みだした。

初期三部作に通底して流れているのは、六〇年代後半の全共闘運動時代の行動的なラディカリズムと、その裏側に貼りついていたニヒリズムであり、それが「鼠」をとらえて放さなかった。ニヒリズムの病いを抱えた「鼠」を引き受けることによって、初期三部作は成立しているといってもよい。

三部作最後の『羊をめぐる冒険』は一九六〇年代の鎮魂とそこからの訣別の物語だった。旧友「鼠」を探し北方の山深くへ分け入った「僕」は自分の分身でもある「鼠」の自爆によって、六〇年代との訣別を追認することになる。『風の歌を聴け』『1973年のピンボール』では未決着なまま引きずっていた問題について、哀悼の念をもちながら手厚く葬ったのだ。

かつて蓮實重彦さんは『羊をめぐる冒険』に「宝探し」の構造をみていた(『小説から遠く離れて』)が、たしかにこの作品はまぎれもなくそういう構造をもっている。だが、その最後は屈折していた。探しだすはずの宝はすでに消えていたからだ。観念の王国である羊を呑みこんで「鼠」は自死してしまった。鼠という一九六〇年代、鼠という青春、そして鼠のなかに棲みついていた観念の王国も死んでしまったのである。宝探しに出かけようやく宝を探しだしたとき、宝が喪われていた。宝の不在を痛切に思い知らされる。宝探しの構造もこのとき、崩れ去ったのである。それは六〇年代ラディカリズムの終焉を改めて告げ知らせる物語でもあった。

絶対観念の崩壊と、「そのあとにやってきたなぎのような七〇年代」の喪失感がうたわれた。まぎれもなく、村上さんは全共闘運動と連合赤軍事件の問題に、彼なりの方法で深く向きあい、また鎮魂したのだ。

ところが、初期三部作が発表されたとき、筋違いの批判が彼に投げかけられた。全共闘運動や連合赤軍事件に向きあっていないとか、問題を掘り下げていない、というものだった。だが、こうした批判は的を外していて、連合赤軍事件を生みだすグロテスクな観念の転倒とは自分が無縁だときれいに思いこめる無自覚ゆえに発せられたものだった。

小阪修平さんは自分が森恒夫になる可能性があったことを公準としたが、村上春樹さんは観念の王国としての羊を呑みこんで自死した「鼠」(もうひとりの「僕」)を描くことで、ラディカリズムの終焉を自らのこととして引き受けた。

こうして村上さんは六〇年代の「残務整理」としての七〇年代を生き、これを表現としてまとめた。一九八二年のことである。

小阪修平の中間総括

……マルクス葬送と市民社会論

雑誌寄稿を始める

一方、小阪さんのほうも同じように、七〇年代末に表現を始めることになった。「六〇年代よりもきつい時期の経験だった」七〇年代前半、そして「一種のリハビリの時期だった」七〇年代後半を経て、七九年から雑誌などに原稿を寄せるようになる。当時毎号のように新左翼特集を組んでいた雑誌「流動」などに寄稿を始めている。

わたしが彼の表現とスタイルに注目し本格的に触れるようになったのは、彼が八二年に創刊した同人誌「ことがら」からだ。

ちなみに小阪さんは、八六年には笠井潔、竹田青嗣の各氏と編集委員となって、雑誌「オルガン」を創刊し、九一年まで一〇号を出している。この時代、塾講師や家庭教師をしながら雑誌やシリーズものの企画・編集をし、同人誌や雑誌にかなりの量の寄稿もするという活躍ぶりだった。彼にとっては八〇年代がもっとも著述の旺盛な時期になる。

「森恒夫は自分だ!」

では執筆活動を本格化させた八〇年代、小阪さんは何を自らのテーマに課したのだろう。

まず彼は、誰もが連合赤軍最高幹部だった森恒夫になる可能性をもっていたととらえる。これは彼が評論活動に入る前提として心したことだ。いいかえれば、問題の所在を森恒夫という個人的資質や連合赤軍の理論・路線に帰してすまそうとする多くの言説とは異なる。

実際、森恒夫になる可能性は多くのものが感じていた。たとえば、笠井潔さんは八〇年代半ば『テロルの現象学』を出したあと、対談相手の小阪さんにこう語っている。

ぼく自身強い党をつくるためには内ゲバに耐えられる党派でなければだめだという発想をごく自然にしていたわけだし。で、連合赤軍までいきつかなかったというのは、やっぱりぼくが第二線にいたからだと思うんだよ。第二線にいたってのは決意が脆弱だったってことがひとつあるけど、もうひとつ先が見えすぎたってこともあって、双方の理由で。

(「連合赤軍という課題」「ことがら」七号所収)

逆にいえば、決意が強固であり、もう少し先が見えていなかったら、森恒夫になる可能性があったということでもある。

小阪さんは連合赤軍事件に触れてこう書いている。

……この事件がそれ以降の時代におよぼした大きな影響は、理念や理想を語る言葉への不信を生んだことだ。あるいはそういう言葉の力の失墜をまねいたことだ。連合赤軍が知らしめたことは、人間の観念がもつグロテスクな構造なのだから。

(『市民社会と理念の解体』)

「理念や理想を語る言葉への不信」「人間の観念がもつグロテスクな構造」――それは小阪さんの

みならず全共闘運動に大なり小なり関わったものたちが抱いたことであり、村上春樹さんは言葉への不信をもち、そのことを創作を通じ考え続けてきた。

連合赤軍の幹部や兵士たちをつかんだ観念の力学は、わたしのように六〇年代後半に後ろで右往左往していたようなものでも、七〇年代の運動の渦中にあったとき、自ら、そして周囲に、同様なものを水で薄めたかたちであれ感じないわけにはゆかなかった。

連合赤軍事件は、小阪さんがいうように、以降の時代に大きな影響を与えたが、たくさん出されたコメントのほとんどは、イデオロギーや路線の問題か、指導者の性格や資質に帰してすませようというものでしかなかった。だが小阪さんはこの問題を、人間が生みだす観念の構造の問題として抉《えぐ》ろうとし、その作業に誰よりもこだわり続けることになった。

階級社会から市民社会へ

ここから小阪さんは二つの作業に入る。

一つは、市民社会論である、もう一つは、「マルクス主義」の検証と批判だ。

まず七〇年代以降の社会を「市民社会」と呼び、そこで「欲望」を通じて市民社会をとらえようとしている。

……、自分がなぜ資本主義という概念ではなく市民社会という概念を問題意識の軸にすえたかを確認しておく必要があるだろう。その第一の理由は、高度成長の渦中で成人し市民社会の変貌をまのあたりに感じていたわたしとしては、市民社会の矛盾は階級関係には還元できぬ、

「関係の矛盾」として感じられたからであり、また市民社会のもっている現実性が、戦後社会にたいする倫理的な批判ではとどかないような現実性として感じられたからだ。（同前）

わたしたちが生きている場と、そこでの関係性のあり方をイメージするとき、市民社会ということばがぴったりする、と小阪さんは考える。古典的な資本家と賃労働者という階級関係としてだけではとらえられない、それ自体が独立したシステムとしての相互依存性をもっている。いまわたしたちが生きる「市民社会」は「階級関係」へと還元できない。それを、複雑な関係のシステムとして改めてとらえ直す必要がある。当然、権力についても、資本の権力という単純なとらえ方ではなく、局所的な関係としての権力をとらえることが必要だと考える。

そして、市民社会を「欲望」のメカニズムとしてとらえようとする。「欲望」という観点こそ、市民社会をとらえるキーワードだと。

だが小阪さんは、欲望のメカニズムとして市民社会をどうとらえるのか、その理論を性急に求めることを自らに禁じ、次のように書いている。

ただたしかなことは、この市民社会の外部にどのような倫理を定立する作業も、わたしたちの身体がこの市民社会に深く棲みこんでいることからくる架空の二分法を免れがたいものであり、市民社会の総体的な揚棄《ようき》は、ただわたしたち自身の欲望の変容をつうじてしかはたされないということであるようにわたしには思える。（同前）

このあたりに、小阪さんの立ち位置が明確に示されている。

「マルクス葬送派」として

当然、批判は「マルクス主義」に向けられる。

一九七九年、小阪さんはある雑誌の座談会に参加している。文章を発表し始めた年のことだ。笠井潔、長崎浩、小阪修平、津村喬、そして戸田徹と、全共闘運動時代の新左翼の論客らが出席している。テーマは「マルクスを葬送する」という、当時としてはなかなか刺激的でジャーナリスティックなタイトルである。おそらく編集者が付けたものだろう(戸田徹『マルクス葬送』所収)。

一九七二年に連合赤軍のリンチ殺人事件が発覚するなどして、「新左翼」や「マルクス主義」は大打撃を受けていた。また国外では中国文化大革命、中越戦争、カンボジアの大量虐殺などが起こっていた。それでも、それらの政治事件が「真のマルクス主義」ではなく「誤ったマルクス主義」ゆえに起こったことであり、「真のマルクス主義」は厳として有効であるという言説はまだまだ極めて根強かった。つまり、「偽のマルクス主義」を批判して、「正しい真のマルクス主義」を護ろうとする護教派は少なくなく、「マルクス主義」批判は、「転向」との誹《そし》りを免れないものがあった。

だから「マルクス主義」だけではなくマルクスの思想を批判しようというのは、当時としてはなかなか踏みこみにくいものがあった。それを、新左翼のフィールドから出てきて、かつ質の高いもの書きであった戸田徹、笠井潔、小阪修平の三氏と、六〇年安保世代の先達である長崎浩氏らはマルクスの思想のなかにも限界や誤りを指摘し、周囲から「マルクス葬送派」と呼ばれることにもなる。

自ら語っているように、小阪さんは一度として「マルクス主義者」であったことはない。マルクスの思想と「マルクス主義」は別ものだ。マルクスの思想を学びそこから吸収することは多大にあっても、それを「マルクス主義」として信奉したことはない。それはわたしも同じだ。

しかし「マルクス主義にたいしてマルクス自身に直接の責任はないが、マルクス主義にいたる潜在的可能性はマルクス自身のテクストのなかにある」と小阪さんは考える(『思想としての全共闘世代』)。

ここでその座談会の内容に立ち入る余裕はないが、小阪さんはマルクスへの疑義として主に二つ挙げている。

一つはマルクスの「産業主義」だ。産業の力によって開かれていく世界に、マルクスがコミュニズムの論理的核心を置いたこと。マルクスが生産力の発展が「自由な諸個人の連合」をもたらすとして、「資本の文明化作用」を肯定的に評価していること。

もう一つは、マルクスが措定した「プロレタリアート」が、仮構された、つまり捏造された理念にすぎないのではないかということ。

ソフト・スターリニズムを撃つ

そして、まだ残存するマルクス主義、あるいはソフト・スターリニズムをこそ撃たなければならないと小阪さんは論を進める。

――六〇年安保からはじまるこの国のラディカリズムは、高度成長以降の時代にその存在論的根拠をもっていたとわたしはかんがえる。だからこそ、あの時代のラディカリズムの「意志」をどのようにソフト・スターリニズムの言説作用の求心性から掬《すく》うことができるかが、わたしの課題なのである。

（『市民社会と理念の解体』）

八〇年代はソフト・スターリニズムやマルクス主義的言説がまだまだ根強く残されていたので、この時代の彼の評論は畢竟《ひっきょう》それらの批判に多くのページが割かれることになった。「真理」や「科学性」を標榜してきたマルクス主義党派や政権が内部的な激しい粛清を行うばかりか、人民すら大量虐殺するという暴挙が明るみに出てくる。

それはいったいどうして起こるのか。そもそも否定をもとりこみ「真理」を実現するというヘーゲル弁証法的詐術がまずある。さらに「真理」を語ることがじつは権力作用にほかならないというミシェル・フーコーの指摘も小阪さんは援用して、マルクス主義党派が「プロレタリアート」の立場を代表するものとなり、世界史の「目的」や「未来」を自らの掌中にすべて収められる、という転倒も指摘する。だからこそ「真理」と「未来」の名において大量の粛清殺人がさまざまなところで可能となってしまったと。

それらは、マルクスのテクストが誤読されたとしてすまされるのではなく、マルクスのテクスト自体にそういう可能性が含まれていたと小阪さんはとらえるに至る。

もちろん小阪さんはマルクスを全否定するわけではない。「真理」の言説作用から離れたところで、改めてマルクスと向きあう必要性を認めている。

「知」から「経験」と「身体」へ

こうして小阪さんは、「マルクス主義」やスターリニズムを批判し、なぜそうした知の絶対化が起こり転倒が生まれるのか、さらにその根に迫る。

古来「知」は、「知からこぼれ落ちるもの、自然のさまざまな質を無意味だと考え」て捨象してきた。だから「知」は「対象に対する支配的な操作の力である、自由とは身体と経験からの自由でもあった」。それが近代の袋小路をもたらしているのだと小阪さんはいう。

したがって、小阪さんは「知」ではなく「経験」を対置する。

> 私の考えでは、知の対極にある概念は、というよりその全体性のなかに知をもはらむ概念は経験である。
>
> 経験は身体によって生きられること、いわば身体のことばであり、常に具象的である。啓蒙的な知は、経験が多義的で代替・交換不能であるがゆえに、経験を知と非知へ解消してきた。だが経験はその多義性とあいまいさを通して、知と非知へ分割されない一つの知のかたちを示している。（同前）

「経験の多様で多義的なあり方を知へ移すことを通じて」、知として硬直してしまう領域を逆に解きほぐしていく作業が必要なのだ。たとえば、社会主義、党、技術、身体などの概念も実体化して考えてしまうと、みえなくなる。それらの概念の硬直を解きほぐすためには、多様性をもつ経験に寄り添うことが必要だと小阪さんは考える。それが六〇年代後半から七〇年代はじめに、知が辿った転倒を免れ、さらには西欧の文明観を相対化する道だ。以降、小阪さんは経験という視点にこだわり続ける。

「身体」もまた、経験が知の回路に組みこまれることを撃つために浮上してきたことばだった。だから「身体」性は知が党派性へと閉じられていく動きを解体する可能性をもっているはずだった。小阪さんは「身体」に、党派に回収されない可能性をみていた。

しかし同時に、「身体」性が宗派性へ凝縮されていく危険性もよくとらえていた。連合赤軍でのリンチ殺人事件がそのことを証左してしまった。つまり身体もまた両義性を含んでいることを小阪さんは指摘している。これは結果として九〇年代のオウム事件を予測したものになっている。

八〇年代からのスタイル

この社会を「階級社会」ではなく「市民社会」ととらえたとき、わたしたちは市民社会とどう向きあえばよいのだろう。

小阪さんは市民社会とは、個へと解体された諸個人が、市場-資本という経済的システムと、国家を媒辞として関係をとりむすぶ「関係の社会」であるとし、市民社会を根底的に揚棄するには、こうした関係が再生産される場の力の構成自体を変えていくことが必要であるとしている。

ただ、その課題は現在不分明にならざるをえないとしたうえで、こう書いている。

――そんなふうな課題としてしか、市民社会の根底的揚棄という課題は現在のところ設定できない、とぼくはかんがえている。だがあえてこの立場をとるということは、市民社会という枠組のなかで思考するという枠を、自分の思考にはめないということでもある。イデオロギー的にではなく、思考のスタイルとして市民社会の枠内で思考することとは一線を画すという立場をぼくはえらんでいるということを、言っておきたい。（同前）

一方では、市民社会のなかに生きていることに頬被りして、「現実」を見ずにその「外側」に立ったつもりで「正義」や「大義」を掲げていまでも産出され続けるソフト・スターリニズム的な言説を撃つ。他方では、市民社会の枠内だけで思考することとは一線を画する。そういうきつい作業を、小阪さんは八〇年代以降ずうっと続けることになる。このように市民社会のなかで思考するという枠をはめず、しかも「外側」に立ったつもりで思いなすのでもなく、社会を両義的にとらえながら小阪さんは思想営為を進める。だが、このスタイルを彼以外に見いだすのはしだいに難しくなっていく。

村上春樹の中間総括

……『世界の終りとハードボイルド・ワンダーランド』

無意識に生みだしてしまった「世界」

観念の病いを深く受けとめたあと、病いの根を辿ったときそれが自我に行き着くとすれば、叛乱の季節のあと人はどんな歌を歌うことができるのか――その問いへの答えを村上さんは八五年発表の『世界の終りとハードボイルド・ワンダーランド』に結実させる。

物語は、初期三部作ではまだ探していた「宝」も、決着をつけるべきものもすでにないところから始まる。

「私」が主人公の「ハードボイルド・ワンダーランド」と、「僕」が主人公の「世界の終り」の二つの物語が平行して進行する。「私」と「僕」という二重の自己が物語られる。

「私」は計算士と呼ばれるコンピュータ情報処理技術者で、計算士を抱える「組織(システム)」と、記号士を抱える「工場(ファクトリー)」という二つの組織の間の情報戦争に巻きこまれる。老博士は情報の機密を守るために人間の脳というブラックボックスの利用を思いつき、「私」の脳を実験台にする。「私」には三つの思考システムができあがる。第一にふだんの「私」のシステムであり、第二にシャッフリング用の意識の核であり、第三にビジュアル化された意識の核である。ところがアクシデントによって回路接続の切り替えに失敗し、「私」はまもなく第三の思考システムに恒久的にはまりこんでしまうことになる。

第三の思考システムとは、「私」の意識の核がビジュアル化されたものだ。それは「私」自身にも対象化されていなかった奇妙な世界である。「世界の終り」と名づけられたその街は、壁に囲まれ、街の中央を一本の川が流れ、一角獣がいて、自我やエゴのない街だ。そうした街に「私」の意識は固定され、その世界を永久に生き続けなければならなくなる。

その自我もエゴもない奇妙な街に生き始めた「僕」を描いたのが「世界の終り」の物語である。そして「世界の終り」の街にまもなく向かうことになってしまう現実界の「私」のプロセスを描いたのが、もう一つの物語「ハードボイルド・ワンダーランド」である。
「私」が無意識のなかでイメージしていた「世界の終り」について老博士は言う。

あんたの意識が描いておるものは世界の終りなのです。どうしてあんたがそんなものを意識の底に秘めておったのかはしらん。しかしとにかく、そうなのです。あんたの意識の中では世界は終っておる。逆に言えばあんたの意識は世界の終りの中に生きておるのです。その世界には今のこの世界に存在しておるはずのものがあらかた欠落しております。そこには時間もなければ空間の広がりもなく生も死もなく、正確な意味での価値観や自我もありません。

「世界の終り」は「ハードボイルド・ワンダーランド」の世界に生きる「私」が意識の核でつくりあげた街であり、「私」の意識のデータがビジュアル化されたものだ。無意識に生みだしてしまった世界にほかならない。

なぜ、終わってしまった世界を「私」は生みだしていたのだろう。それは「私」が断念を抱えこんでいたからだ。いいかえれば、それは「私」がこの社会(ハードボイルド・ワンダーランド)から強いられて生みだしてしまった街であり、六〇年代叛乱の季節が惨劇をもたらしたあと、著者がイメージを強いられた世界といいかえてもよい。

「限定されたヴィジョン」と「完全なヴィジョン」

「ハードボイルド・ワンダーランド」という「現実」の物語で、まもなく老博士の回路切り替えミスで「世界の終り」へ入って行かざるをえない直前、「私」は図書館の女に次のように語っている。

「総体としての人間を単純にタイプファイすることはできないけれど、人間が抱くヴィジョンはおおまかに言ってふたつにわけることができると思う。完全なヴィジョンと限定されたヴィジョンだ。僕はどちらかというと限定的なヴィジョンの中で暮らしている人間なんだ。その限定性の正当性はたいした問題じゃない。どこかに線がなくてはならないからそこに線があるんだ。……」

このことばのとおり、「私」の無意識の核の「世界の終り」の街は壁で囲われて、空間と世界が限定され、外へ出る自由は奪われている。争いのない純粋な労働もそうした限定された枠組みのなかで保証されている。「限定されたヴィジョン」の世界での静かな生だ。

だが、この「世界の終り」には、じつは出口、脱出口が隠されていた。脱出を図ることも可能だ。さらに壁を乗り越えたり、打ち壊したりして外へ出ようと狙うこともできるかもしれない。街の壁の外へ出ようとするのは「完全なヴィジョン」を志向する人間だろう。この街では「不完全な部分を不完全な存在に押しつけ、そしてそのうわずみだけを吸って生きている」。だから「弱い不完全な方の立場からものを見る」ことを「影」は促す。それは、総体をとらえようとする「完全なヴィジョン」の立場だ。

ここで「完全なヴィジョン」と「限定されたヴィジョン」を対比してみるならば、一九六〇年代後半の政治の季節は「完全なヴィジョン」の時代として位置づけられる。「大きな物語」の時代といいかえてもよい。世界を「完全なヴィジョン」で覆おうとした。六〇年安保闘争前後、新左翼の源流となったブント（共産主義者同盟）から「全世界を獲得するために」というスローガンが生まれたが、世界をわがものにしようとするそうしたスローガンは、六〇年代後半に若者たちの心を強くとらえ、学園で、そして街頭で飛び交った。それは自我の拡大であり、人が生みだす観念の拡大の運動でもあった。必要なら壁を乗り越え、あるいは壊そうとする運動でもあった。

だが、「完全なヴィジョン」を生きる運動は七〇年代初頭、「完全なヴィジョン」をめざす観念ゆえに悲惨な事態をもたらす。連合赤軍の事件に象徴されるように、肥大化する観念が生みだす惨劇に結果する。

「限定されたヴィジョン」のもとでの生には、六〇年代後半の叛乱の季節の顚末が深く投影されている。「ハードボイルド・ワンダーランド」の「私」はなるべく組織に関わらず、自分のことは自分で決める、仕事は単独でし、できるだけ他者を煩わせないですむスタイルを選ぶ。限定された生を単独者として生きるスタイルを求めてきた。「私」は「完全なヴィジョン」を抱くスタイルを表立って批判はしない。ただ少なくとも自分は「限定されたヴィジョン」を生きようとする。

だからこそ、「私」が無意識に描いていたのは「世界の終り」の街であり、「自我やエゴ」のない静《せい》謐《ひつ》に包まれた空間だった。「世界の終り」の街のイメージは、六〇年代末の観念の熱狂が醒めたあと、人が描きうる象徴世界だった。

「世界の終り」に住む「僕」はその街についてこう語っている。

「……。ここでは誰も傷つけあわないし、争わない。生活は質素だがそれなりに充ち足りているし、みんな平等だ。悪口を言うものもいないし、何かを奪いあうこともない。労働はするが、みんな自分の労働を楽しんでいる。それは労働のための純粋な労働であって、誰かに強制されたり、嫌々やったりするものじゃない。他人をうらやむこともない。嘆くものもいないし、悩むものもいない」

しかし、このユートピア的な街は「自我やエゴ」の喪失と引き換えにしか得られない。また、この街には受け容れがたいものもある。たとえば、街は不完全なものの犠牲のうえに成り立っており、「不完全な部分を不完全な存在に押しつけ、そしてそのうわずみだけを吸って生きている」。そう「僕」の「影」は主張する。

この街にとどまるのか、この街から脱出するのか。「僕」は「影」の主張に同意し、この街から脱出しようと決意する。だが、最後の土壇場で踏みとどまる。そして心の影を引きずり森のなかで苦しみながら生きる道を選ぶ。

「森」は「心」を追放できずに抱えこんだ人々の共同体である。森の存在は「心」を消滅させることの困難を示している。森もまた「私」が「自我とエゴ」を喪失したはずの街のなかに滲ませ生みだしてしまったものだ。だから、その森に入り、森で生きることの困難を引き受けようと決意する。

一方、「ハードボイルド・ワンダーランド」の「私」は、「世界の終り」にまもなく入りこもうとするとき、晴海埠頭の倉庫脇にカリーナを停めて、シートを倒しボブ・ディランのテープを流す。そしてフロント・グラスから射しこむ陽光を受けて、「限定された人生」に与えられた「限定された祝福」を感じとる。そのとき「私」は、自らの生と死を受容しようと心している。

同時に、「世界の終り」で自らのつくりだした街に残り、かつ森に分け入ろうとする「僕」の決断も自らの生と死の受容だ。いずれも「完全なヴィジョン」を抱えようというものではなく、「限定されたヴィジョン」のもとで、自分に訪れる事象と誠実に向きあおうとするものだ。そこに作者の倫理がある。限定された生を引き受けていこうとする倫理がみごとに謳いあげられている。六〇年代後半のラディカリズムが転倒してしまった負性をとことん総括したものだ。

『世界の終りとハードボイルド・ワンダーランド』は、作家が「残務整理」としての七〇年代を生きぬいてつかんだ全共闘運動の徹底した「中間総括」だったといえる。だからこそ村上さんの作品のなかでも大きな頂を形成するものであり、二〇世紀後半の傑作の一つに位置づけられる。

小阪修平の三島由紀夫論と全共闘世代のニヒリズム

三島由紀夫へのこだわり

『市民社会と理念の解体』に収められたような市民社会論を展開する一方、小阪さんは八八年には『非在の海』という三島由紀夫論を著している。初めてのハードカバーの本格的評論だ。東大教養学部に三島由紀夫を呼び、東大全共闘の一員として小阪さんが直接討論したのは一九六九年五月のこと。それから二〇年近く経って、小阪さんは『非在の海』を書きあげた。なぜ三島由紀夫にこだわり続け、八〇年代も後半になって『非在の海』を生みだすに至ったのだろうか。出自も、育った時代背景もまったく異なる三島のことをなぜ執拗にといってよいくらいに論じることになったのだろう。

前にも書いたように、立ち位置からすれば「極右」であり「天皇」へ自らの存在と行動を懸想する三島と、「極左」の東大全共闘はまったく対極的なところにあったはずだ。

自身が「全共闘H」として参加した三島由紀夫との討論(『美の共同体と東大闘争』)のあとがき(「討論を終えて」)で、小阪さんは三島のことをデマゴコス(大衆扇動家)と呼び、厳しく批判している。「特有の、しかし時代的な幻想の構造をもつ三島の致命的な敗北は夭折しえなかったことであり、三島の戦後の余生は夭折しえなかったことの負の遺産であると言って過言ではない」と。東大教養学部での討論直後にまとめられた文であり、時代はまだ一九六〇年代、退潮に入ったとはいえ、闘いは続いている時期だったから、三島への厳しい論難も当然だったろう。

求められたのは「生の直接性」

しかし、それから二〇年近くを経た『非在の海』では、そのトーンはかなり趣きを変えている。小阪さんはより精緻に分析を加えながら、まず三島と自ら(全共闘)が深いところで重なる部分があったのだ、と改めてとらえる。両者に共通するのは観念と肉体を一致させようとしたことであり、いま・ここにある生を充溢させようとすることだった。いいかえれば、それだけ六〇年代後半、人々が自らの生をよそよそしく感じざるをえない情況に追いこまれていたのだ。生の疎外感が、この社会の枠組みを否定したい、あるいは外へ超出したいというラディカリズムを噴出させることになった。

そこに、小阪さんは「奇妙な一致」以上のものをみている。だからこそ、六九年の対論後、二〇年間も三島と向きあい続けることになった。

三島がもとめたもの、そして六〇年代末の季節に表現されたさまざまな理念は、たとえば、身体的であること、現在的であること、絶対に到らねばならぬこと、そして情熱が情熱であること、ことばがことばであり、身体が身体であり、他者が他者であること、などなどとして表現できる。ひとことで言えば、それらは生の直接性ということばで総括できる理念であった。

(『非在の海』)

「生の直接性」の希求は、「六〇年代末が社会のおおきな転換期、高度成長の果実が大衆のものとなりはじめ、戦後社会のさまざまな言説のほころびが見えはじめた時代」であり、疎外感を大衆が感じ始めていた時期であるがゆえに、生そのものを渇望するものとして生まれた。

戦後社会に静かに忍びより足下にじわりと広がるニヒリズムの毒に三島が冒されていることを、小阪さんは鋭くとらえていた。もちろんそれは小阪さん自身を冒していた毒であり、意識の有無を問わず市民社会に蔓延し始めたものだった。だから、「傲慢」と断ったうえで、彼は「三島由紀夫のなかに自分の分身を見ることは、ごく自然なことだった」とふりかえっている。

三島は自己の観念のなかで徹底的にラディカルな人だった、と小阪さんはとらえる。ただ、このとき、戦後社会の孕む空虚の認識が深まった場所でのラディカリズムだったがゆえに、彼は天皇に脱出路を見いだしたのではないかと。

ニヒリズムとラディカリズム

ニヒリズムが広がり、求めるべき「海」がカラカラに乾いていることを感じ、追いつめられた三島は、市民社会の「安心」に苛立つ。そこで彼がとったスタイルはボディビルや武道を始め「肉体」を強化し、それをバネにしてこの社会を超え出ようとすることだった。そういうラディカリズムへと急激に傾斜していく。

一方、全共闘運動も個別学園のさまざまな闘争課題はあったにせよ、根底では市民社会に対する異和を抱えこみ、この社会の枠の外へ至ろうと、目の前に立ちふさがる諸権力へ自らの存在をぶつけていくことになる。それもまたラディカリズムだった。

六〇年代後半、忍び寄るニヒリズムと、それに抗するように噴出してきたラディカリズム。全共闘と三島が深いところでニヒリズムとラディカリズムを共有しているのだと小阪さんは感じていた。

三島がこだわった「空虚」ということばを用いて、全共闘と自身の共通点についてこう書いている。

空虚がしのびよるから、なおさらひとは身体的であること、行動的であることを願い、絶対的なものをもとめたりする。そういう思想あるいは渇《かつ》えが、時代のエモーショナルな身体をつくっていて、イデオロギーこそちがえ、三島とわたしたちはこの「身体」を共有していたのだとわたしは思う。（同前）

そして、三島は自決（七〇年）し、連合赤軍のリンチ殺人事件が発覚（七二年）し、外へ超出しようとする運動・欲望の死が訪れる。

海はカラカラに乾いていても

ちなみにわたしは三島由紀夫さんのことを、自らの弱さと向きあう強さをもてずに弱さを隠蔽し共同幻想へと懸想していったアナクロニズムとしかみることができないでいる。『憂国』が上映された頃だったろうか、新宿アートシアターの裏階段で彼とすれ違ったことがある。白っぽいマドロス風の上下の服に身を包んだ三島さんにはどうしてもアナクロニズムしか感じられなかったし、映画『憂国』、そしてその後帝国劇場で観た彼の戯曲にも同様の感しか受けなかった。

だが、小阪さんに言わせれば、わたしのそういうとらえ方は「心理学的な解釈がつまずく」場所だと『非在の海』で批判されている。つまり、わたしがアナクロニズムとみるその先に、小阪さんは三島の「自己を徹底することによって自己を放棄しようとした渇望のはげしさ」をみている。

わたしはここでその是非を論じようとは思わないが、小阪さんが三島のなかにニヒリズムとラディカリズムの激しい振幅をみつけ、そこに自身と共振するものを感じ、独自の三島論を展開することで、戦後社会を覆うニヒリズムとラディカリズムを誰よりも深くとらえていたことは間違いない。

小阪さんは今日のニヒリズムのありようについて次のように書いている。

ニヒリズムとはなによりも生の意味が足下から掘りくずされていくという事態であり、この時代では、社会の解体するスピードそのものである。だからニヒリズムとは、深刻ぶった叫びでもなく、悲憤慷慨する思想でもない。ニーチェはニヒリズムを戸口に立つ不気味な訪問者と呼んだが、いまではニヒリズムとはわたしたちが日常吸っている空気にほかならない。だから、もうひとはニヒリズムに気づく必要さえない。（同前）

わたしたちの足元に忍びこみ広がり始めたニヒリズムのなかで、市民社会の海はカラカラに乾いている。すべてが恣意や欲望のなかに解体している。ということは、わたしたちが生き、行動する根拠をどこにも見いだせなく、ただ勝手気ままなかたちで欲望のままに動いているという事態だ。だが、と小阪さんは続ける。海（つまり絶対の肯定）は彼方にあると誤解してはいけない、たとえカラカラに乾いていても海は足下に波打っている。だから「非在の海」と呼ぶのがふさわしい。ここにこそ海を求め続けるしかない。こう語りかけている。そのうえで、小阪さんは人が欲望としてしか生きられないいまをたんに否定せずに受けとめ、そこに立ち続けるしかないと語っている。その姿勢は村上さんの『世界の終りとハードボイルド・ワンダーランド』ともつながるものだった。

村上文学に時代の核心をみた小阪修平

「いったい誰が軽いと言い出したのだろう」

「軽薄短小」がもてはやされた八〇年代、村上文学をそういう潮流の一つととらえ、社会性を欠いた軟弱な文学とする批判も少なくなかった。こういうケチつけは、反体制的運動が招き寄せる観念の病いの根を抉ることのできない中途半端な左翼からのものが多かった。

だが、小阪さんは違った。八五年に刊行された『世界の終りとハードボイルド・ワンダーランド』に讃辞を惜しまなかった。同作が刊行されたとき、文芸誌「文藝」に小阪さんは、「二重の物語のなかの二重の『私』」というタイトルで、この作品への批評を寄せている。「わたしたちの時代の不幸というものがあるとすれば、村上春樹はこの不幸を象徴しているような作家ではないか」と書き始めている。そして、「いったい誰が村上春樹の世界は軽い世界だなどと言い出したのだろう。村上春樹がこの時代の明るいニヒリズムの線にそった作家だというのはたしかだとしても、これほど不幸な話はそうざらにあるものではない」と評価する。

この作品で「ハードボイルド・ワンダーランド」の「私」と、「世界の終り」の「僕」という二重の「私」を配置した表現に、小阪さんは時代の深いニヒリズムをみている。

そして自らの抱えている断念の質について、「わたしは自分は村上春樹とは正反対の性格だと思うけれど、ほぼ同世代の人間としてすごくよくわかるような気がする」と感想を漏らす。

村上文学に響きあう

小阪さんは「ハードボイルド・ワンダーランド」の「私」が図書館の女の子と交わす会話をまず引用する。

「ねえ、私もあなたの限定されたヴィジョンの中に入りこむことはできるかしら?」と彼女が訊いた。
「誰でも入れるし、誰でも出ていける」と私は言った。「そこが限定されたヴィジョンの優れた点なんだ。入るときには靴をよく拭いて、出ていくときにはドアを閉めていくだけでいいんだ。……」

(『コンテンポラリー・ファイル』所収「二重の物語のなかの二重の『私』」)

これについて次のように小阪さんはじつに的確な感嘆を漏らしている。

涙が流れるような気のきいた会話だ。自分の人生の不幸を認識したときにひとは自分の人生を限定する。だが、これは作中の設定であるにとどまらず、村上春樹自身の人生のヴィジョンであるように思える。いや、わたしはそう読みこんでしまう。おそらく、村上春樹は、他人が「私」の内部に土足で踏みこむことを許さないし、また他人の内部に土足で踏みこもうともしないだろう。そういう倫理の表白がさりげなく物語のなかに置かれているような気がするのだ。

(同前)

そして「ハードボイルド・ワンダーランド」で現実世界への愛着を描き、他方「世界の終り」の街に踏みとどまる倫理を描くこの物語に次のように高い評価を与えている。

この八五年という、物語の時代の到来が誰の目にも明らかになってきた時代に、村上春樹が二重の「私」についての物語を書いたことは、わたしたちの時代の物語がどういう不幸をその背後に背負っているかという、核心にふれているのだと思う。わたしはそのことに共感するし、この遍在する不幸のなかの、遍在する幸福を味わっている。（同前）

「世界の終り」の街を設定せざるをえない不幸と、それをあえて引き受けて生きようとする（向きあわざるをえない）倫理を語る幸福を、村上春樹のなかにみている。全共闘世代の評論家が全共闘世代の作家に共感し深い讃辞をさりげなく送っている。六〇年代後半のムーブメントとそこから生まれた観念の惨劇とも向きあい生きてきた二人だからこそ、村上さんは『世界の終りとハードボイルド・ワンダーランド』を著すに至り、小阪さんはそこに、静かなそして深い共感を表明したのだった。

このとき、村上春樹と小阪修平という、資質のまったく異なる全共闘世代の優れた表現者は深く響きあっていた。

「限定された祝福」という達成

村上春樹さんは、『世界の終りとハードボイルド・ワンダーランド』で、自我を喪う、静かな街を意識の奥底でイメージする人間をつくりだした。そして自ら生みだしてしまった「世界の終り」の街を引き受けていこうと決意させた。それは三島の死んだ七〇年以降、肥大化した観念の崩壊のあと(小阪さん風にいえば、超越的な欲望の死がおとずれたあと)、人が観念に始末をつけ生きようとする倫理のあり方だった。

『世界の終りとハードボイルド・ワンダーランド』の「ハードボイルド・ワンダーランド」最後で、白のカリーナに乗って「私」が晴海埠頭に着いたシーンを引用してみよう。

港につくと私は人気のない倉庫のわきに車を停め、煙草を吸いながらオート・リピートにしてボブ・ディランのテープを聴いた。シートをうしろに倒し、両脚をステアリングにのせて、静かに息をした。もっとビールが飲みたいような気がしたが、もうビールはなかった。ビールは一本残らず公園で彼女と二人で飲んでしまったのだ。太陽がフロント・グラスから射しこんで、私を光の中に包んでいた。目を閉じるとその光が私の瞼をあたためているのが感じられた。太陽の光が長い道のりを辿ってこのささやかな惑星に到着し、その力の一端を使って私の瞼をあたためてくれていることを思うと、私は不思議な感動に打たれた。宇宙の摂理は私の瞼ひとつないがしろにしてはいないのだ。私はアリョーシャ・カラマーゾフの気持がほんの少しだけわかるような気がした。おそらく限定された人生には限定された祝福が与えられるのだ。

ここで語られた「限定された人生」の「限定された祝福」は、六〇年代後半のラディカリズムの嵐が去ったあとに残された生の肯定として読者に深い感動を与えてくれる。『カラマーゾフの兄弟』

におけるイワン・カラマーゾフが語った「ねばねばした若葉」の肯定は一九世紀ロシアのものだったが、「限定された人生」における「限定された祝福」はカリーナのシートに体を倒した「私」の瞼にまで届き、あたためてくれた。二〇世紀後半、ラディカリズムの嵐が去ったあとの生の肯定が静かに謳いあげられた。ここに戦後ラディカリズムが崩壊したあとの文学的な達成をみることができる。

敗戦時に二〇歳を迎えた三島は、「長安に男児ありき　二十にして心　已《すで》に朽つ」という詩を好んだ。そこからスタートした三島は空虚を膨らませるものでしかない戦後社会を否定し、ラディカリズムへとひた走った。

一方、市民社会の欲望の膨らみを呼吸しながら育った村上、小阪の全共闘世代は、「生の直接性」を求めた闘いのあげく、「超越的な欲望の死」に立ちあい、そのあとの空虚とそこから広がる欲望の海のなかに生きるしかない。それでもあり続ける生と、生が滲ませる倫理を静かに謳いあげた。

だが、「ハードボイルド・ワンダーランド」の「私」の生の肯定も、情報戦争という経済戦争のとばっちりで死を迎える最後に手にしえたにすぎない。資本の自己増殖運動に呑みこまれる不幸のなかでの「限定された」生のささやかな肯定だった。

そして八〇年代に「私」を情報戦争に巻きこんだ資本の自己増殖運動は九〇年代以降ますます勢いを増し、侵蝕し続け、地球を覆い尽くそうとしている。

高度資本主義の波にもまれて

『世界の終りとハードボイルド・ワンダーランド』の「私」を呑みこんだのは、情報戦争という名の経済戦争だった。この高度資本主義社会の荒波は好むと好まざるとにかかわらず人々を呑みこむ。そして人は態度を迫られる。

埴谷・吉本論争の勃発

埴谷雄高と吉本隆明は、六〇年安保闘争前後以降、既成左翼に反旗を翻した左翼論客の両雄といってもよい位置に立っていた。その二人が一九八四年、干戈《かんか》を交えることになる。

発端は、吉本隆明が雑誌「アンアン」誌上にコム・デ・ギャルソンを着て登場したことについて、埴谷が「ぶったくり商品」を着て登場したとして批判をしたことから始まる。そして吉本の自宅内のシャンデリアやテーブル、ランプなどを「豪華」と皮肉った。埴谷さんは、日本資本主義が朝鮮戦争やベトナム戦争の血の上の「火事場泥棒」のボロ儲けを重ねたあげく、「ぶったくり商品」をもって収奪し高度成長をなしとげたのであり、そのCMに吉本さんが笑顔で登場したことを皮肉り、その笑顔に対して「アジアの虐げられた人民」を対置している。

埴谷さんが、吉本家のシャンデリアや、コム・デ・ギャルソンを身につけた吉本さんにいちゃもんを付けることは的を外していた。たとえば「豪華」なシャンデリアは、建て売り住宅で応接間に設置されたもので、昔風にいえば、「文化住宅」の据え付けみたいなものだ。

埴谷さんの批判は、極論をすれば連合赤軍内で化粧をしている輩がいたら自己批判を迫り制裁を加える発想とつながっている。それこそ、連合赤軍事件以降も棲息するソフト・スターリニズムの姿を晒すことになってしまった。

時代は、永久革命を唱える透徹した埴谷雄高さんが、他人の家の照明器具にまでイチャモンを付ける「知識人」であることを露わにするところまで進んでしまった。

「やれやれ」でやりすごせない事態に

デビュー以来、村上春樹さんは、観念の暑苦しさや生の生々しさをできるだけ削ぎ落とし、静かに身のまわりのことに処するスタイルに表現の主題をおいてきた。その背景に観念の惨劇の匂いを漂わせつつも、観念を上昇させずに身のまわりの生活についての描写に終始することで、作品の魅力をかたちづくってきた。それが『風の歌を聴け』から『羊をめぐる冒険』そして『世界の終りとハードボイルド・ワンダーランド』に至る作品世界の主調音を形成していた。

六〇年代後半の反体制運動の潮が退いたあと問われたのは、変わらずにのんきに観念の力を信奉できるような部分には背を向けて、観念の絶対化を否定し、あの運動と崩壊の意味を問い、それでも生きている自己と関係世界を直視することだった。八〇年代の村上さんの作品は、そんな時代における倫理のかたちをよく示していた。たとえば主人公がふと漏らす「やれやれ」ということばには、自己と世界の距離が巧みに表されていた。訪れるできごとや突然襲ってくる事件を、この頃の主人公は「やれやれ」とため息をついて静かに受けとめてきた。

だが、八〇年代半ば以降、微妙な変化がうかがえるようになる。

八八年には『ダンス・ダンス・ダンス』を発表している。ここでは高度資本主義社会を巧みにスケッチしている。二、三引き出してみよう。

フリーライターである「僕」が自分の仕事について感想を漏らす。

大体はＰＲ誌や企業パンフレットの穴埋め記事の仕事だった。ごく控え目に言って、僕の書かされた原稿の半分はまったく無意味で、誰の役にも立ちそうもない代物だった。パルプとインクの無駄遣い。

雪かきと同じだった。

雪が降れば僕はそれを効率良く道端に退かせた。

一片の野心もなければ、一片の希望もなかった。来るものを片っ端からどんどんシステマティックに片付けていくだけのことだ。正直に言ってこれは人生の無駄遣いじゃないかと思うこともないではなかった。でもパルプとインクがこれだけ無駄遣いされているのだから、僕の人生が無駄遣いされたとしても文句を言える筋合いではないだろう、というのが僕の到達した結論だった。我々は高度資本主義社会に生きているのだ。そこでは無駄遣いが最大の美徳なのだ。政治家はそれを内需の洗練化と呼ぶ。僕はそれを無意味な無駄遣いと呼ぶ。

システマチックに淡々と雪かき仕事をこなしているものの、少しずつ異和を抱えこまざるをえない。人気映画俳優の五反田君には次のように語らせている。

「僕の住んでいるのはそういう世界なんだ。港区と欧州車とロレックスを手に入れれば一流だと思われる。下らないことだ。何の意味もない。要するにね、僕が言いたいのは、必要というものはそういう風にして人為的に作り出されるということだ。自然に生まれるものではない。でっちあげられるんだ。誰も必要としていないものが、必要なものとしての幻想を与えられるんだ。簡単だよ。情報をどんどん作っていきゃあいいんだ。住むんなら港区です、車ならBMWです、時計はロレックスです、ってね。何度も何度も反復して情報を与えるんだ。そうすりゃみんな頭から信じこんじまう。住むんなら港区、車はBMW、時計はロレックスってね。ある種の人間はそういうものを手に入れることで差異化が達成されると思ってるんだ」

高度資本主義社会への疑義や異和、反発を、主人公の「僕」、あるいは五反田君に静かに語らせている。身を浸す高度資本主義社会をそうとして受けとめつつも、内部に抱える異和を吐露させるようになる。つまり「やれやれ」とため息をついているだけではすまない情況になってくる。

ノンセクトたちのその後

八〇年代は、全共闘世代にとっては三〇代から四〇代にかけてであり、ちょうど中堅で働き盛りといってよい時代だ。

バブルに向かい、勢いよく右肩上がりを突っ走ったこの時代は、「資本主義の生命力」（小阪修平）を感じる時代だった。八〇年代前半に西武百貨店が採用した「不思議、大好き。」「おいしい生活」は全共闘運動にも関わった四八年生まれの糸井重里さんのコピーだった。

では、したたかな生命力をもつ資本制のこの社会を、全共闘世代はどう感じ、どう折りあいをつけて生きてきたのだろう。

小阪さんは八〇年代を「相対主義」の時代という。「豊かな」社会が出現し、個人の欲望が肯定され、社会の関係が恣意性をもとに組み立てられるようになる。「八〇年代はぼくらの世代が、内面はいざ知らず社会とのスタンスもそれなりに安定し、社会の第一線で働きだした時期である」(『思想としての全共闘世代』)。

現実とはいろいろな向きあい方があったとして、小阪さんはいくつかの例を挙げている。「現実」にかまけているうちに、あの時代から受け継いできたものが何なのかわからなくなった人。「現実」が誤りだと思っていたがイデオロギー的装いが剝がれて、いま生きている場所こそが現実だと思うようになった人。棚上げした理念を現実のなかで活かしてきた人。そして、「だが多くは、『現実』のなかで能力を発揮するのに精一杯だったのではないだろうか」ととらえている。

たしかにその通りなのだが、このようにみている小阪さんの視線は少しやさしすぎるようにみえる。戦後ベビーブーマーにかぎらずどんな世代であっても、「厳しい現実」と向きあって生きざるをえないからだ。

たとえば、六〇年代末、夜の赤坂や銀座を地響きを立てて疾駆していたわたしたちのデモ隊列を、年上のサラリーマン諸氏は歩道や歩道橋、そしてビル内の店から冷ややかに「アホくさ」「青臭い」と眺めていた。自らが企業に就職し社会人になり、かつて学生として浴びせた視線を今度は逆に浴びせられるとき、全共闘世代は射返す力をもっていただろうか。あるいは当時、この社会に加担してどっぷり浸かっているだけではないかととらえた年上のサラリーマン諸氏への批判を、今度は七〇年代、八〇年代の学生たちから、浴びずにいられただろうか。世代をひと括りにして論じられることではないが、ひとりひとりが問われることではあるし、いまでも問われている。

わたしの周囲で全共闘運動に関わった人たちはどうだったのか。

文学部の専修科でノンセクトラディカルズとして小さな共闘会議をつくってきた仲間たちは、七〇年代初頭に入り、政治的闘争に傾斜していったものもいたが、だいたいは中小の企業に勤めるか地方公務員になった。業界紙に潜りこんだものもいる。学生時代からのアルバイトを続けるものもいた。いわばフリーターのはしりだろう。フリーとなり自らの力だけに依拠し働き、体を酷使して死んだものもいる。消息不明になったものもいる。

民間の大企業で経営の位階を上りつめるように進むものは、まずいなかった。そういう気持ちがなかったのだろう。もちろん力がなかったといいかえても同じことだ。意欲がなければ力なんて生まれない。もっとも企業社会を見渡すと、力が求められるわけではなく、何もしないことが位階を上がらせるという現象も多々あるのだが。

要するに、わたしの周囲の人たちはこの社会の枠組みの端のほうに置かれ、この社会の論理からみればさえない生き方をしていた。

では、彼らにとって全共闘運動とは何だったのだろう。深い刻印を受けたものもいたし、さほどでなく、のちに通過儀礼のように受けとめているものもいた。ただ、共通しているのは、この社会を心から受け容れているようにはみえないし、ある断念といってよい想いをほとんどのものが抱えこみ、静かに生きていたということだ。

黙して働く時代

わたしの場合はどうだったのか。

一〇年近い争闘の場から離れた八〇年代前半、争議中に生まれた三人の子たちを養うために、とにかく静かに黙々と働こうと決めた。すでに三〇代半ばに近かった。

泥沼の争議を経ていたので、既存の出版社などに勤められるはずもなく、新興企業などに潜りこんで何とか食いつなぐしかなかった。ちょうど出版業界のしがらみの少ないコンピュータ系の版元が新しく出てきた頃で、そういうところに職を得た。

以降、働く現場ではこの社会の法に抵触するような事態が発生しないかぎり、黙って働こうと思い、現にそのようにしてきた。

給与(賃金)を手にする分だけ、いやそれ以上には仕事の責任をしっかり果たすことは当然の義務と考えた。でも、この社会はやはりほんとうに打ちこむべき世界とは思えなかったから、意識はこの社会のサイクル外に向いていた。いや、この社会の内部だけに閉じることはできなかった。だから休日、あるいは平日の早朝、睡眠時間を削って細々と思想的営為を続けてきた。そこに重きを置きたかった。でも、結局たいした成果を挙げることはできていない。わずかな著書を上梓できたくらいだ。あとは、七〇年代、八〇年代を通じ、数冊の同人誌、個人誌を断続的に出してきたにすぎない。

企業ときちんと雇用関係を結んでいても、心底ではいつもフリーの意識が離れなかった。いろいろなプロジェクトに関わり、それが立ちあがればそこを離れる……そんなことのくりかえしだった。

忘れられる初心なら捨てればよい

小阪さんは、おもしろい例を挙げている。矢島正雄作・弘兼憲史画の『人間交差点』というマンガの一シーンだ。

映画に志をもった青年が資金を貯めるために企業に就職しこつこつと働き、老境にさしかかったころ資金がたまった。だが、いざカメラを構えてみると、自分がどういう映画をとりたかったのかまったく思い出せない、というシーンだ。どの話だったか忘れてしまったが、たしか海にむかって老境に入った主人公が三脚にのせたカメラを横に茫然と立っているシーンがあった。

（『思想としての全共闘世代』）

とてもわかる話として響いてくる。お金が貯まったわけではないが、わたしも企業との雇用関係を終え、フリーになり多少時間の余裕ができたとき、いよいよ自分がずうっと抱えこんできた課題を追求するのだ、と意気ごんだ。ところが、さて自分が書きたいこととは何であるのか——しばし佇むことがあった。もちろんそれは半ばであり、実際にはこうして自らが抱えたテーマをいま綴っているのだが。

忘れてしまう、あるいは忘却できるのならば、忘れられるに足る初心だったのにすぎないと認識すればよいのだ。それはそれでなにごとかではある。

では、七〇年代の争闘から離れ八〇年代以降黙して仕事をするようになったわたしにとって、現実と初心との関係はどうだったのか。

前に触れたように、労働運動から足を洗った八〇年代以降、この社会で支払われる「対価」分(かそれ以上)きっちり働くのはこの社会秩序内でのモラルと思い、当然のこととして労働をこなしてきた。年齢上管理職的地位にも就くので、直接の対価対象外となる残業や休日出勤など時間外労働もかなりこなしてきた。

いまや世界に冠たるＩＴ系企業となった職場では、編集長職に就いたこともあって、毎週のように開かれる責任者会議に出席した。そこでは、コスト圧縮・削減、人員削減・異動を唱えるカリスマ経営者と毎回互いに激しくやりあうこととなった。経営者のいうことは経営上まことに当然のことなのだが、こちらは部下の人員削減(解雇)や不本意な異動だけは最低限避けたかった。

以降もいくつか職場を替わったが、人員整理だけは拒み、どうしても手を染めざるをえないときは処理をし終えたあと、自らも職場を去った。ただ、こうは書いても、それは心情の次元であって、「秩序派」を形成していたのは当然あったろう。また、実際形成していたのだ。抵抗しているつもりだなどと思いこんでいる心情を抱くほうが、現実をみえなくさせる厄介というものだ。

だがこの間、「仕事」と「生活」の毎日の一般的なサイクルに、自分の意識は収まりはしなかった。どうしてもはみ出してしまうものがあった。つまり「初心」は「現実」のなかに雲散霧消してしまうわけではなく、「現実」の外に想いを滲ませるものがあった。この社会は偽だ、との思いをぬぐい去ることはずうっとできないままできた。

解消しえない異和感

八〇年代、そして九〇年代と企業に身を置くことで、とくにデジタルテクノロジー、ＩＴ系企業にいることで、感じたことを記しておこう。

企業は社会への貢献や共存共栄を、社の理念として高らかに掲げる。それを笑うつもりはない。しかし、現実の職場をみわたせば、どのように売り上げて、利益を得るか、それこそが最大にしてもっとも重要な課題であり、その最重要テーマの前では、社会貢献や共存共栄というスローガンなど霞んでしまう。

で、それは当然のことなのだ。企業であれば、売上げを多くする一方、コストをどう下げるかが重要課題となる。人件費(労賃)をどう下げるのか。正規雇用分を下げて非正規雇用を増やす、残業代を抑制する、下請け外注費を下げる(下請け先にしわ寄せが回る)。そのように思考をめぐらすことは、資本の自己増殖運動が誰にも強いることだ。

わたしはここで、経営(者)を批判したいのでも擁護したいのでもない。資本制ではそれをしなければ企業存続はできないから、それを経営もその社の従業員もしているまでだ、ということをただ指摘したいのにすぎない。企業を支えていても、会社がくしゃみをしたときには非正規雇用者などが真っ先に切られる。正規雇用の労組はそれを黙認する。

いちばん身近な取引先は、企業にとっては本来「社会貢献」の「社会」のはずだが、下請け先にはコストダウンを徹底して要請し、それが無理なら他を探し、その下請け先を切る。つまり「共存共栄」「社会貢献」なんていちばんの足元からできやしないのだ。でなければ、企業は存立しない。つまり、この社会での企業活動の本音と建前の落差を誰もがわかっている。でも、そのことについては黙して働いている。

たとえば、商品にまつわる情報を「偽装」することはたしかに批判されるべきだ。しかし、もっと根深い「偽装」とは企業の理念にほかならない。豊かで正しい理念と現実は、原理からして折りあいようがないのだ。

むろんそんなことはわたしにかぎらず、ほとんど誰もが肌で感じていることだ。意識がこの社会から半分はみ出してしまったわたしのようなものでなくても、建前と本音の違いは十分にわかっている。ただ、人はそう思いながらも、黙するか、居酒屋で経営や上司や仲間や部下や従業員の悪口、愚痴を吐きだして辛うじて心を保ってきたのだろう。

くりかえすがわたしは個々の経営や従業員を批判したいのではない。黙すようになった八〇年代以降のわたしも、その絵のなかの同じ一員にすぎない。この社会で企業活動をすれば誰だってそう強いられるのだ。だからこの社会のありようが「偽」だと感じざるをえない。一〇代でアルバイトを始め、二〇代で社会で働くようになって以降、三〇代、四〇代、そしていまに至るまで変わらない受感である。

この社会への異和は払拭できないばかりか、ますます膨らんでいった。

異界と暴力で分岐した九〇年代

村上春樹　ギターをバットに持ち替える

宙吊りからの着地

高度資本主義はそこに生きるそれぞれの存在と感性を激しく揺さぶる。九〇年代に入ると、村上ワールドにも明らかな変化がみえるようになる。

「限定されたヴィジョン」のもとで生き、自らに降りかかってくる理不尽に「やれやれ」と漏らして耐えてきた主人公の心にも、さすがに高度資本主義社会に対する反発や怒りが少しずつ垣間見えるようになる。社会批判の口調には怒りや呪詛が含まれるようになる。

意味を喪失せざるをえず、しかし意味を紡がざるをえないように強いられたニヒリズムの黄昏で、一貫して隠微なイデオロギーにもたれかからずに世界を描こうとしてきた村上春樹という倫理が、宙吊り状態に耐えられずにどこかに着地しようと動き始める。

もちろん彼は高度資本主義社会を倫理主義的に否定しようとも、あるいは逆に諸手を挙げて賞賛しようとしたのでもないが、「限定されたヴィジョン」における生の宙吊り状態を見直し始める。徴候は一九八七年の『ノルウェイの森』に遡る。たとえば、この作品あたりから世界に対する怒り、あるいは憎悪を少しずつ表に出し始めた。『ノルウェイの森』では永沢君に対して、そして直子を失い放浪する間、周囲の人に対して少しばかり。九二年刊『国境の南、太陽の西』では、会社を経営する妻の父親に対して。

さらに九〇年代半ばに出版された『ねじまき鳥クロニクル』では、憎悪はさらにはっきりした輪郭を示すようになる。クミコの兄であり、代議士である綿谷ノボルに対して。「僕」はバットを握り、綿谷ノボルを殴る行為に及ぶ。

それまでの作品での主人公は、殺人事件や暴力事件に巻きこまれても、「やれやれ」と漏らすだけだった。しかし、もはや被害者や傍観者として振る舞っているだけではすまなくなり、自らバットを握る。

かつて『羊をめぐる冒険』で「僕」は北海道の別荘でギターを叩き壊して行き場のない憤りをぶつけたのにすぎなかったが、『ねじまき鳥クロニクル』になると、ギターをバットに握り替え、バットを叩きつける対象を明確に他者として定めた。

異界への通路としての性世界

ギターをバットに持ち替える変化は、じつは性的交流をめぐる描写とも相関している。憎悪の抱えこみと対応するかのように、彼の作品世界では性的交流の描写が仔細になってくるし、位置も重さを増してくる。

憎悪や怒りが露わになってくる『ノルウェイの森』以降、それに対応するように、性的交流がとてつもない充足感を与えるものとして描かれるようになる。それは構造化されているといってもよいくらいだ。『ノルウェイの森』での直子と「僕」、レイコさんと「僕」、『ダンス・ダンス・ダンス』ではユミヨシさんと「僕」、『国境の南、太陽の西』では島本さんと「僕」、『ねじまき鳥クロニクル』では加納クレタと「僕」というように。これらの性的交流は、機が熟すのを待ったあげくようやく実現し、深い充足が得られるように描写されている。しかも、それはおおむね一度きりの体験であり、日常では体験できない異界そのものを形成するようになってきた。

性的世界は異界への入口として存在する。姿を隠した他者、不在の他者はほとんど異界へと消えていて、その他者を獲得する通路として性的世界が存在する、という構造になってくる。消えてしまった他者との再会と結合こそが主題となる。『ノルウェイの森』では直子が、『国境の南、太陽の西』では島本さんが、『ダンス・ダンス・ダンス』ではキキが、『ねじまき鳥クロニクル』では妻クミコがそれぞれ姿を消してしまい、消えてしまった相手を捜し獲得しようとする物語になっている。異界へと消えた相手を捜すのは『羊をめぐる冒険』はじめ、村上さん得意の型だが、『ノルウェイの森』以降では性的交流こそ、大切な人が消えてしまった異界との行き来の結節点になっている。

叛乱の季節の「残務整理」から出発した彼は、洗濯ものにアイロンをきちんとかけてたたむ、料理を作る、そんな日常をていねいに描くことにおいて、観念の惨劇後の生の息遣いを表現したのだった。しかし八〇年代半ば以降、超越界や異界が設けられ、性的交流が大きな位置を占めるようになり、怒りや憎悪が吐き出されるようになる。それは数年にわたるヨーロッパ滞在とその後のアメリカ生活によって促されたようにもみえる。『ねじまき鳥クロニクル』では歴史を素材としてもちこんだ。ノモンハン事件の話が入れこまれる。

人は解体や喪失の感覚をいつまでも謳い続けているわけにはゆかないのかもしれない。彼はそこから一歩踏み出し、歴史素材を具体的にもちこんだ。むろん、そのもちこみ方は慎重だ。歴史の素材と現在を短絡して結びつけようというのではない。自分が構想しうる大きな世界のなかでできるだけ公正に投げこんでいる。

危うさを孕む『ねじまき鳥クロニクル』

ここであえて『ねじまき鳥クロニクル』の危うさに触れるとすれば、異界へと消えた相手への想いを募らせるほど、現世への呪詛を醸成せざるをえない、ということだ。あるいは、現世への呪詛を募らせるほど、異界への想いを醸成せざるをえない。むろん、彼の初期三部作も鼠やピンボールマシンが消え、異界へとそれら他者を発見しに出かける物語だったが、まだそれは現世への呪詛や憎悪をたぎらせることとひきかえの旅ではなかった。しかし『ノルウェイの森』以降、呪詛が醸成され始め、『ねじまき鳥クロニクル』では消えたクミコを待つために、綿谷ノボルへの憎悪と殺人的行為を用意しなければならなかった。

彼のこうした変化は高度資本主義社会がもたらしたものであり、時代がわたしたちに強いたものともいえる。ときあたかも、身体や身のまわりの世界から出発したはずの集団を変容させ、宗派的運動が超越や異界性を絶対化し、異界からの視線で現世を手段化する転倒事件が引き起こされている。

『ねじまき鳥クロニクル』で、クミコは夫との関係ではありえなかった快を他の男との間で得て、たくさんの異性と性的体験をもつ。夫以外の男性と関係をもつことによって夫への裏切りに悩むことはあるが、彼女はむしろとてつもない力に衝き動かされてしまう。とてつもない力は、「ゆっくり死に向かって、身体や顔かたちが崩れていくような種類の治る見込みのない病」として、クミコをとらえてはなさない。この病いは異界とつながり、綿谷ノボルという人格に辿り着く。

そして、物語はその力との対決へ絞られていく。クミコは自らの性的奔放の責を兄の綿谷ノボルに帰する。彼女によれば、綿谷ノボルは彼女の姉、彼の妹をも若い頃、自死へ追いやった。「肉体的にではなく、精神的に汚された」のがどういうことを指しているのか不明だが、自らの性的奔放も兄のせいであり、彼女は兄を殺すしかないと考える。「僕」も綿谷ノボルへの憎悪を募らせる。

テレビのニュースで、綿谷ノボルがバットで殴られたことを「僕」は知る。そのあと異界としてのホテルの部屋で同じように、「僕」は綿谷ノボルと思われる男を撲殺する。そしてクミコは綿谷ノボルの実際の入院先へ赴き、生命維持装置のプラグを抜こうと決意する。

向こう側(異界)にあり、こちら側(現実)を支配しようと企んでいる綿谷ノボルを、「僕」は異界へ乗りこんでバットで殴る。そういう異界を通じて綿谷ノボルの殺害へ近づき、クミコの帰還を願うしかない。

そもそも会ったはじめから「僕」は綿谷ノボルに生理的嫌悪を抱いていたが、妻クミコを連れ去り、また世界の悪の元凶が綿谷ノボルであることを確信できたのは異界においてであり、そこから現実へと折り返してくる。

きわどさはここにある。生活や身のまわりや身体からすべては出発するのだが、しかし異界をつくりあげ、そのなかで敵をようやく明確に措定することができ、今度は現実に折り返してきて、敵の死を願う。憎悪の対象を明確にさせることには危うさが潜んでいる。憎悪の対象を明確に措定し、否定の意思をもつことは、ある理念が絶対化されることとひきかえでしかありえないからだ。それは身体から出発したはずの宗派運動にもみられるように、時代の困難にほかならない。

身体とエロティシズムの陥穽

超越界や異界を欲望するのは生の運動であり、その運動とともに生がある。それを抑えることは難しい。ただ、異界を実体化しそれを特権的に占有し、異界を武器にして「現世」を操作しようとするとき、転倒が生まれる。

実体化される異界を人はさまざまに命名する。神、プロレタリアート、民族、絶対精神、外部……。人がこれらを現実の外に括りだして、この超越実体を武器にして日常や「現世」を支配操作しようとするとき、観念の絶対化を免れない。

『ねじまき鳥クロニクル』では異界への通路は、掘られた井戸の底か、性の世界だった。観念をいたずらに膨らませた世界ではなく、性という身体を基底にする場が異界への窓口にされている。しかし、性的世界は身体を基底にしてはいるものの、身体を抜けだした意識でもある。エロティシズムとは身体と観念の交差する場における運動としてしか存在しえない。それを運動としてではなく固定的にとらえようとすると、観念的転倒はいかようにも起こりうる。身体という場から出発し心身の変容を追求したオウム真理教は、位階の頂上に解脱《げだつ》という絶対ステージを設け、転倒していった。

つまるところ、人間が欲望や観念を生成せざるをえないのだとすれば、その観念をどこへ架橋するのか、あるいは上昇する観念をどう折り返させるのか、あるいはどのような視点で無化するのか、そのことが問われている。

この社会で必然的に醸成され、組みあげられ、上昇し全世界を獲得しようとする観念(神や大義や正義)を、どのように折り返させ、どこへ着地させるのか、あるいは無化するのか。あるいは、堪えきれずについ着地させたりせずに、どう宙吊りに耐えるのか。そのことが九〇年代の村上さんや小阪さんの課題であり、わたしたちの課題でもあった。

身体という場もまた超越を招き寄せる磁場である。そして時代はオウム事件を招き寄せてしまう。

小阪さんが感じたきわどさ

わたしが『ねじまき鳥クロニクル』の世界に感じた危うさを、小阪さんは別の視点から指摘している。

ぼくが言っているのは、主人公の「ねじを見つけて巻こう」という決意はそれ自体として正当だとしても、ひょっとして綿谷ノボルとは主人公の嫌悪や憎悪が投影された、主人公の内側の他者ではないかということだ。そういうあいまいさにこの小説はまといつかれている。

（『ことばの行方　終末をめぐる思想』）

クミコが自分（主人公）を捨てたわけではなかった、彼女は僕を求めていたんだ、と認識する「宥和」的理解に到達する第二部の終わりに触れて、小阪さんはこう問う、主人公の「僕」が他者へ向かおうとする決意は、自分自身が捏造《ねつぞう》した他者とはどのように異なっているのか、と。

ぼくがそういうことを言うのは、たとえばいま引用した主人公の宥和の理解は、現実的な疎隔を打ち消そうとしてしばしばあらわれる妄想の典型的な論理にも似ているからだ。わたしを嫌って逃げていった妻は、ほんとうはわたしに理解してくれと訴えていた。だが大きな秘密があり、妻はそのことを隠されたかたちでしか告げえなかった。べつにわたしから離反していったものは、宮崎勤が殺害した少女でも、自分を認めない世間でも、前衛であるべき自分たちを認めない大衆であってもかまわない。その秘密の背後に、陰謀があるとかんがえたとき、この論理は、この世界を支配する闇の権力という陰謀史観にまで拡大することができる。そういったきわどわを村上春樹の寓喩の仕方はどうこえようとするのだろう。

（同前）

主人公である「僕」の妻への宥和的理解の構造をとらえるのに、「宮崎勤」や「前衛」をもちだすのはやや乱暴にみえなくもない。ただ、自分が捏造した他者、自分が妄想によって生みだした他者という像からほんとうに免れているだろうか、という問いはつねに投げかけられるべきものだ。満州国やノモンハン事件を通じて「歴史」が、そして綿谷ノボルというかたちで「悪」が描かれているが、こうしたときの拡張に危うさが伴うことを小阪さんは指摘する。それは村上さんのみならず、小阪さんであれ、わたしであれ、誰も免れることのできない危うさでもある。

あいまいであることの現在性

一方、小阪さんは『ねじまき鳥クロニクル』におけるあいまいな寓癒性について触れている。ねじまき鳥や綿谷ノボルなどさまざまな寓癒のなかに物語は漂っているのだと。

そして、むしろそのことを小阪さんは評価する。

この物語は寓癒のあいまいさのなかに漂っている。それは「現在」という観点からいえば、正当なことであるようにぼくは思う。村上春樹はぼくと同世代人だが、いちはやく、他者との距離感から出発した作家であり、そういったことが村上春樹個人にとどまらず、八〇年代以降の「現在」の客観的な質であるとするならば、寓癒の意味あいが確定するのではなく、あいまいなままことばの糸をつむぐことは、「現在」に適っているようにぼくには思えるからだ。少なくともそういったあり方は「現在」の困難と寄り添っているとまでは言うことができる。（同前）

だから、この物語に通底する「待つこと」「受け身であること」は現在重要な意味をもっているの

だと、小阪さんは評価し共感を示している。そして小阪さん自身は一貫して、「あいまいなままことばの糸をつむぐこと」にこだわり、人がすぐに飛びつけるようなキャッチコピーを掲げることを自らに禁じてきた。それが小阪さんの全共闘運動を踏まえた倫理でもあった。

オウム事件と連合赤軍事件

「問題は何ひとつ解決していない」

一九九五年に起こった地下鉄サリン事件は社会に極めて大きな衝撃を与えた。とくに全共闘世代にとっては、反体制運動がはまりこんでしまう陥穽のドラマを四半世紀を経て再びみてしまった感があった。村上春樹さん、小阪修平さんの二人とも当然この事件を深く受けとめ、向きあい、表現を残している。

二人がオウム事件をどうとらえたかをみておこう。

村上さんは、地下鉄サリン事件の被害者と遺族の証言を集めた『アンダーグラウンド』を出し、続いてオウム真理教の信者や元信者へのインタビューを『約束された場所で』としてまとめている。この二作は資料として貴重であり、その労は高く評価されるべきである。小阪さんも村上さんが『アンダーグラウンド』を書いたことを特筆すべきことと評価している。

それにしても村上さんはなぜこれほどまでにオウム事件にこだわってきたのだろう。

『アンダーグラウンド』が書かれる背景には、事件が騒がれたわりに、被害者についての具体的事実がわずかしか世間に知られていないことがあった。また、一つの場に立つものではなく、多くの視座をつくりだすために必要な材料を提供するためでもあった。

またオウム側に対しても、村上さんは「ほうとうに正当な情報」が知られていないのではないかという疑問を抱く。

『約束された場所で』を手がけた理由について、こう書いている。

> もうひとつ、私が「オウム側」に正面から取り組んでみようかと思ったのは、「結局あれだけの事件が起こっても、それを引き起こした根本的な問題は何ひとつ解決してはいないんじゃないか」という危機感のようなものをひしひしと感じ続けていたからだった。（『約束された場所で』）

そう感じるのは、この社会のありようと、そこに生きる人間の観念のありようが、「オウム的なるもの」をいつか再び起こすのではないかととらえているからだ。そこで、信者（元信者）たちの聞き書き『約束された場所で』をまとめることになった。

インタビューを重ねるなかで村上さんが感じたのは、信者（あるいは元信者）たちが、事件は悪かったがオウム真理教のあり方や方向性は間違っていない、あるいはそこに出家信者としていた時期について後悔していない、ということだった。それは連合赤軍のリンチ殺人事件や内ゲバは悪いが、「マルクス主義」の方向性は間違っていないという信と同じでもある。「真の……」を括りだすことによって、それまで信奉してきたものを手放さない傾向だ。

『約束された場所で』の「あとがき」の最後で、村上さんは、サリン撒布実行犯だった林郁夫について触れている。

「第二の第三の林郁夫を出さないためにも、我々の社会は一連のオウム真理教事件が悲劇的なかたちで浮き彫りにしたこのような問題について、いま一度根底から考慮するべきではないだろうか」としている。「第二の第三の林郁夫」を生みだす可能性について触れているのだが、わたしもまったく同様の感をもつ。

「隔てている壁は薄っぺらい」

村上さんは、ここで似ている例として「満州国」の建国を挙げている。若手の気鋭のテクノクラートや専門技術者、学生たちが日本で約束された地位を捨てて、大陸に新しい可能性を求めて渡った。そこには理想主義的な意志があり、「大義」も含まれていた。しかし、そこには「言葉と行為の同一性」が欠落していたと指摘している。「満州国」とオウム真理教事件の共通点として、「広い世界観の欠如」とそこから派生する「言葉と行為の乖離」を挙げている。

「言葉と行為の乖離」――それは「六八年」の学生アジテーターに彼が見ていたことだし、作家らしい立場からのとらえ方だろう。

残念なことだが、現実性を欠いた言葉や論理は、現実性を含んだ(それ故にいちいち夾雑物を重石のようにひきずって行動しなくてはならない)言葉や論理よりも往々にして強い力を持つからだ。(同前)

だからこそ、小阪さんの表現の場合、自称「ぐちゃぐちゃ」したものとなり、わかりやすいキャッチコピーとは無縁なものとなる。

いちばん空しいのは、「功利的な社会」に対してもっとも批判的であるべきはずの者が、言うなれば「論理の功利性」を武器にして、多くの人を破滅させていったことなのかもしれない。

（同前）

村上さんはオウム事件のなかに、六〇年代末から連合赤軍に至る、ラディカリズムが辿る道筋と同じものをみている。全共闘運動の渦に巻きこまれ、観念の絶対化の末路を見てしまったからこそ、同じものをオウムにも見いだしている。

人が観念を純化したときたやすく転倒していく動きを、村上さんはよく感じとっている。だから「私たちの日常生活と、危険性をはらんだカルト宗教を隔てている一枚の壁は、我々が想像しているよるも遥かに薄っぺらなものであるかもしれないのだ」と言い切っている。反体制の世界に入りこみ観念を転倒させていく可能性をわたしたちは簡単に否定できはしないのだ。

それは、連合赤軍が一二名もの同志をリンチで殺してしまったことについて、小阪さんが「ぼくの友人たちは、だれもが森恒夫になる可能性をもっていた」という認識を以降の評論活動で言葉を紡ぐときにずうっと抱えこんでいたことと重なっている。

連合赤軍では同志に制裁を加えること（明らかに死に至らしめる行為であっても）は、観念の絶対化で措定された「共産主義化」を当人たちが克ちとるための道筋であり、本人にとっても、党組織にとっても「善」の道にほかならなかった。

一方オウムの場合も、ポア（殺人）することがじつは本人のためでもあるという、とてつもなく飛躍した論理が持ちだされ、実行されることになる。それは観念的転倒の極致だった。

ここで一つわたしたちが心しなければならないのは、村上さんがオウムについて指摘する「言葉と行為の同一性」の欠落をめぐってだ。平たくいえば、言ってることとやっていることが違うじゃないかという批判だ。しかし、こういう論が立てられるとき注意しなければいけないのは、個的心情的な善悪、あるいはそうした次元で発せられる言葉がそのまま共同的な世界にストレートに移行できるとみなしてしまう素朴の問題だ。

言葉と行為の乖離は「誠実」が足りなかったり、「悪意」をもったりすることから起こるのではなく、閉じられた共同観念世界に踏みこんだとき、観念が避けがたく陥る落とし穴としてある。個的な観念世界と共同観念世界はねじれてしまう。この問題によく思考の触手を伸ばしたのが小阪さんにほかならない。

甘える観念

その小阪さんも、オウム事件については衝撃を受け、「オウム教団のなかで起きた観念の顚倒や、どういうふうに物事を正当化していったかという言説のあり方は、連合赤軍的な問題の延長線上にあるように思えた」と書いている（『思想としての全共闘世代』）。

オウム事件について、小阪さんは自らが抱えてきた観念論的課題にひきつけて、たとえばこう言う。「ひとはしばしば、世の中に対抗していると思いこんでいるからこそ、自分自身が甘えていることにも盲目になるんだ」と(『尊師麻原は我が弟子にあらず』所収「他者を他者として認めること」)。あえて「甘さ」ということばを使えば、オウムの「甘さ」は「たとえばオウムの修行の過酷さと、オウムが、世間の人びとがどういうふうに生き、そのなかではどういうふうなことばが通じるのかという『現実性』にたいしてもった甘さの『落差』である」と。

それを連合赤軍のリンチ殺人事件と重ねて、こういう。「赤軍の結成から連赤へいたる過程をふりかえって、ある革命観念が孤立して急進していくプロセスは、同時に世俗的な論理のもつ現実性、また事実の相互連関にたいする把握の脱落をともなっている」と。

村上さんのいう「言葉と行為の乖離」を、観念が純化されてゆく過程の陥穽として小阪さんは言い直している。

この市民社会に生きていれば人は生きづらさや矛盾を感じる。そのときには別の世界を夢見たくなる。そのとき転倒が起こりうる。「顚倒は、まずそのような一部の現実性が、この社会全体をおおいつくすものだと考えたり、あるいは現実性は社会に反抗しようとしている自分のうちにしかないと考えたりするときにはじまる」と(同前)。

このように、この社会の外に立ったつもりの思いなしを批判する。こうした観念的転倒はこれからだって起こる可能性はいくらでもある。

同時に、小阪さんはこの社会の外へ出たいという想い、あるいはこの社会の外へ滲ませてしまう想いを封じこめようとする立場もとらない。

……、ぼくは、市民社会かその外かなどという二分法にしたがって物を考えたことがない。市民社会は関係の社会であり、自分はその外に出ているというふうに思いなすのは――たとえば、オウムにとっても――観念的顚倒の第一歩である。だが、同時に現代の社会は、その外に出たいという願望を――少なくとも一部の人間にとって――必然的に分泌するような社会であるというのがぼくの事実認識にほかならない。市民社会の現実性を認めることは、そのなかにあって市民社会の外に出たいという願望の現実性を否定することにはならない。（同前）

連合赤軍事件を通して全共闘運動の光と影をとらえてきた小阪さんの観念的転倒批判は、いまも有効である。小阪さんは九〇年代に入りこのように社会を両義的にとらえることを自らに強く課すようになる。連合赤軍やオウム事件のように反体制的観念の転倒を退けつつも、この社会の外への視線を封じるスタイルにも距離を置いている。貧弱な「マルクス主義」を葬り去ることで、市民社会を批判する視線をも放棄するほどには、この社会と屈託なくやっていけないからだ。両義的であらざるをえない。

全共闘世代にとって、オウムの一連の事件は深いところで受けとめざるをえないものだった。たしかに「六八年」と九〇年代とは情況が異なるし、左翼と宗教系団体も相違するから、単純には重ねられはしない。それにしても、人間が生みだすグロテスクな観念の力学と転倒のドラマがくりかえされているし、その危うさからは誰も無縁ではいられない。転倒の構造は何ら変わっていないのだ。オウム事件とどう向きあうかは、六〇年代末の反体制的運動の総括と関わってもいた。

共感と異和の交錯

……暴力性をめぐって

「九〇年代はよく見えなかった」

「ぼく個人としても、八〇年代は状況のなかでの自分のポジションやさまざまな論者の配置などすっきり認識できたし、社会の基本的な動向もなんとか把握していたと思う。だが九〇年代はよく見えなかったという印象が強い」と小阪さんは記している(『思想としての全共闘世代』)。

同人誌「ことがら」や雑誌「オルガン」でともに表現をしていた竹田青嗣、橋爪大三郎、西研、笠井潔の各氏らとは七〇年代初頭までの体験のとらえ方を共有できたが、九〇年代に入り、時代の共有感は薄れ、むしろそれぞれが現在の課題に目を向け始める。

九〇年代の現実をどうとらえるか、無数の分岐が進行する。九五年に起きた阪神・淡路大震災、オウム事件がそれを加速させた。

新しい「エティカ」と「決算」の危うさ

村上春樹さんは暴力性について語り始める。彼がギターの替わりにバットを握って他者に振り下ろした点への異和については先に書いたが、この点について九五年一一月に行われた河合隼雄氏との対談をまとめた『村上春樹、河合隼雄に会いにいく』(九六年)で、自身が次のように発言をしている。

『ねじまき鳥クロニクル』の中においては、クミコという存在を取り戻すことがひとつのモチーフになっているのですね。彼女は闇の世界の中に引きずり込まれているのです。彼女を闇の世界から取り戻すためには暴力を揮わざるをえない。そうしないことには、闇の世界から取り戻すということについての、カタルシス、説得力がないのです。

(『村上春樹、河合隼雄に会いにいく』)

これについては、彼の作品を英訳しているジェイ・ルービン氏から、「たとえ悪い相手にしろ、バットで頭をたたき割るというのは、読み手を裏切る行為じゃないか」との疑問を提出されたと明かし、「ぼくはそれにうまく答えられないんですよ」と漏らしている。

そして暴力をめぐる歴史をふりかえる。まず太平洋戦争が終わって「その戦争の圧倒的な暴力を相対化できなかった」こと、さらに、六〇年代後半の時代についてもこう語る。

ぼくらは平和憲法で育った世代で「平和がいちばんである」、「あやまちは二度とくり返しません」、「戦争は放棄しました」、この三つで育ってきた。子どものころはそれでよかったのです、それ自体は非常に立派なことであるわけですから。でも、成長するにつれて、その矛盾、齟齬は非常に大きくなる。それで一九六八年、六九年の騒動があって、しかし、なんにも解決しなくて、ということがえんえんとあるのですね。

(同前)

そして次のように加える。

結局、ぼくがそれだけ長い年月をかけて暴力性に行き着いたというのは、そういうあいまいなものへの決算じゃないかなという気もしなくはないのです。ですから、結局、これからのぼくの課題は、歴史に均衡すべき暴力性というものを、どこに持っていくかという問題なのでしょうね。それはわれわれの世代的責任じゃないかなという気もするのです。（同前）

「あいまいなものへの決算」として暴力性に行き着いたというこの発言の前で、わたしは佇む。村上さんが何を言いたいのか、前後の文脈でもなかなかつかみにくい。飛躍を感じるのだが、いずれにせよここでたしかなのは、村上さんのなかで「暴力」性が切実な問題になってきていることだ。湾岸戦争や海外での生活が影を落としているのだろうが、その背景はなかなかつかみにくい。六〇年代の暴力について、同書の別のところでも触れている。六〇年代の暴力は、闘争か抵抗のための暴力だった。正しいかどうかはともかくとして、そこにはわかりやすい美学のようなものがあったと。たとえば大江健三郎が書いていたのはそういった暴力性の物語で、そのアドレナリンの匂いが若い読者をひきつけたと。

でも、いまはそうじゃない。冷戦終結後に起こった戦争の多くがそうであるように、暴力性が局地戦化、セクト化して、大きな方向が見えなくなってしまっている。アドレナリンの匂いが拡散してしまっている。われわれはそのような新しい種類の暴力性を、もう一回物語の中に取り込んでいく必要があるんじゃないかというふうに、僕は感じているのです。言葉で「こうで

すよ」と説明するんじゃなくて、物語として。（同前）

この発言の前でもわたしは佇む。わたしは逆に、「わかりやすい美学」がなくなったことも「アドレナリンの匂いが拡散」したことも村上さんと違って、まず素直に受け容れたい。そこから逆戻りするのではなく、むしろそこから論を進めたい。暴力の「美学」や「物語」や「大きな方向」を再定立する作業が必要であるとは思えない。

歴史での「あいまいなものへの決算」がバットを握らせたことに、わたしは逆に危うさを感じる。それは決意主義への回帰につながっていないか、と。決意を先行させて立てると、どうしても観念の転倒を招き寄せてしまう。

『ねじまき鳥クロニクル』をめぐって、小阪さんは次のように書いている。

だが重要なのは、「世界」への決意をもつことではない。どのように世界とかかわるかということだ。あるいは決意以前にどのようにかかわってしまっているか、ということだ。なぜなら、「世界」への決意だけでは、むしろ人を観念論的顚倒の迷路へと誘いやすいからである。

（『ことばの行方　終末をめぐる思想』）

決意を無理に先行させるとき、観念論的転倒の迷路へと迷いこむ。村上さんの「あいまいなものへの決算」がこうした決意主義とは異なるものであることを願わずにはいられない。

全共闘運動は欲望自然主義だったのか

また、オウム事件後に行われたこの対談で村上さんは、近年の若者が「気持ち良ければそれでいいじゃん」という方向に流れていて、それは六〇年代のカウンターカルチャーとかドラッグ体験から一貫して続いている傾向だ、と指摘する（『村上春樹、河合隼雄に会いにいく』）。

そこで彼は、「気持ちよくあり続けるためには、やはりそれなりの努力を払わなければならない」として、「新しい時代のethics（倫理性）」のようなものが必要だと書いている。「それは身体性というものを基調にした、より柔軟な哲学のようなもの」とし、妄想的な暴力性（オウムのような）を排除する力をもったものが課題だと語っている。

ここで語られていることに異議はない。たしかに、六〇年代のカウンターカルチャーは「気持ち良ければそれでいいじゃん」という傾向をもっていたし、それは欲望自然主義とも評された。だが、これについては足を止めて考えてみる必要はある。ドラッグ体験は別としても、カウンターカルチャーや全共闘運動は、「気持ち良ければそれでいいじゃん」だけで括ることができないからだ。

全共闘運動の特徴について、「闘わねばならない」ではなく「闘いたいから闘う」というスタイルだったと小阪さんは書いているし、当時の雑誌「遠くまで行くんだ…」三号（六九年七月）のなかで重尾隆四さんはこう書き残している。

――だから、ぼくらは決して、あれもしたい、これもしたい、という自己の欲求を禁欲的に我慢して労働者の為に闘っていたのではない。闘いは俺の闘いだったから、苦しさや敗北を他人の責任にすることはなかったのだし、全ての欲求をその闘いに盛り込むことが出来た。つまり禁欲的に何かを我慢する必要はなかったのである。

たしかに六〇年代後半、カウンターカルチャーが生まれる背景には、商品が豊かになり始め、人が恣意的に振る舞えるような情況があり、今日につながる消費社会のとば口に立っていた。欲望が解放され始め、「気持ち良ければそれでいいじゃん」という傾向が生まれていた。

六〇年安保世代はインテリゲンチャとして大衆への責任を負い、知識人倫理として「闘わねばならない」として闘争を担ったが、全共闘世代はそうした「ねばならない」論理を突き破って「やりたいから闘う」論理を突き出した。それまでの左翼の前衛、知識人論的論理を突き破るものとして、新しかった。だから「欲望自然主義」と呼ばれたりもした。「闘わねばならない」と「闘いたいから闘う」という間には明らかな違いがある。それは全共闘世代から生まれている。

だが、わたしは「闘いたいから闘う」という論を「欲望自然主義」的にとらえる見方にはずうっとどこかで得心できない感を抱いてきた。だから、「気持ち良ければそれでいいじゃん」とあえて軽くとらえている表現で括りきれるものではないと考える。

要するに、欲望自然主義というとらえ方では掬いきれない思想性が全共闘運動には流れていた。誤解を招かぬように断れば、強調したいのは、欲望自然主義自体の是非をいいたいのではないし、欲望を否定するものでもない。否、欲望は肯定する。倫理主義を掲げようとするものでもない。「闘いたいから闘う」という論理は、正義や大義のため、あるいは大衆や人民（アジアの人民であってもよい）という他者のために「闘わねばならない」という論理を突き破ったが、同時にじつは欲望自然主義次元とは別ものだったはずなのだ。

かつての左翼は知識人としての負い目を抱えていた。学生として、知識人として、大衆に対して負い目をもっていた。だからこそ、正義や大義を掲げ、大衆、人民のために闘わねばならなかった。だが、全共闘運動はこの負い目的倫理意識を二重の意味で突き破るものだった。

一つは、大学生自身ももはや大衆にすぎないという社会構造の変化を受けて。

もう一つは、左翼の禁欲主義的知識人・前衛‐大衆という従来の構図では、そもそも情況の変革などありえないという認識から。

当時、自らの「いま・ここ」の闘いを掘り下げれば、それは必ずどこかで普遍性につながるという信があった(もちろん、この信自体が問われねばならないが)。つまりそこには、負い目的倫理から、虐げられた人々を人民、アジア人民、貧困民と無限に退行させて措定し、そこでの自己処罰、他者糾弾から運動を組み立てるのではなく、自らのありよう、自らが実際に生みだす具体的関係性を直視し、関係の組み替えを図ろうとする方向性があった。

「やりたいから闘う」は美学に近かった。負い目的倫理を突き抜ける美学、すべてを自己責任化する美学、恨みつらみへ転嫁させない美学。それはたしかに鮮烈な新しさでもあった。したがってそれは「気持ち良ければそれでいいじゃん」と軽く流せる欲望自然主義で括りきることはできないものだったと思う。それは倫理とないまぜになった欲望、欲望とないまぜになった倫理といってもよい。

したがって話を戻せば、たしかに村上さんが語るように、新しい時代のethicsが求められている。それは、地獄への道へ通じる「善悪の此岸の世界」とは峻別されなければならない。

「正義」と「善意」の行きつく果て

遅れてきた「善」のラディカリスト……オウム林郁夫

林郁夫を論じることと全共闘総括と

小阪さんは、観念が転倒する病いとその構造をとことん追求することにおいてラディカルだった。村上さんは、観念が転倒し招く惨劇の前に立ち尽くしたうえで、人はどう生き、また歌を歌うことができるのかを表現することにおいてラディカルだった。

だが同じ世代、一九四七年生まれでオウム真理教信徒であった林郁夫は、まったく逆行するように、八〇年代に入ってから、観念の転倒の道を突き進んでしまった。遅れてやってきたラディカリストは「善」「大義」と「信」をとことん追求した。であるがゆえにサリン撒布というとてつもない行為をやらかすに至る。「真理」や「正義」そして「信」を追求するがゆえに観念を転倒させ、惨劇をくりかえしてしまった。その縺《もつ》れを解いていくことは六〇年代後半から七〇年代初頭の叛乱の季節の総括とも重なっている。

「善き人」であるからこそ

一九九五年三月二〇日、林郁夫(当時四八歳)は新御茶ノ水駅付近、霞ケ関方面へ向かう地下鉄千代田線車内でサリンの入ったビニール袋に傘の先を突き刺した。

慶應大学医学部を出て大学病院などを経て、周囲の信頼を得て国立病院の循環器科医長となった彼は、そのあとオウム真理教に入りすべての私財を寄進して家族を引き連れて出家し、あげく一般市民で満員の地下鉄車内にサリンを撒くに至る。

彼の行為によって、袋を取り除こうとした地下鉄職員二名が死亡し、多数が負傷、心身の深い傷を負うことになった。オウム真理教と何の関わりもない市民が一瞬にして命を奪われ、深い傷を負う。その行為を自ら確信して彼は遂行した。

かつて大衆的な反体制運動が退いていった一九七〇年代初頭、爆弾闘争が頻発したとき、その対象はいちおう限定されていた。言い訳も含めて、爆弾闘争のターゲットは限定されていた。しかし、オウムの地下鉄でのサリン撒布には、一九七〇年代前半の企業爆破事件のような絞りこみすらなされていない。朝、霞ケ関に向かう国家公務員を標的にした、ともいわれる。「オウムを弾圧しつぶそうとしている国家権力の代表者たち、つまり公安警察、検察、裁判所に勤める人たち」(林郁夫『オウムと私』)を狙ったというが、地下鉄車内に毒を撒いたのでは、ターゲットを絞りこんだとはとうていいえない。霞ヶ関で降車する乗客だけではなく、その前後の多くの駅で降りる客も多数いたのだ。霞ヶ関で降車する人がすべて国家公務員であるわけもなく、国家公務員をターゲットにした、という理由は成立しない。いわば無差別に市民を攻撃したことになる。

そして犯行側自身がそのことを認識していた。直接の指揮者と目される村井秀夫は、近々オウムに対する強制捜査が行われようとしている、オウムがつぶされるのを阻止するために、地下鉄にサリンを撒く、と語ったという。組織防衛と国家権力への対抗の闘いとして、サリン撒布が位置づけられていた。そのために、一般市民が犠牲になることは結果としてやむをえない、そこまで、「善き人」林郁夫も実行役として自ら決意したのだった。

行為を内戦、戦争と位置づけていたサリン撒布の直前、「女や子供は殺したくない」と林は葛藤する。いいかえれば男たちは死んでもやむをえないことを確信していた。これは戦いであるのだから、と。そして彼らの主観ではゲリラ戦として位置づけられたのだが、かりに戦争であるととらえたにしても、非戦闘員であり無防備の市民を無差別に殺傷するには、彼のなかによほどの「信念」が醸成されていなければならない。

なぜサリン入りの袋に傘の先を突き差し、サリンを発散させ、オウムに何の利害関係もない一般市民の殺傷を行ったのか。林郁夫に危害を加えたり争ったりしているわけではない、彼に何らの関わりもない市民への殺傷という、もっとも重い罪を犯してしまったのか。

その答えはあえていえば、彼の「善」の心に求めるしかない。「善」に忠実であろうとする人こそが無差別の市民殺傷という最大の罪を犯してしまう、この逆説のなかに、事件の真相を読みとるしかない。

逮捕・拘留後に彼が著した『オウムと私』を中心にその謎を探ってみよう。この書が上申書として判決への影響を狙った可能性もあるのだろうが、心の動きはほぼストレートに表現されていると思われる。

すべてを投げうって出家

テニスボーイとして「六八年」の時代を謳歌した林は、大学を卒業し臨床医の道を進み始める。患者の死に接するうち、医学自体への限界を感じ始める。死に直面する患者の肉体をケアするだけではなく、心のケアにも及ぶ必要を感じるようになる。死について考えるようになり、彼の関心は「心の問題」に傾斜していく。「解脱」を強く希求するようになり、自らの実践課題と考え始める。

「解脱の修行方法」を求め、桐山靖雄の著作に出あい阿含宗信徒となり、修行に参加する。しかし、そこではその実現が遠いと判断し、満たされない想いを残して同宗から離れ、麻原彰晃の著作に出あう。麻原こそが「具体的修行法」を教え、人類を法によって目覚めさせ、社会問題を解決し、人類を救済することができる、と考えるに至り、オウム真理教の道場の門を叩くことになる。

すでに四〇歳を超えている。時代は、一九六〇年代後半に昂揚した反体制的ラディカリズムが退潮してからもはや二〇年近くを経た一九八九年、昭和が平成に変わるときだった。一九六〇年代後半そうした左翼的な社会変革運動に背を向けていた林郁夫が、それから何と二〇年ものち、解脱へのラディカリズムの道を突き進むことになる。

彼は修行を通じての超常的体験を重ねる。そして他人の心を射ぬく麻原の目に感嘆もし、信仰を深め、自らを託す対象としてオウムをとらえ始める。

ところがオウムの門を叩いたちょうど八九年頃から、オウムバッシングが起こり始める。それについて彼は次のように受けとめる。

人は地位や名誉、お金や快楽を追い、人間としての生を貴重なものと気づかず、虫や動物と同じようにその場その場の楽を求め、老いて死んでいきます。そうではない生き方もあるのだという、釈迦の教えを現代に正しく伝えようとしている教団が、いい加減な人たちによって潰されてしまおうとしていると悲しみました。（同前）

そして「生きとし生けるものが幸せであれ」と釈迦がいった「慈しみの溢れた社会」をつくらなければいけない、との使命感を漲《みなぎ》らせることになる。

一部の心ない人たちによって世論が形成され、真の仏教集団であるオウムが潰されようとしている、それを防ぐのに出家が必要とされているのだ、この受難のときに立ち上がらなくて、いつ立ち上がるのだ、これはグルの意思なのだ、……（同前）

林は反対する妻の説得を試みながら、出家の決意を固めていく。こうして出家したのは一九九〇年五月のこと。門を叩いて一年半足らずのことだ。

所有していたマンションの売却代金を含めて八千万円近くの現金と自動車二台など、すべての財産を布施として納め、最後は使いかけのテレホンカードまで布施したという。抵抗していた妻と子を伴う出家。徹底した布施、信仰への帰依である。自らの「解脱」と社会での真理の実現に向けた実践のスタートを切る。

林は修行に励み、幽体離脱も経験し、クンダリニー・ヨーガの成就者となる。「成就者」とは「カルマも落とし、エネルギーの清らかな、聖なる人の形をした生命体」である。その成就者の認定を受け、麻原からクリシュナナンダというホーリーネームを授けられる。

ラディカリズム 二つの陥穽

解脱と真理へのラディカリズムを突き進むなかで彼が素通りしたり、飛び越えてしまったことが二つある。

一つは、解脱や悟りという「高次」の状態が、生きている人間に固定的な状態として現われると思いこんでしまうことだ。つまり解脱が生存する個に「状態」として訪れると信じてしまうこと。どんなに「高次」な人だろうと、瞬間瞬間の煩悩やとらわれとともにしか生存できない。ところが彼はこれを信じ、解脱への階梯をステージとして措定し固定することを信じる。むろんこれはオウムにかぎらず、イデオロギーや信の世界でおうおうにみられることだ。

そしてこのこととつながるが、個の次元のことが、そのままストレートに共同的な世界に広げられてしまう。これが二つめの点だ。個々の心がそのまま共同世界や社会へ移行し押し広げられると思いこむ。真理を希求する「善」の人が集まれば、そのまま善の集団と実践が実現すると疑わない。現実には「善意」溢れる人たちが集う集団であっても（宗派や党派はみなそうだ）、組織や共同体のなかでは「善」は捻れ、軋み、「善」とは異なる動きを生みだしてしまうのであり、善き心がいくら集まっても、「争いの絶えない醜い社会」が現出してしまうという認識を手にできない。

ここで林のラディカリズムが見逃してしまった二つの点は、一九六〇年代後半から一九七〇年代初頭のラディカリズムが、もっと広くいえば、二〇世紀の社会主義における左翼運動、党派闘争の内ゲバが残した負の遺産の中身でもある。あるものを絶対者と措定し、彼及びその言説に絶対帰依する「善き人」「正義の人」たちが集まれば、その集団もまた「善」と「正義」の集団と思いなす。観念のラディカリズムがどこに逢着するのか、多大な犠牲を支払って残された、その負の遺産から、彼は、そしてオウム真理教は何も学ばなかった。

殺生思想の成立　ポア

そしてラディカリズムをさらに強力に推し進める切り札がここに加わる。

絶対正義が措定されれば、その正義とその集団に対抗してくる邪悪な力はとことん叩きつぶさなければならない。連合赤軍の場合は、銃を武器として闘うという従来の闘争にはない飛躍が求められた。そこでは自他の徹底した相互批判を通じての「共産主義化」が求められ、「総括」行為が切り札になったが、オウムの場合、「ポア」というより強力な概念と方法を手に入れる。

ポアという魂の輪廻転生概念が追加され、むしろ場合によっては殺してあげたほうが本人のためによい、という視点が加わる。

俗世で日々悪業を重ねている魂にとっては、この世で長生きするほど、地獄では膨大なときを生きなければならなくなる。現世で悪業を重ねるほど地獄で長い間苦しまねばならない。だとすれば、現世で悪業を重ねる日々を長引かせるのは本人のためにならない。とすれば早いうちにその命を絶つほうが本人のためであり、社会のためでもある。

「ポア」は殺害の対象の過去、現在、未来の行状を見切ることのできる能力の持ち主の存在を肯定すると、成り立ってしまうかもしれない「殺し」なのです。（同前）

絶対的信を手に入れた、余計なおせっかい観念はいつでも世界を覆い尽くす。

林は言う、「真理を守るためなら死ねる、人類を救うためなら死ねる、というこの言葉の解釈を、『真理を守るために』ということだけに短絡させて、私の行為で死んでいくことになる人たちを、『真理を守るための死』として容認しようという『錯誤』が、このときの私にはありました」と。「対象のことを思っていますよ、という思い、『真の愛・真の哀れみ』からすると、いっそのこと殺してあげたほうが……」という思いこみが支配し、殺人が正当化される。

ここでは、絶対知を所有する圧倒的優位者として、堕落した市民社会を得意気に睥睨《へいげい》している。修行によって得た強烈な絶対的体験がポアの実践を後ろから支えた。

そして信は社会批判と結びつく。個の絶対体験から始まった信は、市民社会や政治の批判を共有する共同観念に吸収されてゆくが、彼らの信は、共同性の問題にはあまりにも無防備だった。「真理」を抱く人々が集まれば、それは「真理の王国」であり、教祖のことばは社会的「真理」そのものであると横滑りしてしまう。組織について考え、議論する土壌も蓄積もなかった。だから幹部の唱える陰謀史観にも疑いをいれない。信徒たちは社会批判や陰謀史観をもすんなり受け容れてしまうようになる。

難題こそ自らの信を問うている

さらに、信の主体の背中を執拗に、そして強引に押すのが信の螺旋構造だ。林は麻原や教団から難題をくりかえしつきつけられたとき、次々に自分に襲いかかってくる難題は自分の信の強さを試しているのだと受けとめるようになる。

初期の頃のこんなエピソードがある。

出家直前のことだ。オウムが衆議院選挙にうって出ることになり、選挙ポスターを貼る任務に就いたとき、掲示板の貼る位置を間違えた指示を受け、長女とともに何日もかけて貼ったポスターを貼り替えなければならなくなる。そのとき、彼は、「オウムの事務能力のいい加減さに怒りこそすれ、これもつまりは私の心の嫌な面を引き出そうとしている見えない配慮なのだとか、私よりも若いとはいえ先に出家した中川にしたがうことで覚悟がためされているのだと思いこもうとしました」(同前)とふりかえっている。

つまり、不手際によってもたらされた一層の苦境、難題、それらは、みな自らの信仰を試そうとするグルの意思だととらえる。自らの信仰の試練だ、と。すべては自分の信の堅固さをたしかめようとする師の配慮でもあるととらえる。

以降難題に直面するたびに、彼の心は逡巡する。とうてい自分には引き受けられそうにない、厳しい課題だと。そのとき彼は、難題が自分の信仰を試しているのだ、と前向きに受けとめる。主体がほんとうに信仰を堅持できるのかどうか、それを試されているのだ、と。難題そのものへの疑いを抱けば、それは師への疑心であり負い目となる。疑いを抱く自分は信の心が足りないのだと。課題へ向けられた疑いは自己へと折れ曲がり、自己の信の不十分さを痛感する。出家以来次々訪れ、彼を苛む課題に直面したとき、この構造は必ず思考を規制するものとして立ち現われる。

信仰はいつも試される。なぜなら信という心の状態を証する物的なものは何もないのだから。信とは飛び超えである。理でつながらない深淵を飛び超えることだ。信じるか、信じないか、問いはそれだけだ。だから、不断に信は問われる。信は裏切りと背中あわせにある。信は裏切りとともに、裏切りは信とともに存在する。

「観念を壊せ」

すべては信を問う踏み絵となる。たとえば、林がそれまでの人生で培ってきた倫理や人格の尊厳を思う考えに対して、麻原はそれを「観念が強い、観念を壊せ」と指摘する。そのとき、彼は葛藤を感じないわけにはゆかない。

しかし、麻原のいうことを至上のものとして生活していたことから、そのように葛藤すること自体を、私自身が麻原の教えを理解できない劣った心の持ち主であるからだと思うようになりました。それは私のなかで罪悪感となりました。（同前）

「観念を壊せ」とは、連合赤軍における総括という名の制裁のとき、ブルジョア的残滓をとことことん捨てよという糾弾と同じものだ。観念という名の自己を解体せよ、と迫ったのだ。汚れた社会のなかで染みつき堆積させてきた観念を捨てよ、壊せ、と。

そしてついにサリン撒布の命を受ける。指令があったあと、さまざまな葛藤のあった林は次のようにも思う。「麻原は一人一人のことを思ってくれているのだ。私が心を動揺させることを見越して、このような役割を与えたのだ、やっぱり宗教的意味合いがあったのだ」と。

事件を起こしたあと、逮捕され、取り調べが続くときですら次のように考える。「グルは何か深いことを考えているにちがいない、わざと不自由な状況をつくっているのだ、自分たちの修行やワークには何か足りないものがあると考えているのだろう」と。

自らをかぎりなく苛み、信へ架橋しようとする姿勢は、信の外にいるものにはあまりにも無惨にみえるが、宗派主義内においてはもっとも崇高な信の立ち姿である。林はますます深読みを重ねる。

弟子たちが考えつくような範囲の考え方は観念の産物に過ぎないと悟らせ、その観念を崩壊させようとしているのか。疑念とはまさしくそれを悟らせようとするものなのではないか。

（同前）

身柄を拘束され留置された空間のなかですら、そう考える。自らを取り囲む世界の事象はすべて自らの信を問うている。どんな不合理も自らの信を試すものとして受けとめる。いやむしろ、より不条理であるほうが信仰の深さを試すものとなる。もはやいかなる事態も彼の信を問い深めさせる触媒でしかない。彼は「信」と向きあうだけで、彼らをとりまく社会は消えてしまっている。オウムの一連の事件を麻原一人の人格や恐怖政治に帰すとらえ方もあるが、そこに信(観念)の力学を見なければ、問題の所在を見誤ることになる。

信と裏切りを分ける「義」の不在

観念は簒奪する

すべてを投げうって闘おうとするものを癒してくれる絶対者は、林の場合、「尊師」麻原だった。信の証としてすべてを捧げようとする林は、麻原に癒しを求める。信仰であれ、思想であれ、こうした絶対の対象はさまざまに置きかえられる。神、あるいは人民、プロレタリアート、党などと。

たとえばかつてのロシア(ソ連)では、人民の利害を代表するソ連共産党が正義であった。林のような心の惨劇は「左翼」の本家ともいうべきソ連共産党の党内粛清劇でも現出した。

笠井潔さんは『テロルの現象学』で、ソ連共産党における党内闘争、粛清劇について触れている。それは主体と客体の二元論の世界を超えて、ヘーゲル弁証法の世界に踏みこんだ、より陰惨な観念劇であるとされている。

党幹部が党のため、革命的良心のため、つまりは人民の正義のために罪を「自白」する過程を、党派観念が辿る必然過程としてとらえる。

観念の外部を〈止揚〉した観念である党派観念は、主体と客体を始めとしてあらゆる対項の隠蔽された、あるいは公然たる第三項として、完成された弁証法的権力となる。そして党派観念は、自己観念を不断に自壊と解体へ押しやりながら、それを吸収して無限の自己増殖と肥大化を続けていく。自己観念のつきせぬ夢であった「全世界の獲得」は、党派観念によって実現される。なぜなら、世界は既に観念の内部にしか存在しえず、もはや観念の外部は存在しないからである。

（『テロルの現象学』）

外部をすべてとりこみ、弁証法的観念は全世界を自分のものとしていく。

人民の救済が措定され、その大義が掲げられる。その大義を実現するのは、＊＊党、＊＊同盟、＊＊教、＊＊国でしかない、と信仰される。そのために自己観念を解体する、麻原が「観念を壊せ」と言ったように。

真理と理想の世界の実現のためなら、自らが断罪されることも辞さない。輝かしい党のため、党の歴史のためなら自らを否定するのにやぶさかではない。党の統一は最優先されるべき事項だ。なぜなら党こそ人民の意思を体現し幸せを実現する唯一の組織だから。これによって革命が成就すれば、自己犠牲も救済される。

同じように、連合赤軍で幹部や他の仲間から制裁を加えられ厳寒の山中で縛られながら「革命戦士として死ねなかったのが残念」ということばを残して絶命した「兵士」も、無念の最期を「革命」に託した。絶対者、絶対観念はすべてを呑みこみ、膨らみ、世界を覆い尽くそうとする。

村井秀夫から「近く強制捜査がある。騒ぎを起こして、捜査のホコ先をそらす。地下鉄にサリンをまいてもらいたい」と告げられたとき、林郁夫は自ら殺人者になってしまうことで、まず家族のことを思う。しかし、それも麻原の見切った運命なのだと深読みする。こうした深読みは、逮捕され、留置されても、ますます深まる。

麻原は、今度こそ弟子をぎりぎり追い詰め、真理と真理の体現者である自分に対しての帰依をみているのか。私は旧約聖書の「ヨブ記」のヨブのことを思い出していました。極限の忍耐を培わせているのか。私の心のなかにある教団、教義に対する誇りさえ、崩壊させるべき観念だとして、問題を投げかけているのか。教義上の「忍辱精進」と「観念の崩壊」の修行を課しているのか。(『オウムと私』)

「善」のラディカリストは世界のどんな事象も、自らの信を問うているのだ、と感じる。自分の観念や俗世の心の残滓を徹底的に否定し、解体させ、絶対者と、その意に帰依しようとする。しかし、ここで林に起こっていることは、自己解体であるとともに、自己の信を全世界に拡張させ、自己の信で世界を覆わんとする自己絶対化でもある。それはロシア共産党の幹部が、自分を否定することで、党の名誉、大義を守り、そのことで絶対化を獲得する過程と重ねることができる。また、連合赤軍の「兵士」たちが脆弱な自己の身体と罪深い(ブルジョア的)観念を徹底して否定し、

革命に耐えうる「兵士」に改造していく共産主義化の道と重ねることができる。

ジョージ・オーウェルが全体主義社会主義国家を描いた『一九八四年』で、超大国オセアニアの真理省に所属する官僚オブライエンは、体制に疑いをもち抵抗するウィンストンを前に、次のように語っている。

古い時代の専制者たちは『汝、斯くすべからず』と命じた。全体主義者たちは『汝、斯くすべし』と命じた。われわれは『汝、斯くなり』だ。

かつては「すべからず」と禁止形で命じられ、続いて全体主義では「正義」「大義」をもとに「すべし」と命じられ、主体の確立が求められた。そしてオーウェル描く「マルクス主義」収容所国家とでもいうべき超大国のもとでは「斯くなり」となる。つまり、「斯くすべからず」と「斯くすべし」の世界には命じる主体があり、それを受けとめて守る、あるいは担う主体(客体)が存在したのだが、オーウェルが描いたオセアニアでは、主客の対立は消え去り、個は観念(党)に吸収され、そのものに同化することが求められる。それは麻原が林に「観念を壊せ」と命じた、自己意識の解体と共同観念への同化が実現してしまった世界でもある。

まさに、「党派観念は、自己観念を不断に自壊と解体へ押しやりながら、それを吸収して無限の自己増殖と肥大化を続けていく」(笠井潔)。そこで演じられた葛藤、自己否定の劇は、捧げられる対象が絶対という空虚であるため、あまりにも痛ましい惨劇をもたらす。観念は簒奪する。

ユダの「裏切り」と林の「信仰」

林郁夫のけっして裏切らない「信仰」は、ペテロ、そしてユダを想起させる。

イエスは囚われそうになり最後の晩餐を終えたあと、ペテロに言う。

「アーメン、わたしは言う、今夜、鶏が鳴く前に、三度、あなたはわたしを知らないと言う。」ペテロが言う、「たとえご一しょに死なねばならなくても、あなたを知らないなどとは、決して申しません。」

（『マタイ伝福音書』塚本虎二訳）

よく知られた逸話だ。

そして、イエスが連行され、審問を受けているとき、ペテロは外の庭で座っていた。そのとき、一人の女が寄ってきて「あなたもあのガリラヤ人イエスと一しょだった」と言われると、それを否定し、また別の女がそう言うと、それも否定した、「そんな男は知らない」と。さらに周囲の人たちも寄ってきて、おまえはイエスの仲間だ、と言う。ペテロはこれも否定する。そのとき、鶏が鳴いた。

ペテロは「鶏が鳴く前に、三度、わたしを知らないと言う」と言われたイエスの言葉を思い出し、外へ出ていって、さめざめと泣いた。

（同前）

信仰篤かったはずのペテロは、「イエス？　そんなものは知らない」とイエスを裏切った。イエスの配下のものとみられ、イエスとともに指弾・処刑されるのを怖れ、心ならずもイエスを裏切った。

他方、ユダはイエスを銀貨三〇枚で売り渡したことになっている。ペテロが、イエスを知らない、と心ならずもイエスとの関わりを否定したのとは異なり、確信してイエスを権力の手に引き渡したのだ。

ユダはその後、イエスが捕えられたことを後悔し、首を吊って死んだことになっている。銀貨三〇枚という貨幣を得たことになっているが、ほんとうに貨幣が彼の目当てだったのかどうかはわからない。イエスに背いたことはキリスト教からみれば裏切りだが、対抗する側からみれば、ユダの行為こそ世の平和のためであった、とも言える。もしかすると、イエスの身柄を拘束させることが目的であり、結果として権力側から報酬を受け取った、ということかもしれない。たとえば、イエスのラディカルな教えに疑問をもち、イエスの身柄を拘束させることが自らの社会的責務と考えて決断した行動であったかもしれない。このように推理することもできないことではない。

イエスはこう説いている、「地上に平和をもたらすためにわたしが来た、などと考えてはならない。平和ではない、剣をもたらすために来たのである」と。そのイエスの動きを封じようとしたと。

そう仮定すれば、ユダはイエスを裏切ったが、逆に、それによりイエス集団の「反社会的動き」を阻止した、という解釈が成り立たないわけではない。ユダのイエスに対する裏切り(既存社会からみれば改心)こそが、社会体制の安寧をもたらした、と。

何も「義」を保証しない

他方、林郁夫は、麻原の教えと指示に従い、東京の地下でサリンを撒いた。こうして信仰を守った。だから、信という視点に立てば、彼は「優れた」信仰者だったということができる。信を貫き信に殉じた希有な宗教者ということもできよう。裏切り者(改心者)のユダがオウム真理教にいたら師を権力に売り渡し、サリンを撒くことはなかったろうが、善のラディカリスト、徹底した信の人であるがゆえ、林郁夫はサリンを撒いてしまった。

むろん「善」の人、林郁夫に「不善」をみつけだすこともさまざまに可能だろう。たとえば、恐怖政治が怖くて保身に走っただとか、教団の出世に心を奪われてのことだとか。そういうことがあったかもしれないし、なかったかもしれない。どこにでも転がっている心の動きであろう。

どんな信にも根拠があり、それぞれが正当であることを主張する。信と信、義と義がぶつかりあう。林、ペテロ、ユダ、信仰者としてのそれぞれの信仰と裏切りを、それぞれの生きた社会の義、反抗する義とをつけあわせてみるとき、林の信の強度は抜きんでている、といわざるをえない。

むろん信という心の抽象をとりだして信仰者を比較するのは無謀ではある。ここで、「信」と、信が戴く「義」という絶対世界が徹底して相対化の波に晒されることになる。

吉本隆明さんは、原始キリスト教とユダヤ教のパリサイ派との争いで、イエスに対するパリサイ派の言について、次のように書いた。

――……、パリサイ派は、「きみは予言者ではない。暴徒であり、破壊者だ。」とこたえればこたえられたのであり、この答えは、人間と人間との関係の絶対性という要素を含まない如何なる立場からも正しいと言うよりほかはないのだ。秩序にたいする反逆、それへの加担というものを、倫理に結びつけ得るのは、ただ関係の絶対性という視点を導入することによってのみ可能である。

（『マチウ書試論』）

ユダヤの律法学者とパリサイ派への、原始キリスト教の苛烈な批判に、吉本さんは病的な心情と近親憎悪をみているのだが、異常な心理的な倫理を正当化しうるものがあるとすれば、それは「関係の絶対性」という視点しかないという。つまりこの社会の現実の秩序をめぐる関係である。どんな良心的な心情や意志にも関わりなく、現実の社会での支配秩序に加担しているのかどうか、そこにしか、原始キリスト教にせよどんな宗教、思想にしても、正当化しうるか否かの根拠がないと。思想や宗教は相対的なものだ、と。

『マチウ書試論』が書かれたのは一九五四年、戦後日本がまだ経済的に豊かではない、支配と被支配の社会的対立を明確に描きうる時代だった。

オウム真理教が登場したのは一九八〇年代半ばのこと。高度資本主義社会を迎えた日本では、搾取‐被搾取や支配‐被支配をめぐる秩序への加担うんぬんという視点は成立しにくくなっていた。

国家がオウム真理教を抑圧・弾圧してきたという構図ではとらえにくい。つまり秩序への加担か否かで、オウム真理教の正当性を判断できる情況ではなくなっていた。現にオウムに入信したものたちの動機は、貧困を背景にした権力への反抗というより、個の心身の浄化と覚醒と、拝金主義で汚れた社会への漠たる不満が主であった。

秩序への抵抗という視点でみれば、オウムはその構図内にあったが、関係の絶対性をもってその思想を正当化はできない。「貧民や疎外者」として彼らが置かれていたわけではない。虐げられ搾取された階層として彼らが置かれ、それを強いていたのが為政者だ、とはみえない。

教団に入ったものたちの多くが、この社会に対する強い異和を抱えていたのは事実であっても、この社会での権力と秩序をめぐる現実的な関係という視点で、運動を正当化することはもちろんできない。関係の絶対性という視点で倫理を正当化しうる構造とそれを支えるリアリティはすでに崩れている。

そして吉本さんのいう、思想、宗教の相対化という事態だけが重く残されている。『マチウ書試論』で書かれた最後のぎりぎりは、思想、宗教の相対性だ。つまり宗教や思想は、それ自体に倫理的絶対性を含んでいるのではない。観念や思想は相対的なものだ。そして、相対化された思想に根拠を与える「関係の絶対性」も、相対化の波に晒される時代に入った。

「義」の絶対性の恐ろしさ

オウム真理教も、原始キリスト教も一緒にすれば、信の内実を問わない暴論だと批判が当然飛んでくる。イエスの教えと、オウムの教えは違う。イエスの教えと、連合赤軍の理論は違うと。たしかに違う。

しかし、イエスの教えを戴く宗派も、ムハンマドの教えを戴く宗派も、仏陀の教えを戴く宗派も、さまざまな宗派も、そしてさまざまなイデオロギーを掲げる党派も、いずれの派も「善」を掲げ、その正当性を主張し、他派と争い、攻撃と殺戮を重ねてきたのだ。また、こざるをえなかったのだ。

　信と義の構造は変わらない。たしかにその洗練の度合いの違いはあるだろうが、派の正当性と絶対性を掲げる、「正義」の基本構造は変わりはしない。

　いま問われているのは、何が正義で、何が正義でないか、ではない。義は世に満ちているのだ。すべてが正義を主張している。すべてが正義であり、すべてが大義なのだ。すべてが「善」の人の掲げた義なのだ。

　義や観念の中身を問うてきた歴史は、この中身を問う主体の力をこそ疑うべきところに来ている。

　それらの、義や信の優劣や是非を問う作業が不要とはいわない。しかし、その是非を吟味、検証して精査する、そうした知の作業に、わたしたちは、もはや最終的な信をおけない。少なくともそういうまなざしが必要ではないか。信をおけないというのが適切な表現でないとすれば、知の確信をおくことができないのではないか、といいかえてもいい。

　構成定立された絶対性を共同的に信仰する、共同で義とする心的構造、幻想的構造をこそ、むしろ対象化するべきではないのだろうか。それは二〇世紀に、世界を救おうとまことに真摯に死を賭して行為してきた「善き人」たちの惨劇が教えていることであり、また、その構造から人は免れがたい。「善」であろうとし、「知」的であろうとすればするほど、その危うさを抱えている。

「社会主義」国家が倒れ、歴史の終焉を叫ぶ帝国は、「正義」を掲げ、残された「悪」を撃つべくどこにでも爆撃に出かけていく。「正義」は野蛮である。

　ヘーゲルは、精神は歴史と現実をまきこんで理性として実現する、ととらえた。そう願った。

しかし理性であるはずの観念(ヘーゲルは精神と言ったが)はすべてを簒奪し全体であろうとし続ける。そして、争い、血を流し続けている。なぜなら、ヘーゲルの頭に「絶対精神」という観念が宿ったように、さまざまな党派や宗派に「絶対教義」が宿る。絶対であるがゆえに衝突せざるをえないからだ。絶対は他を認めることができない。

だが、知を上昇させ、観念で世界をとらえようとする(覆う)のはたんなる自然過程にすぎない。それ自体に価値があるわけではない。

ニーチェは神は死んだ、すべては許されていると語った。だが、そもそも絶対の世界こそ絶対であるがゆえに、さらにラディカルに「すべてが許されている」ことになる。すべては正義なのだ。地獄への道は「善意」と「正義」で敷き詰められている。

II

全共闘運動の光と影

ラディカリズムの光と影

資本にからめとられることへの異議申し立て

「六八年」からすでに四〇年を超える歳月が流れた。ふりかえり、あの叛乱の季節とはいったい何だったのか。一般化して語るのは難しい。担ったそれぞれの闘いや運動が存在し、以降のそれぞれに生がある。だからここで明らかにしようとするものも、当然わたし個人のとらえ方にすぎない。

改めて全共闘運動と「六八年」とはいったい何だったのか。それはわたしたちの生の隅々にまで資本の触手が伸び、商品が溢れるようになるなかで、私たちの生を資本の網が覆い尽くしてしまうことの息苦しさと、資本の論理のえげつなさに対する憤りがないまぜになり、それを拒否したいという反抗だったのだととらえられる。

戦後の混乱と荒廃から脱した六〇年代半ば、飢えの恐怖は薄れ、どうにか食べていけるようになってきた。さまざまな商品が発明され、工夫され、大量に生産され、発売され、市場に溢れるようになる。当然わたしたちガキもそれはそれで喜んで大いに享受もしていた。たとえば食をみると、五〇年代末、日清食品のチキンラーメンが現われ、七一年にはカップヌードルが誕生。また六八年には大塚食品がボンカレーを発売している。技術の進歩とともに食の簡便化も進み、食はいつでもどこでも手に入るものとなり、飢えの恐怖は遠のいていった。

だが反面、それが資本の自己増殖運動の表われにすぎないことも敏感に感じとっていた。資本の運動の過程で発生するさまざまな不正や不公平や脱法・違法行為がまかり通ることにも怒りを覚えざるをえなかった。

もちろんベトナム戦争の激化と米軍に加担する日本政府のやり方への反発など、大きな政治課題があったことは見落とせない。不戦を誓ったはずの日本がベトナム戦争に加担し、それによって太ること、また、これにより、いままさにベトナムの市民、子どもたちが自らの土地で日々殺戮されている事態を黙ってやりすごすことはできないという心情は当然強く形成された。そういう事態とひきかえに、自分たちが「豊かさ」を手にし始めているのではないか、という問いはつねに突きつけられていた。

だから、あの時代の運動は、社会のありよう、人々が切り結ぶ関係のおかしさに異議申し立ての声を挙げる運動としてあった。食べられるようになったことの到達点に立ち、またその達成を享受もするなかで、そこに生きている自分も含め、社会におかしさと矛盾を嗅ぎつけて反抗が起こったのだ。生活のすべてが資本(の自己増殖する運動)にからめとられることへの異議申し立てだった。

当時、批判すべき対象は、戦後民主主義という体制から、学園や学問のあり方、芸術や文化のあり方、性的関係、家庭と至るところに及んだ。そして全共闘という組織は基本的には学園、大学の場を対象としていた。資本にからめとられることへの異議申し立てとは、自己が切り結んでいる関係を組み替えようとすることでもあったから、あらゆる場で、つまり政治・社会で学園で、文化活動の場で、家庭で、男女で、関係を組み替えようとする運動だった。

とはいうものの、「社会主義国家」がいまの社会よりもっとひどそうだということも前提であり、資本制に対置できる青写真のようなものが措定されているわけではなかった。だから、いま・ここでの抵抗というかたちしかとれなかった。そういう運動を、限界、甘い、堪え性がないと批判することはもちろんできるし、実際にあったことだ。

スタイルとしての全共闘運動

小阪さんは、全共闘運動の特徴として括れるスタイルを四つ挙げている(『思想としての全共闘世代』)。それは自発性、現場性、当事者性、対等性だ。

すでにみてきたように、全共闘運動は「やらねばならないこと」を突き抜けて、「やりたいからやる」というものであり、運動は個人の選択に委ねられる(自発性)。上下関係や指揮命令系統があるわけではない。人と人が向かいあう場で対等の原則で関係を築く(対等性)。形式的な民主主義の多数だけが重要なのではなく、当の現場の人間の思考が重要とする作風（当事者性）、自らが具体的に生きている現場から出発する（現場性）。

だから、全共闘運動は組織の維持自体が目的化されるわけではない。自発性、現場性、当事者性、対等性を重視した運動形態だ。それらが「七〇年代以降の市民運動や日常的な活動、他人への態度のなかに、全共闘運動の特徴は十分とは言えないかもしれないが、受け継がれていったのだ」と小阪さんは記している。

そのとおりだと思う。理念から出発するのでもない。どこかの組織に属しているから行動するのでもない。自らの生きる場所に戻して、問題を考える。そして、一人の主体として自主的に行動を起こす。既存する組織に参加するのではなく、自らが共同性をかたちづくりながら行動する。それを全共闘世代よりひとまわり上の長崎浩さんは「大衆の自己権力への原初的歩みでもあった」と七八年に出された『全共闘　解体と現在』所収の文（「民衆に蓄積された叛乱の記憶」）で書いている。

長崎浩さんは全共闘運動の思想性として、こうした「スタイルの思想性」を挙げている。思想性とは理念や内発的契機に求められるべきではないか、という反論もあるだろうが、長崎さんは「しかし私はあえて、全共闘運動も含めた安保以降の急進主義の最も本質的な経験は、運動スタイルの思想にあったと考えるものです」と述べている。これはそれまでの左翼の「綱領主義」への批判でもある。

スタイルもまた思想であり、小阪さんが挙げたこれらのスタイルは以降、さまざまな市民運動や住民運動などで当然のスタイルとして踏襲されることになる。

既存の枠組みを問い直す

小阪さんが挙げた全共闘のスタイルにわたしが加えることがあるとすれば、それは問いの立て方だ。ものごとをラディカルにとらえ、またラディカルに生きようとしたことだ。六〇年代後半のあの時代、若者たちは「現実」や「社会」をラディカルにとらえようとした。

ラディカルとはラテン語の「根」から生まれたもので、「根底的」の意だ。転じて「急進的」とか「過激な」との意味もあるが、それはラディカル（根底的、基本的）であることから派生する一面の現象から転じて使われているのにすぎない。

ラディカルとはものごとを根底からとらえようとすることだ。事象の表層をみるだけでなく、そのものごとがなぜ起こったのか、その理由を根っこにまで遡ってまずとらえようとする。なぜこの問題が起こるのか、それを不可避に強いているものは何か、まずはそのように素直に問いを立てるべきだ。そしてそれがこの社会の枠組みそのものに行き着くのならその枠をも問うべきだ。ルールやしくみをもとらえ直す。

既成の表層の見方、あるいは「常識」を疑ってみるという意も含まれる。この社会が暗黙で前提としている既定の枠組み内の見方やルールやしくみを変えたり、破ったり、乗り越えようとすることを含む。それは当時、政治・社会だけでなく、学問、音楽、美術、文学、建築、広告宣伝などさまざまな分野で広がっていた。既存の思考の枠組みを疑い、とらえ直す運動だった。

ラディカルであろうとすれば、同時に問題を自分に徹底的に引きつけて考え、対処することが求められる。それは小阪さんのいう当事者性と重なる。この社会での問題に対して、自分を棚上げして傍観者として語るのではなく、自分の問題として向きあうものでもあった。それは結果として、日常の関係から組み替えてゆこうとするものであった。つまり、自己変革の思想でもあった。

ラディカリズムが招き寄せる転倒

だが、ラディカルであろうとし、ラディカルに生きようとしたとき、そこには足掬われる陥穽が待ちかまえている。

社会や政治の問題を傍観者として語るのではなく、自らの問題としてとらえようとするとき、厳しい問いは自分に向けられる。たとえば「お前は何をしているのだ、どうなんだ」と。自らが問われる。

……、「お前はどうなんだ」という問いかけは、「お前はすべてに責任がある」あるいは「お前のすべてを共産主義化していかなければならない」という言いかたに顚倒していきますし、ぼくたちはそういった言いかたの顚倒にたいする抵抗の武器をあまりもたなかったとも言わなければなりません。

（小阪修平『現代社会のゆくえ』）

ラディカルにものごとをつきつめようとするとき、そこにあるさまざまな位相を無視して短絡が生まれやすい。たとえば連合赤軍に行った吉野雅邦が大学の合唱団で歌っていたとき、「歌なんて歌っている場合か」と糾弾の言葉が投げかけられる。ベトナムで子どもたちが爆撃で殺されているいま、合唱などしていてよいのか、と。こういう糾弾の構造から自由になるのは当時とくに難しかった。わたしも強迫を覚えたし、逆に糾弾の心理に少なからず傾いていたからだ。媒介を欠いたラディカリズムが連合赤軍事件を生んだし、爆弾闘争をも生んだ。党派(宗派)間の内ゲバをも引き起こした。

全共闘運動と拮抗するようにして三島由紀夫さんが自決したとき、左翼はひとりの三島由紀夫をも生みだせなかったと、批判をした人がいた。でも、そういう発言もまた結局のところ、連合赤軍事件に象徴される観念の力学に足掬われていたのにすぎない。

わたし自身の経験を踏まえれば、決意性が前面に押しだされたとき、それを裏打ちするために、観念の絶対化(絶対の観念)の力学が作動し、連合赤軍事件のような惨劇を生みだすのだ。

ラディカルであることは、転倒へ横滑りしやすい。この社会の外側・異界に「正義や理念の王国」を括りだし、それを絶対化したとき、その「正義」や「大義」がこの社会に折り返してくるからだ。それはある考え、観念が「主義」とされ、人を縛るときに生まれるものだ。自分のなかでリアリティをもてないのに、無理に「決断」して「実践」やら「革命」に走ることは地獄への道に通じる。ラディカルであろうとすることは、ラディカリズムの転倒に横滑りする可能性を孕んでいることは押さえておくべきことだ。

自己変革と自己否定の境界線

「自己否定」ということばが使われるようになったのは、六八年前後の頃からだが、わたしは半分は共感し、半分は敬遠していたところがあった。

共感するところは、この社会の矛盾に対するとき、自らを傍観者として脇に置いて語らない。

自らもその矛盾と関わりがあるのではないか、黙っていることでその矛盾を支えてしまっているのではないか。あるいは、自らがその問題にどう関わるかという問いを発する。社会の至るところにある差別や抑圧に自らが加担者になっているのではないか。あるいは自らが存在していること自体が、この社会の抑圧機構、体制を支える結果になっているのではないか。そういう自分を否定し乗り越えてゆこうとするものだからだ。それはむしろ「自己否定」というより「自己変革」と呼ぶほうがふさわしかった。

だが、「自己否定」はまた、先ほど書いたように「すべてはお前に責任がある」という論理に短絡される。少しでも自らに甘いところがあれば、「お前はブルジョア的残滓が拭いきれていない。もっと徹底して自己否定せよ」となる。批判する相手より、まず強烈に自己を否定しきっていなければならない。際限のない自己批判ごっこが始まる。

このとき自らを告発する絶対的他者(もっとも虐げられた人)が必ず措定され、それが絶対の切り札となる。国内の「抑圧された人民」が措定され、それが「上げ底化」されてしまえば、海外の被差別者が措定され、というように、被抑圧者、被差別者を探し続け、それを切り札に糾弾を続ける。

それは政治党派だけではなかった。「大衆に学ばなければならない」「フィールドワークするのだ」などといった論を、政治党派だけではなくノンセクトの部分で口にするものもいたし、そうした自己否定的倫理主義、あるいは倫理的糾弾主義に人は陥りやすい。

このように自己の変革が「自己否定」へと移行したとき、観念的転倒を免れるのは難しかった。

生の直接性と歴史の反復

ラディカルであろうとすること、それは小阪さんのいう「生の直接性」を求めることとつながっている。

知の学府に閉じ籠もり、書物のなかに身を埋めてしまい、現実から逃避している学者の姿や、現実に拮抗しえていない知への苛立ちを、当時学生たちは沸きたたせていた。

たしかにそこには、ヘーゲル的な思弁(とみていたもの)に対する反発があり、他方では、「現実」の労働、経済を基底にヘーゲル的思弁を「逆転」させた(つもりの)マルクス思想への共感があった。もちろんここにも陥穽は待ちかまえている。「実践」という唯物主義的理念が括りだされてそれが理念化される。「実践しろ」という強迫。

「いま・ここ」の闘い

そういう危うさと背中合わせではあったが、全共闘運動は「生の直接性」を求め、「具体」を突き出した。現実に生き、切り結んでいる諸関係から出発しようというのが運動の特質の一つだった。のっぺらぼうの人間という抽象存在の考察ではなく、具体的に活動する(労働する)存在としての人間をとらえようとした。自らが立つ場を離れて世界を論じたり、批評したり、知を披瀝したりするのではなく、自らの立つ場とそこでの関係性に拠って立ち、そこからものごとをとらえようとする。具体のありようを問うことだった。

わたしたちの「いま・ここ」を問い、「いま・ここ」を組み替えていくこと。「いま・ここ」のありようを問いながら生きることを大切にしようとする。そういう運動だった。

近代的「品格」空間への反逆

だから全共闘運動は感性の解放をもめざした。「いま・ここ」のありようを問い、「いま・ここ」の解放をめざした。

ファッションも大きく変革を遂げる。ビートルズあたりが震源だったか、長髪が流行り、ジーンズ姿が広がっていった。

六六年のこと。小阪さんは、「夏休みがあけると、クラス活動家協議会に入っていた友人たちは、みんなどこかの党派の大衆組織に所属していた」と驚いている。わずか一、二ヵ月の間に各クラスの活動家たちは、それぞれたくさんある政治党派のなかから一つを選んでその大衆組織に所属してしまったという。

急激な変貌はファッションでも同じだった。それまでは髪はきちんと理髪店で整えて短髪、服は詰め襟の学生服を着ていた仲間が数ヵ月後に会うと、長髪でジーンズ姿に変貌してキャンパスに現われ、驚いたことがわたしにもあった。六〇年代半ばまでのファッションは、学生は学生服を着るものと決まっていた。実際、六六年の第一次早大闘争では学生服姿が中心だったが、六八年頃になるともはや学生服姿はキャンパスからほとんど消えていた。カウンターカルチャーが勢いをもつなかで、長髪とジーンズというファッションは近代の「品格」への反逆として生まれた。

街という空間をとらえる眼も変わる。社会は歩道と車道にきちんと分けられ、「品格」ある人は道に座りこんだりしない、という近代的ルールとマナーがすでに社会には浸透していた。だが、そういう空間の既成文脈を破ろうとした。道路にも腰を下ろした。集会やデモだけではなく、繁華街でも、あてがわれた椅子や空間ではなく、街を自らの想いで組み替える。歩道でも車道でも座りこんだ。ジグザグデモで車の通行を妨げ、フランスデモでつなげた手を広げて何車線もある車道を塞いだ。既存の社会と風景の文脈を壊そうとした。それは芸術の領域でも同様だった。

古寺のセレモニーとデモ

もっとも、既成を否定しているつもりで新しいと思いこんでいた闘争スタイルも、じつは歴史上のくりかえしにすぎないこともあとで知ることになる。

京都に仮住まいしていた頃、時間がとれれば寺社や大路小路を歩いていた。声明《しょうみょう》や祭事にも少し興味をもっていた。

ある年の暮れ、東山の知恩院で儀式があるというので出かけた。「御身拭式《おみぬぐいしき》」と呼ばれ、いわば年末の大掃除で、御影堂に安置されている法然さんの仏像のお掃除をするものだった。

広大な堂には溢れんばかりの信者さんたちがすでに座っている。何とか脇の襖から入りこみ、小さな隙間を見つけて腰を下ろした。

読経が終わったあと、突然激しいリズムが刻まれ、正面に座った二〇〇名ほどの僧侶が拍子木を叩き、脇の二ヵ所から大きな太鼓が打ち鳴らされる。

ダッダッダッダッダッダッダッダッダッ、ダッダッダッダッダッダッダッダッダッと激しいリズムが堂内に轟く。

全共闘世代の悲しい性か、ダッダッダッダッダッダッダッダッがしだいに、「アンポフンサイトウソウショウリ（安保粉砕　闘争勝利）」と聞こえ始める。六〇年代に街頭を疾駆したデモのかけ声とリズムだ。そして七〇年代労働争議の「カイコテッカイ　トウソウショウリ（解雇撤回　闘争勝利）」。

ここで刻まれているリズムは、かつての切迫したデモのリズムよりもっと速く激しいくらいだ。僧侶たちはこの拍子を刻み、聴き入る側もそこに心身を預け、堂内が一心同体となる。わたしはここにエクスタシーを感じた。このラディカルなリズムには驚かされた。浄土宗や真宗が演じるリズムのほうが「新左翼」のデモのリズムより過激なのだ。

太鼓を叩く僧は何度も入れ替わる。すぐにきつくなるからだ。僧によって若干リズム感が違ってくる。リズムをしっかり刻めない僧もいる。あったな、デモの指揮者でもリズム感のあるものと、それに欠けるものが。

のんびりゆっくり歩きながらのデモに苛立ち、体制と対峙し、生の直接性をぶつけるのだとうねった激しいジグザグデモを超えるリズムが、ずうっと昔から存在していたのだ。

「六八年」の投石と飛礫《つぶて》

中沢新一さんは、一九六八年一月、父がテレビニュースに釘付けになっていたことを、『僕の叔父さん　網野善彦』のなかで記している。テレビに映っていたのは、アメリカの原子力空母エンタープライズが佐世保港に入港したときのシーンだ。

その日、反代々木系（反共産党系）の学生たちは、原子力空母エンタープライズの寄港を阻止すべく行動を起こしていた。

機動隊とぶつかった学生たちの姿をテレビで観ていて、父はこう語ったという。

「この投石なあ、お父さんたちも子供の頃、笛吹川でよくやったんだ」

故郷山梨の笛吹川をはさんで、隣村どうしの子どもたちが投石合戦をしていたのだという。その頃訪ねてきた中沢さんの叔父にあたる網野善彦さんが加わり、飛礫《つぶて》についての研究が始まり、じつは一〇世紀末の文献にそれが見えることがのちにわかる。鎌倉時代には強訴《ごうそ》のときに激しい飛礫が打たれていて、それは人類の根源的な行為だととらえられる。

この佐世保闘争での学生たちの投石行為に触発されて網野史学が生まれたのだ、と中沢さんは述懐している。

「六八年」の投石も、何も新しいスタイルではなく、すでに一〇世紀も前から文献にみえ、寺社の僧兵たちが、幕府や朝廷に対し自らの要求を通そうとした強訴のときに飛礫がなされていたところまで遡ることができるのだ。

「六八年」時のさまざまなスタイルや行為は、体制に抗うために生まれた必然のもので、それは時代の先端でくりひろげられたのだったが、じつはそうしたデモのリズムや投石は歴史をずっと遡ることができる。長い歴史のなかの反復にすぎない。

生の直接性を希求したというべきこれらの行為は、近代への反抗という意味をもっていたが、長い歴史に照らせば民衆の叛乱や反抗の反復でもあった。

「前衛」の終焉と「革命」の不能

「革命」の不能

六〇年代後半の反体制運動は、皮肉にも「(政治)革命」の不能を結果として露わにした。

当時「革命」ということばは、熱い想いとともに語られた。それは社会の矛盾を是正し、社会体制を変えてゆくものとしてだけでなく、時代の閉塞感をうち破るものとして、個を覆う生の疎外感を解放してくれるものとして、片隅に放り出された生を世界につないでくれるものとしてあった。「革命的」であることが正義であり、「反革命的」なことは不正義とされた。

さまざまな拠点の旗が集結し街頭に続々とくりだし、都会の大通りを埋め尽くし、えんえんとかぎりなく続くデモ隊列。そのジグザクデモは地響きを立てて都会の空にこだました。革命ということばを熱くさせる高揚感がそこにはたしかにあった。

しかし同時に、私たちの心には反対に、革命なんて成り立ちえないだろうという覚醒感も確実に忍びこんできた。少なくともノンセクトたちはそう感じていた。戦後二〇年以上経ち、社会にものが溢れ始めた情況は革命への熱望を内側から突き崩しつつあった。

地方から出てきた小阪さんが、東京出身の学生たちは「革命」に対して醒めている感じがあったと語っていたが、それは東京に生まれ育ったわたしにしても、わたしの周辺の学生たちにもいえることだった。だから、「マルクス主義」を信奉するセクトには距離を置いてしまうところがあった。

もちろん、ものが溢れ、表面的には豊かになり始めた情況を、両手を挙げて喜んでいたわけではなく、わたしたちはその情況を「上げ底化」と表して、逆にそこに苛立ちを覚えてはいた。だからこそ全共闘的な運動は、分配などの経済性よりは、関係性の変革を志向することにもなった。しかし、大勢としては、革命のロマン性は経済的上げ底化のなかで空洞化を余儀なくされていった。そのことを感性的に受けとめざるをえない初めての世代が全共闘世代だった。

もう一つ、「マルクス主義」党派が権力を握ったら、どんな事態になるかを、肌で感じとり始めてもいた。

党派が示した両面性

「革命」の不能を露わにするもう一つの要因は、触れたように「革命」を標榜する政治党派自身にあった。

わたしは政治党派には一度も属したことがないし、苦手だったからもっとも遠い位置にいたのだが、全共闘運動について語るとき、政治党派との関係について触れないわけにはゆかない。

六〇年代後半、運動の昂揚を切りひらいたのは、たしかに三派全学連を形成したような、政治党派(に属した人たち)の先駆的な闘いだった。

六八年前後の全共闘運動の昂揚に至る道筋は、少なくとも政治課題をもった街頭闘争をみるかぎり、中心で担った政治党派の存在なくしてはありえなかったのだろう。政治的課題を提示し、身をもって情況を切りひらき、牽引し、あるいは議論をする材料を与えてくれたからだ。

政治党派が先頭に立って情況を切りひらいているのだと、まぶしく受けとめたその象徴は、先に触れたとおり六七年一〇月八日の羽田闘争だった。「実存を機動隊にぶつけるんだ」「ベトナム人民への弾圧と加担を身を挺して阻止する」として、制止線を張る機動隊に突っこんでいく姿には衝撃を受けたし、自分にはそれがとてもできないな、と負い目の意識も生まれたことは間違いない。

この事件は、すでにみてきたように、それまで遠巻きにしていた若者たちにも少なからぬ衝撃を与えた。最先端情況からそうとうに遅れていた私もそうだし、私の友人たちも同じだった。政治党派が「前衛」として情況を切りひらく役割を担っていた。

だが、それは当時政治党派が果たした半面であり、他方ではほとんどの党派はノンセクトの闘争参加や自由な発言、行動を抑えこむ役割も果たし始め、抑圧をしだいに強める。ノンセクトの闘いには、たとえば「プチブル急進主義」のレッテルを貼って抑えこんだり封じこめるようになる。党派の目からみれば、自派の方針にそぐわないノンセクトは、死ぬ気もないのに格好つけたがる軟弱な同伴者、あるいは党の強化に何の役割も果たさない存在であり、抑えこむべき対象としか映らなかったのだろう。

「大江は人民裁判にかける」

六八年頃だったろうか。あるセクトの人間がビラをもって大学の教室に入ってきて、「あと三、四年後に日本には革命が起こるぞ」と自慢気に語っていたことを想いだす。そんな情況じゃないだろう、と私が判断したのは、別に情勢分析など精通しているわけでも何でもなく、自分の感覚としてとてもありえないと思えたからだ。

さらに、そのセクトの人間は続けて、なぜか唐突に「革命が起こったら、大江健三郎は人民裁判にかけて死刑だな」と加えた。

大江健三郎さんを人民裁判で死刑にするなんて発想がどこから出てくるのか、驚いた。私は大江の若い頃の作品を愛読し、圧倒的な影響を受けたが、六八年頃には少し距離を置くようになっていた。けれども、いかなる作品を著そうと、作家を死刑に処するなんて発想は怖ろしいものだった。かりにどんなに反動的な発言や表現をしようと、それが死刑につながるわけがない。「人民裁判」という名の、あちこちのスターリニズム国家のやり口と変わらないではないか。

得意気に「死刑だ」と語る党派（それは私がいた文学部を支配する党派ではなかったが）の人間の発言はとてもおぞましかった。こういう組織が権力を握ったら、それこそとんでもない大虐殺が生まれるに違いないと。

対立項としての全共闘と政治党派

小阪さんはこう書いている。

全共闘運動自体が、ベトナム反戦運動と新左翼諸党派によって指導された三派全学連の闘争抜きには存在しなかった。全共闘を先頭で闘った活動家にも、三派系の活動家が多く見られた。しかし全共闘運動と新左翼諸党派の運動は、めざしていたものが別次元のものだったと言うしかない。

（『思想としての全共闘世代』）

全共闘運動について考えるとき、このフレーズは大事だ。全共闘運動は、ベトナム反戦闘争を基底にして新左翼諸党派が指導する三派全学連などの闘いぬきには生まれえなかったが、同時にそれらは別次元のものだったということ。

党派は政治に収斂されるし、全共闘運動は自らの立つ日常の場（社会）にこだわり、そこでの変革を求めたものだったのだから。

長崎浩さんは、六〇年安保以降に現われた「新左翼」急進主義の系譜が、それまでの伝統的な「社会主義の思想」に対する破壊作業を意味していたと書いている。伝統的な社会主義思想とは「科学性」を掲げる綱領思想だった。新左翼の政治党派もまたさまざまな綱領思想を提示したが、それは「綱領主義」とひと括りにされ葬られて仕方のないものだった、と長崎さんはとらえる。

> ですから、政治セクトの社会主義――それがどのようなものであれ――の思想と、いわゆる全共闘の思想性とは、意識性の高低などの関係では結ばれえない、つまり、関係ということがなりたたない、何か異質のものだったということです。
>
> （『全共闘　解体と現在』所収「民衆に蓄積された叛乱の記憶」）

このように政治党派と全共闘の思想性を峻別している。唯一の変革思想とされたマルクス主義を奉ずる新旧を問わぬ「前衛」や知識人がすでにお払い箱になりつつある事態を、全共闘運動はその出現とスタイルを通じて結果として露わにしたのでもあった。

引かれるべき切断線

政治党派は、ノンセクトからみると、時を経るほどに桎梏として存在し始める。

自分の体験でいえば、大学の学部内ノンセクト連中で共闘会議組織を立ちあげると、すぐに学部を支配するセクトが現場に飛んできたり、ビラで「プチブル急進主義」等と糾弾し非難を浴びせてきた。別にセクト批判をしているわけでもないのに、自分たちの目の及ばないところで何か動きがあれば、それは糾弾の対象でしかなくなる。つまり学生大衆の自立を許さないのだ。反スターリニズムを掲げようが掲げまいが、変わりない。こうした党派がもし権力を掌握したとき、政治党派の配下にない動きが何かあれば、すぐ糾弾にやってきて断罪されるのだろうな、ということが身に滲みた。

もちろんさまざまな党派があり、すべてをひとまとめにすることはできず、それぞれに違いはあるものの、ほぼ同じような体質を抱えていたのではないか。

そして六九年以降、情況が後退局面に入るとセクト間の争いが激しさを増し、党派の負性しかみえなくなり、ますます退いていくことになる。

同世代で全共闘運動に関わった笠井潔さんもそのことにはこだわりをもっている。若い東浩紀氏との往復書簡で構成された『動物化する世界の中で』で何度かそのことに触れ、全共闘の時代と政治党派の時代が切り替わる時期を「六九年」としている。

……、どうしても僕は、六〇年代後半と七〇年代前半の対照性に注目せざるをえません。正確には、全共闘的な社会叛乱が安保をめぐる中央政治闘争に制度化され終えた一九六九年の秋期

に、両者の境界線は引かれているわけです。

（『動物化する世界の中で』）

今日の遠近法的なまなざしでは、六〇年代後半も七〇年代前半も、一九七〇年の日米安保条約改定をめぐる政治的騒乱の季節として、ほとんど連続的なものに見えてしまう。しかし、両者のあいだには明白な断層が認められます。同じ「政治の時代」でも、前者は開放的な大衆反乱と社会闘争の時代、後者は党派主導の閉塞的な政治闘争の時代で、その頽廃形態が内ゲバ大量殺人でした。正確にいえば「全共闘時代」は前者で、全共闘的な社会反乱の廃墟に、後者の内ゲバ時代が開幕したということになります。

（同前）

六〇年代後半から七〇年代前半の運動について、全共闘時代と内ゲバ時代、社会闘争と政治闘争、大衆反乱と党派主導というように、対立項としてはっきりとらえている。この対項は時代の坩堝のなかでは、渾然としていてなかなか腑分けしにくいところもあったが、これは強調しすぎることのない重要な点だ。「全共闘と連合赤軍のあいだに原理的な切断線を入れるしかない」と笠井さんが言うように。

たしかに、全共闘的なるものが連合赤軍的なるものにいつでも転化していく可能性はあることもまた事実である。笠井さん自身、全共闘運動から内ゲバ的党派政治への流れの渦中に身をおいていた。

――他ならぬ僕自身が、この過程を事実として体験しています。戦後社会の「大きな物語」に抑圧を感じ、受験体制からドロップアウトした心情のアナキスト少年が、ルカーチの黙示録的革命主義と哲学的レーニン主義にからめとられ、冷徹なボリシェヴィキに志願しなければならないと思いこんだ倒錯。（同前）

だから、笠井さんは明確な切断線を断固として引く。

小阪さんもまた、そのことにこだわった。彼は一貫して「自分たちのだれもが森恒夫になる可能性をもっていたということをふまえてものを考えていかねばならないということを、自分の公準のひとつとしてきた」のだが、二〇〇六年になって、ついに、それを「もうやめた」と宣言する。「連合赤軍的なるものは、全共闘的なるものの『敵』なのである。つながる要素があるからこそ、『敵』だということをはっきり言わねばならないといまは思っている」と記すことになる（『思想としての全共闘世代』）。

こうして小阪さんや笠井さんは、誰もが森恒夫になる可能性があったことを認め、そのうえで、森恒夫を全共闘的なるものの「敵」としている。逆説的だがこの二つの連続性と非連続性を明確にすることが全共闘運動、六〇年代反体制運動の総括の要諦になる。

労働運動と党派の断層

七〇年代、職場での闘いでわたし（たち）が心していたことがある。それは労働運動は政治闘争とは異なるのであり、政治党派の問題をもちこまないことだった。旧左翼党派の潮流はむろんのこと、新左翼党派であれ、かりにどの党派にシンパシーをもっていようが、どんな政治党派とも一線を画す。それはほぼ、皆の合意事項にもなっていた。

産別組織や地域組織、どんな労働者組織であれ、政治党派的色あいで先験的にあれこれ区分けするのではなく、実際の現場での闘いのなかで、共闘と方向性を考えようとした。当時の産業別組織の中央は、旧左翼と右派の野合にみえたが、とにかくその産別組織にも所属して他労組にも支援に出かけた。

だが運動の方向をめぐってはいつも対立せざるをえなかった。産別の中央執行部は自らの路線に批判的な争議を規律違反を理由に、解雇撤回闘争であっても支援をしないという、労働者組織の原則からすればなかなかできない措置をとることも平然と行った。

当時の既存労働運動の実態がそうだったが、労働運動と政治党派が一線を画さずにもちつもたれつの関係になると、政治党派は職場の問題を政治利用するだけして現場を引きまわす。また労組幹部のほうも、個別職場の切実な闘いを担わず棚上げし、すべてを選挙や政治闘争に収斂させてしまう。政治党派の末端組織に堕してしまう。

そもそも政治と個別社会の場での闘いは必ず捻れを生じる。政治党派は個別社会の問題を政治に収斂させようとする。多くの場合、それは政治利用というかたちにならざるをえない。労働現場からいえば、個別社会の個々の問題を政治化してすませるわけにはゆかない。それを政治課題化し、たんなる法制改良問題や党派の勢力拡大に収斂させようとしてきたのが、既存左翼だった。非正規雇用者は切り捨てて組織保全を図る正規雇用者労組と党派の野合でしかなかった。

だから、政治党派とは一線を画し、政治と個別社会闘争を峻別することは職場闘争を担うわたし(たち)にとっては前提だった。個別の場、あるいはその広がりである地域、産別に固執はするが、けっして政治世界へと上滑りさせないことを原則としてきた。
そのことをわきまえないと、政治党派による個別闘争の引きまわしになるし、個別闘争はすべて政治闘争（政争）の具にされ、分裂したり分解することになる。

「前衛」の終焉

あまたの政治党派があるなかで、人が一つの党派に属する理由は何なのだろう。たまたま先輩にオルグられたとか、入ったサークルが党派に握られていたとか、いろいろな理由が考えられる。

ブント（共産主義者同盟）の指導者だった荒岱介《あらたいすけ》氏は、大学一年の頃に各派のリーダー格から猛烈なオルグを受ける。アルバイト先までやって来たり、旅先のトイレで用を足していると、隣のボックスに入ってきてまで執拗なオルグを、のちにブント赤軍派のリーダーになる塩見孝也氏が行ってきたという。彼の猛烈なアタックを受け、断り切れずにブントに入ったことを述懐している（『破天荒伝』）。

先輩に誘われてとか、たまたまの偶然で入った場合がほとんどだったのだろう。もちろん、合う合わないの体質的な問題も影響したろうが、いずれにしても入ってしまえば、その党派こそ「正義」の党派と信じたのだろう。信じるしかなかったのだろう。

かつて新左翼の政治党派が情況のなかで政治課題を突き出し先頭をきった役割は大きかったことは否定しえないが、それが個別の闘争や社会運動にもたらした負の部分もそれに負けないほど大きかったことを改めて思う。少なくともこれまでの新旧左翼のような「前衛」党派の役割はすでに終焉を迎えているようにみえる。

　政治党派は「大衆」「人民」「プロレタリアート」を、「遅れている」「目を曇らされている」「迷妄にとらわれている」等ととらえて、自らのことを「目覚めさせ」「指導」する「前衛」と位置づけるか、あるいは逆に「大衆」「人民」「プロレタリアート」「虐げられた人々」という理念を崇めてその理念に自らを捧げるかのいずれかだった。党派の多くは、現状打破を望まない大衆（労働者）のありようを「プチブル的堕落」ととらえ、それに対して、より困窮している対象を探してみつけだし（沖縄人民、被差別者、日雇い労働者、あるいは搾取されるアジア人民というように）、その困窮民への抑圧に加担する本国（本工）労働者を糾弾するように、倫理による告発と糾弾主義を強める。そうでない場合は、「革命」を担う党と主体の強化・組織化を最重要課題とする。

　だが、「革命」「正義」を掲げる「前衛」の教条主義や絶対主義が大手を振る社会のほうが、いまの社会より怖ろしいことを人々は感じざるをえなくなってしまった。

　知的、あるいは倫理主義的先駆者としての「前衛」という役割は、大衆化した学生たちの叛乱の季節を通過するなかで無効を宣言されてしまったのだと思う。

「だらしなさ」と倫理の二重性

「やりたい」と「やらなければならない」

小阪さんは『思想としての全共闘世代』でこう書いている。

……、「やらなければならない」からではなく、「やりたい」や「やるのが当然だ」と思ったから参加した。その基準は個人の恣意性もふくめた選択にあった。

ここに、全共闘運動とそれ以前までとの、闘いの関わり方の相違がある。全共闘世代前までは大学生はエリートであり、大衆(人民)の先駆者、先導者であった。彼らにとって闘いはエリート(インテリゲンチャ)の責務であり、倫理において担うべきものだった。つまり闘いは「やらなければならない」ものだった。そこには、エリートの学生としての自らの贖罪意識も貼りついていた。だが、戦後ベビーブーマーである全共闘世代にとっては、もはや大学生であることはエリートでも何でもなく、大量生産された、学生という名の大衆でしかない。わたしたちは、マスの一粒にすぎない学生である自らの存在を、受験戦争をくぐり抜けてようやく入った大学の場でも感じざるをえなかった。大入学式、マスプロ授業。教壇に立つ講師たちには生気が感じられず、つまらない授業。学生たちは不満と疎外感を抱えこんでいた。

もはやエリートでもインテリゲンチャでもないし、倫理で闘わなければならぬ必要性もない。

ただ、この情況がおもしろくないし、目の前におかしなところがあるから、闘いに進んだということになる。

ただ、「やりたい」という欲求だけであったとは簡単には言いきれないところがじつはあった。いくら大学生が大量に生みだされたとはいえ、ベビーブーマーの大学進学率は一五パーセントに満たず、短大を入れても二〇パーセント近くにすぎなかった。経済的など諸事情で望みが叶えられないケースも多いなかで、自らが大学進学できることは恵まれていたことに変わりはない。

また、普及するテレビを通じて海外事情もどんどん流れてくるようになると、目は国外に向けられる。アジアやアフリカの貧困実態も伝えられ、ベトナム戦争の悲惨な映像も送られてくる。自分がどれほど恵まれた位置にあるかも感じざるをえない。特権的な位置にいるような居心地の悪さを感じもする。

こうした事情から、大学生であることの負い目をもつものは少なくなかったはずだ。だから、「やらなければならない」という倫理的側面がなかったとはけっしていえない。

闘いは「やりたい」と「やらねばならない」の両方に支えられていた。

闘いを支える二重性

六六年に入学した当時、「やりたい」と思って闘いに参加した小阪さんは、「高校生までの自分が受験体制に無自覚にのっかっていたというちょっとした苦さを感じ」、また、「東大生であるということ自体がどこか後ろめたいことだった」と記している(『思想としての全共闘世代』)。

東大生には、「自分が社会的エリートの道を進んできたことが貧しい人びとを踏み台にしてきたかもしれないことへの贖罪感」があったことを吐露している。

その贖罪感は、インテリゲンチャとして大衆に対する責任感をもって学生運動を進めた六〇年安保世代のほうが強く、もはや大学生であることが特権的存在ではなくなりつつあった六〇年代後半の全共闘運動を担った学生たちにはあまり強くない。それでも大学生であることへの負い目は、東大生ではなくとも、当時学生運動に関わった若者には大なり小なり潜んでいた。

大学生であることの負い目。自分の家が「ブルジョア」「プチブル」であることの負い目がかなり色濃く影を落としていた例をみることができる。たとえば、連合赤軍に加わり浅間山荘に立て籠もった吉野雅邦は、自分の父親が大資本企業の役員であることに痛烈な負い目を感じていた。それがさまざまな街頭闘争に参加させ、連合赤軍にまで彼を向かわせた動きの基底にあったようにみえる。

すでにみたように、吉野雅邦は六七年一〇月八日、第一次羽田闘争の三派全学連の隊列に加わっている。

この日、吉野は家に遺書を残していた。「飛行機の脚にしがみついてでも、佐藤訪ベトを阻止しなければ」と思いこんでいた(大泉康雄『あさま山荘銃撃戦の深層』)。それほどまでに思い詰めてデモ隊列に加わった。弁天橋での攻防で機動隊に警棒で滅多打ちにされ、頭を割られ、そこで退却を余儀なくされる。最前線で闘い頭を割られながら、それでも自分を責める。きっちり闘う同志に対して日和っている自らに負い目を感じる。

同じく連合赤軍の最高幹部だった森恒夫には、共産同赤軍派に属していたとき、重要な闘いの直前に姿を消してしまった過去があった。彼のなかではそれが負い目となり、指導部が根こそぎ逮捕された赤軍派のなかで指導部を引き受け、日本共産党革命左派との合体、連合赤軍へと進み、自らの退路を断っていく。

こうした負い目意識を人はそれぞれに抱えこんでいた。それが運動のなかで、動因としてさまざまに働くことになる。

もちろん吉野も森も党派のなかをまっしぐらに突き進んでいくのだから、全共闘運動とは異なるが、この時代の学生たちにこうした負い目意識が大なり小なり流れていたのは間違いのないことだ。

つまり「やりたい」から闘うという表明の裏には、「やらなければならない」という倫理や、負い目意識も潜んでいた。それはセクト、ノンセクトを問わずにいえることだ。闘いは二重性によって支えられていた。

前世代が抱いた「共感と嫌悪感」

小野田襄二さんは、全共闘世代よりちょうど一〇年ほど上の一九三八年生まれで、六〇年安保世代になる。約一〇年所属し学生運動を牽引していた革共同中核派を離脱した彼は、六八年「遠くまで行くんだ…」を創刊させた。のちに、運動への関わり方についてこう書いている。「自己の欲求を禁欲的に我慢して労働者の為に」闘うことが前提であり、「禁欲主義なしに政治はなかった」と(『全共闘　解体と現在』所収「全共闘世代への異和と共感」)。

ところが一〇年歳下で、ともに「遠くまで行くんだ…」に集った重尾隆四さんになると、「ぼくらは決して、あれもしたい、これもしたい、という自己の欲求を禁欲的に我慢して労働者の為に闘っていたのではない」と記している(「遠くまで行くんだ…」三号)。小野田さんはこれに驚き、「激しい劣等感にさいなまれていた」という。

小野田さんの「プロレタリアの為の献身と自己犠牲」と、重尾さんら全共闘世代の「ぼくら自身のたたかい」という思想的相違が露呈していたのである。

六〇年安保世代にとって「貧困、不正にたいする正義の念が政治の原型であり、禁欲的生活はその必然的結果」であり、根底に流れるのは「社会正義(社会主義)」であった。だから小野田さんは全共闘世代に疑念を抱く。「闘いたいから闘う」というのなら、彼ら全共闘世代は「何故、政治でなければならなかったのか」と。その問いはもっともではある。

「六八年」におけるこの世代的なズレは何を意味しているのだろう。そこには情況の二重性をみるべきだと思う。

たしかに社会には小野田さんのいう「貧困・不正」があり、またベトナム戦争があった。それは「正義」の政治へと若者たちを向かわしめた。「正義」の政治を志向する情況の層があった。

しかし、もう一つ別の層が厚みを増し始めていた。それは政治にかぎらず、社会、文化全般の情況への苛立ちであり、大衆としての自らが感じる息苦しさだった。食えるようになっていたからこそ感じる、真綿で首を絞められるような息苦しさだった。さらに前世代や戦後民主主義体制における「倫理性」に欺瞞をみていたから、小阪さんや重尾さんに象徴される全共闘世代は「やりたいから闘う」「ぼくら自身のたたかい」とあえて表していた。

だからそれは、小野田さんのいうように「政治」に限定されるものではなく、社会の諸関係や文化、芸術などの分野での動きでもあった。したがって全共闘運動は社会、文化全般に及ぶ広汎な反体制的運動のうちの、学園という領域でとられた組織形態にすぎなかった、ということができる。

当時の情況の二重性が、「闘わねばならない」と「闘いたいから闘う」という闘争の二重性を全共闘世代に生みだし、前世代と全共闘世代を分かつものとなっていた。それが、前世代の職業革命家であった小野田さんに「全共闘運動を闘った世代への共感とあの運動のだらしなさへの嫌悪感には、私の生理に近いものがある」と述懐を漏らさせることになった。

欲望自然主義と負い目的倫理の対立構図

たしか六九年か七〇年頃、全共闘運動について「欲望自然主義」と表されたことがある。半分はあたっていて、半分はあたっていないというべきだろう。

むしろ問われなければいけないのは負い目的倫理(倫理主義)と欲望自然主義という対立構図だろう。負い目的倫理は、「被抑圧者」を呼びこみやすい。プロレタリア、労働者、大衆、人民、被侵略民族、被差別者、窮民……。負い目的倫理が主義と化したとき、自らが献身すべき対象を括りだして絶対化し、それに頭を垂れないものたちを糾弾する。糾弾主義と、決意主義に陥りやすい。それは欲望を否定する禁欲主義だ。ほとんどの党派はこうした構造から自由ではなかった。

全共闘運動はそうした構造を壊して、自らの足元の課題を掘り下げることを通じて他者とつながりあうような自己倫理を組み立てようとした。それが全共闘運動の特質でもあった。

学生が誰かの為（人民の為世界平和の為）、にでなく、外在的な問題に自己を預けるのでなく、ひたすら自己の足下を掘り続けどこまでもその行為に自らを投入していったところに、それ以前の学生運動と東大闘争を岐つ地平がある……

（重尾隆四「更に廃墟へ!!」「遠くまで行くんだ…」三号所収）

誰かのためといった負い目的倫理を突き破ったところに、闘いの可能性を見いだそうとした。それはたんなる欲望自然主義でもないし、逆に欲望を否定することでもない。負い目的倫理と欲望自然主義の構造を打破していこうとするものだった。「欲望」の組み替えであり、関係の組み替えをめざしたものだった。

小阪さんが次のとおり記していることと同じだ。

……、ぼくにとって全共闘運動とはなによりも、相手と向かい合った時の態度、自分自身と向かい合う態度を意味していたのだ。全体として言っても、解放の欲求と同時に倫理的な問いを自身に向けたところに、全共闘運動の画期的な位置があったのだとぼくはかんがえている。

（『思想としての全共闘世代』）

倫理と欲望のありようについて、小阪さんはこうも書いている。

世上流布された自己否定ということばにしろ、それを日本的な心情倫理から受けとった者には、まさしく日本的ラディカリズムの発露として見えただろう。だが、時代のなかで、自己否定は同時に自己肯定をふくんで語られていた。ひとことで言えば、わたしたちは磯田光一のかんがえていたより、そして高橋和巳の考えていたよりはるかに陽気だった。高度成長がもたらしたのは、倫理とないまぜになった欲望の時代だった。

（『非在の海』）

磯田光一さん、高橋和巳さんに、先の小野田襄二さんを加えてもよい。これは小野田さんが全共闘世代に感じた異和と「だらしなさ」をみたこととも通じている。「倫理とないまぜになった欲望」という小阪さんの表現こそが全共闘的な心情をぴったり表わしている。

「だらしなさ」を二重にとらえる視線

ところで、この「だらしなさ」とはやっかいな代物だ。というのも、小阪さんは『非在の海』の別のところで、三島さんと作家の野坂昭如さんの対談に触れ、「だらしなさ」の危うさを指摘しているからだ。

まず三島さんの発言を紹介する。

たとえば、死の一年近く前の野坂昭如との対談（「剣か花か」全集補巻1）で「だれが何といっても、ぼくは娘がかはいいなあ」と自分の「だらしなさ」に居直っている野坂にたいして、「娘だつてタフに生きるよ。全学連にいつたつてタフに生きるよ。ぼくは、男が女房、子どもを弁解にしたらもうおしまひだと思ふね」と三島は言い切っている。こういう割り切りかたは重要なことだ。

それは他人を他人として遇することにつうじている。（同前）

「男が女房、子どもを弁解にしたらもうおしまひだと思ふね」の「女房、子ども」に「おふくろ」を加えたってよい。大学でストを主張していた学生がロックアウト後再開された授業に出てきたことの理由に「卒業しないとおふくろが泣くから」を挙げたことに、当時の村上さんはあきれているが、これも「だらしなさ」ということだ。

そして先の引用の数行先に小阪さんはこう続けている。

そして、「だらしなさ」を自分が中途半端にかかえこんだ「現実」を肯定する材料につかいはじめるときのだめさ加減を三島はよく知っていた。このことは、わたしたちの世代が七〇年のあとどう過ごしたかということにも大きくかかわっている。（同前）

このように「だらしなさ」に厳しい目を向けている。しかし、じつはこの二つのフレーズの間では、小阪さんは次のような文も挟みこんでいる。

むろん、わたしは一方的に三島の肩をもつつもりはない。というのは、もし、全共闘（全学連ではなく）と三島の対立ということをかんがえれば、その一番のことは天皇を言うかどうかよりも、むしろだらしなさをわかるかどうかだったとわたしは思っているからだ。（同前）

「だらしなさ」をめぐって、小阪さんは微妙なところに立っている。「だらしなさ」は人が「中途半端にかかえこんだ『現実』を肯定する材料」になる。しかし、「だらしなさ」を肯定もしている。「だらしなさ」を否定する決意主義もまた、足掬われると。

これはわたしなりにいい直せば、「だらしなさ」を二重にとらえる必要があるということになる。自分と向きあうときは「だらしなさ」を極力排除するが、思想的には「だらしなさ」を排除せずに組みこむというように。

わたしは、三島さんとの対比で際立たせるべきことは別のところにあるように思う。それは一個の生の自然過程だ。吉本隆明さん風にいいかえれば、「市井の片隅に生まれ、そだち、子を生み、生活し、老いて死ぬ」(「マルクス伝」)という一生だ。三島さんは一個の生がこのように辿る自然過程の重みに耐ええなかったようにみえる。あるいはそこに思想的な何かをみようとはしなかった。それは全共闘と三島さんの対立というより、わたしと三島さんの対比になるのかもしれない。

「女房、子ども」を弁解にすること、それ自体を抽象して論じることに意味があるとは思えない。そしてそれが「だらしなさ」につながるかどうかも抽象で論じられない。それを捨象して決意や倫理を語ることにも意味があるとは思えない。

たしかに先世代からみれば全共闘世代は「だらしなさ」をもっていた。だが「だらしなさ」は共同的世界で批判されるべきではない。他方、自己の内部での思想営為としては、それが免罪符にされてはならない。「だらしなさ」は二重にとらえられるべきなのだ。

この場を除いてどこに道があるのか

ところでわたしの場合、闘いと「だらしなさ」と倫理はどんな按配だったのか。まず学生時代「やりたいから闘う」という気持ちはなかなか起こらなかった。セクトで活動した人たちのように「革命」に賭ける気持ちも湧いてこなかった。共同性が苦手な資質も関わっているのだろう。

七〇年代に始めた争議でも、「やりたいから闘う」という心境にはなかった。すでに触れたように、あえていえば「強いられている」という受感がつねにあった。だがそれは、「正義」とか「……のために」闘うのでもなかった。たしかにフリーターの解雇に立ちあがるというところには、差別を許さないという、やや義に近いものがあったのは間違いないが、それが主とはいいがたい。この社会の生きづらさを生みだすしくみに対抗するとしたら、その場は、親の脛をかじっていた学生ではなく、自らが稼ぎ生きる職場である「ここ」を外して、いったいどこにあるのか。もし全共闘運動が突き出したものをわたしなりに受けとめて何ごとかを進めるとしたら、この場以外にはない。この場で原則的な闘いを組むほかに、いったいどこに道があるのだろうか、と心していた。

政治党派や政治の世界には何の幻想も希望も抱いていなかった。といって、職場での闘いを原則的に進めれば、そこから明るい未来が開けるともなかなか思えなかった。当時の労働運動を原則的に貫こうとすれば、きわどい稜線の細道を進むしかなかった。

「女房、子どもを弁解」にすること

三島さんのいう「だらしなさ」との関連で、わたしが七〇年代争議の過程でつかんだことを書きとめておこう。

七〇年代の職場での争闘をわたしは決意主義ではないところで担おうとしてきた。そして一〇年近い争闘を経たのち、八〇年代初頭、わたし（たち）は争議をどうするか、問われた。そのとき、前に触れたように、組織内でことばが閉ざされていき、団結が足下から崩れていくのがわかった。

そして、闘いか家族かの二者択一的問いが投げかけられるような構造が闘いのなかで現出した。そのとき、闘いは終わった、と思った。それまでの闘いでも家族問題はいつも問われていたが、それは当然闘いのなかで解決されるべきものととらえていたし、闘いか家族かというように問われたことはなかったし、問うこともなかった。

しかし、闘いか家族か、あたかも二者択一的な問いを生みだすように闘いが変容し、かつ連れあいが言葉を発することをやめたとき、当該者たちの団結の崩壊と相俟って、闘いは崩れ始めていた。

そのとき、三島さんが「もうおしまい」だという「女房、子どもを弁解にした」のではない。もし「女房、子どもを弁解にした」ら、少なくとも「女房」は、「他人を他人として遇」（小阪さん）しないこちらに、「バカにするな」と捨て台詞を吐いたことだろう。「女房」もそれだけの決意を固めていたからだ。少なくとも「女房、子どもを弁解」にするか否かという「だらしなさ」論議を突き抜けた情況にわたしは立っていた。

闘いか、家族かと択一を迫るように問いの構造が競りあがってくる情況のなかで、もしいずれかを「選択」したとすれば、どちらの世界であっても、以降わたしにとっては恨みつらみを伴うものになってしまったはずだ。

親鸞が唯円の問いに対して答えている、人は殺すべき機縁がなければ一人も殺せない。逆に殺すまいと思っていても契機があれば百人千人を殺すこともありうる。そのフレーズに触れて、吉本さんはこういう。

それならば親鸞のいう〈契機〉(「業縁」)とは、どんな構造をもつものなのか。ひとくちに云ってしまえば、人間はただ、〈不可避〉にうながされて生きるものだ、と云っていることになる。もちろん個々人の生涯は、偶然の出来事と必然の出来事と、意志して選択した出来事にぶつかりながら決定されてゆく。しかし、偶然の出来事と、意志によって選択できた出来事とは、いずれも大したものではない。なぜならば、偶発した出来事とは、客観的なものから押しつけられた恣意の別名にすぎないし、意志して選択した出来事は、主観的なものによって押しつけた恣意の別名にすぎないからだ。真に弁証法的な〈契機〉は、このいずれからもやってくるはずはなく、ただそうするよりほかすべがなかったという〈不可避〉的なものからしかやってこない。

(『最後の親鸞』)

そしてこう続けている。

一見するとこの考え方は、受身にしかすぎないとみえるかもしれない。しかし、人が勝手に選択できるようにみえるのは、ただかれが観念的に行為しているときだけだ。ほんとうに観念と生身とをあげて行為するところでは、世界はただ〈不可避〉の一本道しか、わたしたちにはあかしはしない。そして、その道を辛うじてたどるのである。このことを洞察しえたところに、親鸞の〈契機〉(「業縁」)は成立しているようにみえる。
(同前)

わたしたちが決意主義に陥り、観念を転倒させてしまう難所からどう距離をとるのか、これほどみごとに説いた表現をわたしは知らない。八〇年代初頭、闘いの団結が内側から崩れてきたとき、何度も何度もこのフレーズを読みかえしていたことを思い起こす。「ただそうするよりほかすべがなかったという〈不可避〉的なもの」として闘いを担い、闘いの崩壊もまた不可避的なものとしてあったと。

そこでは「闘いたいから闘う」と「闘わねばならない」という立て方を突き抜けた地点に立っていた(立たされていた)。それは「不可避」の闘いだったといえる。

一人勝ちの「大きな物語」のなかで

全共闘世代のいま

手放せなかったこと

……観念の毒を無化する視線

すんでしまうなら手放せばよい

六〇年代後半の叛乱の季節、そしてわたしにとってはさらに七〇年代闘争体験のあと、手放してもすんでしまうことは手放せばよい、と心してきた。それでも手放せなかったことが三つある。第一に、この社会を両義的にとらえるということ。両義的にとらえざるをえない。そう強いられているといっても同じことだ。

第二。わたしたちをとらえる観念の力学というものはそうとうにやっかいであり、いつでもどこでも世界を転倒させる罠が待ちかまえている。この観念の自然過程に人は自覚的であるべきだ、ということだ。

小阪さんは、おそらくここに挙げた二つのテーマを、わたしなどよりずっと深くとらえ、それを「制度論」としてまとめあげるつもりだったと愚測する。だから小阪さんの急逝は悔やまれる。村上さんもまた、このことを踏まえ表現を重ねてきたし、これからもそうするだろう。

そして第三に、「具体へ」あるいは「具体から」ということだ。これは、わたしたちが理念やイデオロギーから出発するのではなく、自分が生きている具体的な場、関係から出発する、ということだ。とすれば、それは人がみな一日の主要な時間を割いて汗を流して働く場とその関係にこだわらざるをえないということでもある。どんなに散文的でおもしろくなかろうと、労働する場としくみ、そこでの関係の問題を解いていかなくてはならない（それは消費する場と消費の関係を論じることと表裏をなしている）。だが、ほとんどの思想や哲学はそのことから目を背けてきた。これについては「スローワーク論」として別の機会に譲ることとし、ここでは、はじめの二点、つまり社会を両義的にとらえることと、観念の力学について触れておこう。

この社会を相対化する視線

ラディカルであろうとすることは、社会の枠組みを相対化しようとすることでもある。つまりこの社会の枠組みを絶対のものとは考えないことだ。あるいはこの社会の枠組みだけを前提としないことだ。

二〇世紀、この社会を批判したり対抗するときには、「マルクス主義」が対置された。その考えに基づく社会体制（国家体制）が崩壊した現在、いまの社会の枠組みが不動のものとされ、この社会の外に視線を伸ばすことがなくなってしまった。

たとえば「マルクス主義」が無効になったのだから、外へ想いを馳せることは止めろ、と呼びかける言説まである。でも、それは自らの構想力の貧しさを押しつけようとしているにすぎない。そもそも二〇世紀に現実に立てられた「社会主義」国家の瓦解をもって現在の資本制を根底から問うことをやめる必要はまったくないはずだ。

マルクスと「マルクス主義」は異なる。そもそもマルクスの思想を「主義」として信奉（信仰）する必要などない。さらに、マルクス本人の思想にもさまざまに疑問を呈されるべきところがある。一五〇年前後のときを経て通用しない面が多々あるのは当然のことだ。もっといえばマルクスの思想にこだわることが主題ではない。資本の自己増殖運動に人々が振り回され、かしずかざるをえない事態こそが問題なのだ。ただ、今日の社会の実態を前にしたとき、資本の自己増殖運動としての資本制に根底から疑問を投げかける点では、マルクスの思想はいまも輝きをもっている。

たしかに、資本制ではないシステムをいま、構想しにくい。しかし、転倒を強いるこの社会のおかしさについて無理に口を閉ざす必要はない。あるいは、この社会を前提とした処世術だけに言説を閉じる必要もない。現に、この社会のなかで資本の自己増殖を主語とするシステムに棹さすしくみをつくりだす試みや実践もいろいろとなされている。

「終わらない日常」を生きる人生論

ところで、オウム事件以降に現われる言説は息苦しさを増しているようにみえる。たとえば事件をとらえて、宮台真司さんは「終わらない日常」に耐えられずハルマゲドンを招き寄せようとする九〇年代の心的傾向を指摘し、課題として、「生きる知恵」としてのコミュニケーション・スキルや、存在を承認してくれる受け皿の必要性を説いた(『終わりなき日常を生きろ』)。

この社会の「外部」が断たれた現在、たしかに、そういう技術や受け皿は大事に違いない。だが、「終わらない日常」に耐えられないのは、それがたんに「終末」がないからではあるまい。この社会が転倒していて人に異和や耐えがたい圧迫感をもたらし続けるからだ。この社会に置かれた人間は、どんなに美しい理念を語ろうと、資本を増殖するための手段として他者を遇し、また自らもそのように他者から遇せられざるをえない。日々そのように右往左往させられ、互いに傷つけあわざるをえない。資本の自己増殖の物語にかしずく範囲で働くことや生存することが許され、承認されるような社会での生を耐えがたく感じることを禁じるのは難しい。

この社会に生存するかぎり、たしかにこの社会内のルールと関係を尊重しなければならないし、生きる技術も必要だ。承認の受け皿も必要だ。だが、どうしたってこの社会は、社会の外へと想いをくりだしてしまうよう強いる。この社会の枠組み内でどんな大義や正義や良識や人間性が掲げられようと、それが建前にすぎず、それとは正反対の何ものかに、人と社会が動かされていることにおかしさを感じないわけにはゆかない。

この時代の若者たちが、反社会的にもなりえない事態を、宮台さんは「脱社会的」と的確にとらえている。「反社会的」になれず「脱社会的」になるのは、この社会を批判しうる視点をまったく対置しえないからだ。

もちろんこれまで体制に対置されたものは、絶対化された観念(外の世界、異界)であり、そこに吸収されれば、この市民社会に生きている関係性がみえなくなってしまう。だからたしかにこうした観念の転倒は拒まなければならない。だが、技術論で対応しているだけでは綻《ほころ》びを覆いきれない。そのことをみなければ連合赤軍事件もオウム事件も二一世紀にくりかえされることにならざるをえない。この社会へ投げ出された生は異和を分泌せざるをえないとすれば、異和を抱えこまざるをえないしくみに問いを伸ばすことを禁じるべきではない。それは実体としての「外部」を措定することとは異なる。

じつに貧しかった「マルクス主義」の終焉を確認することで、この社会を根底から批判することも封殺されている。現代には資本主義のシステムしか存在しえないと強弁して、この社会を生きる技術論にすべてを絞りこむ言説ほど息苦しいことはない。これほど抑圧的なことはないし、それは知の怠慢ではないのか。

不安や不満や怒りはたしかにこの社会体制に特有のものではない。どのようなしくみの社会でも分泌されるだろう。そしてどんな社会であれ、その社会内でのルールを守る自己の責任は一般的には厳しく問われなければならない。だが、それは半分の言説にすぎない。

この社会の内と外から

ラディカルであるということは、この社会のありようを率直に批判することでもある。それはこの社会の枠組みのなかでだけ世界をとらえるのではなく、この社会の枠組みからはみ出したところにも視線を伸ばし、この社会の外からこの社会をとらえ直してみることだ。社会の枠内とそしてその外からと、両義的に。

たしかに、この社会の「外」に自らを立脚させたつもりになったとき、連合赤軍のリンチ殺人事件に象徴されるような観念の惨劇を生みだしてしまう。それは、この社会の「外」の理念やことばだけを絶対とみなし、自らがこの社会にあるという一方の面を捨象してしまったからだ。この観念の負性は時代を下ってオウム事件にもつながっている。

……、七〇年代から九〇年代にかけて試されてきたことは、この市民社会の外から物事をかんがえようとする視線はどこかで顚倒していくということです。たとえば革命思想であれ、神秘的な宗教思想であれ、市民社会のまったく「外」に、ある理念なり原理を定めようとする時おることは、ぼくたちが現実にこの市民社会のなかで相互に依存しあっていること、そのなかで多くの人の生が営まれ、またぼくたち自身もそのなかで生きていることにたいして、「理念」によって目をつぶることです。少しきつくいえば、「現実性」の無視と、自己欺瞞がそこから発生します。ぼくたちは「半身」を市民社会にひたしていると言ってもよいのです。

（小阪修平『現代社会のゆくえ』）

この社会を両義的にとらえることを小阪さんは一貫して説いてきたが、それが全共闘運動、六〇年代後半から七〇年代はじめの運動の光と影を活かす前提でもある。

かつて吉本隆明さんが、一日の二四時間と、二五時間目と言ったことがある。それは二四時間の生活の先に二五時間目を設けて、そこから世界をとらえ直す、という趣旨だったが、わたしなりに曲解していえば、二四時間というのはこの社会内のサイクルであり、二五時間目の視線とは、この社会の外にどうしてもやむなく行ってしまう視線のことであり、そこから逆にこの社会

（二四時間）を問い直すということだ。

この社会にどうしてもおかしさを感じたら、二五時間目の視線からこの社会（二四時間）を見直してみればよいということでもある。二四時間を生き、同時に二五時間目から二四時間をとらえ直しもする。

「他者への殺意とそのうち消し」のなかで

手放せなかった二つめは、観念の力学の問題だ。

七〇年代初頭、連合赤軍によるあさま山荘事件の直後に発覚したリンチ殺人事件は、六〇年代後半に始まった異議申し立て運動の一つの帰結であり、運動を担ってきたものを黙らしめる事件だった。少なくない人たちが、その路線にあきれながら、しかし一歩間違えば自分もその事件のなかにいたかもしれない、との思いをもった。

以後、この事件について、たくさんの解読がなされた。でもそのほとんどは、すでに書いたように路線の誤りや幹部の資質、責任に帰してすませようとするものだった。路線の誤りは当然のことであり、幹部の資質もあったに違いない。しかし、それだけがこの事件の突き出している問題ではなかった。

だからこの事件解読のほとんどには不満を覚え、納得できず、わたし自身考え続けてきた。というのも、わたしが身を置いた七〇年代の労働運動の現場や周辺でも、連合赤軍事件を水で薄めたような事象をいろいろみてきたし、職場でのラディカルな運動が閉塞的状況を迎えるなかで、現実と観念の相克する場に自らも置かれ、そうしたドラマを自らも心的に演じてきたからだ。

それゆえ連合赤軍リンチ殺人事件発覚時、そもそも全共闘運動や新左翼に安易な秋波など送っていなかった吉本隆明さんが、次のように記したことはいまでも記憶にとどめておきたいことだ。

ところで、〈連合赤軍〉事件なるものは、たんに現在の世界の政治的な混迷をなぞっている一事件であるばかりではない。現在の市民社会の混迷を象徴する一事件としての性格をそなえている。その意味で、わたしたちのたれも、かれらのリンチ殺人を非難することはできない。……。わたしたちは、たれも、日常生活のなかでぶちこわされそうな家庭、夫婦、友人、知人、近親などの関係を、辛うじて縫い合わせながら生活している。あるいは別のいい方をしてもいい。これらの市民社会における関係のなかで、何べんも他者への殺意とそのうち消しとを、また、背信と信じようとする意志や努力、またそうすることの空しさのなかで生活を繰返している。その行手に曙光がみえるわけでもなければ、いつかはそれを恢復しうる、という望みがあるわけでもない。ただやみくもに、この日常性の果てしない泥沼のなかをかきわけているといっていい。そうだとすれば〈連合赤軍〉なるもののリンチ殺人は、また、わたしたちが心的にくりかえし、現実的には抑制しているものの〈象徴〉とみることさえできる。

（「情況への発言」「試行」三六号所収）

村上春樹さんが、わたしたちの日常生活とオウム真理教を隔てる壁がわたしたちが考えているよりはるかに薄っぺらいと指摘するように、連合赤軍の心的情況とわたしたちのそれを隔てている壁も薄っぺらいものでしかない。

小阪さんが、「だれもが森恒夫になる可能性をもっていたということをふまえてものを考えていかねばならない」ことを「自分の公準のひとつ」とずっと考えてきたのもそういう事情からだ。

レッテル貼りでこぼしてしまうこと

わたしたちは「主義」を戴くときの観念の陥穽を学んだ。ある理念が「主義」として奉られるとき、観念は絶対化し転倒を招く。「マルクス主義」がその典型だが、ほかにもどこにでも「主義」はある。観念は自らを極めようとどんどん上昇する。観念は全世界をつかもうとする。それは知のたんなる自然過程にすぎないのだが、その果てに組みあげられた知の世界はいつのまにか崇高な「真理」や「科学」として絶対化される。

七〇年代前半に帰結した連合赤軍事件や爆弾闘争事件は、こうして辿る観念の力学の無惨を露呈させた。だがそれは、何も彼らだけの問題ではなく、誰もがいつでも足を掬われる可能性のある陥穽なのだ。

もう少し水で薄めた事例を考えてみよう。わたしたちはすぐにレッテルを貼りたがる。左翼内であれば、「プチブル急進主義」「日和見主義」「冒険主義」「敗北主義」「清算主義」……いくらでもあるし、今日に至るも使用されている。何も左翼だけにかぎらず、どこでも「＊＊主義」と断ずるレッテル貼りはある。

だが、ある対象に「＊＊主義」とレッテルを貼ったとき、それは他者をとらえそこなうし、レッテルを貼る自らの視線の広がりをも狭めてしまう。レッテルを貼ることは他者や自己をシンプルにとらえやすくなるけれども、その分、他者と自己、また、その関係と交流を貧しいものにさせ、観念の転倒をもたらしやすい。理念や観念的同一性を括りだすことは、そこからたくさんのことをこぼしてしまう。だが、こぼしてしまったさまざまな錯綜のなかにこそ、人を衝き動かす力が蠢《うごめ》いているのだ。

知を組み立てて世界観を構築すること、それはくりかえすが、観念の自然過程にすぎない。知が世界をとらえようと上昇していく過程（観念が肥大化する過程）とその結果得られる知それ自体に価値なんてないのだ。問われるのは観念の自然過程とどう向きあうかだ。自然過程にすぎない観念の力学に自覚的であること、あるいは絶対観念世界に風穴を開けたり、観念の毒を無化する視線をもつことがいまも問われていることだ。

「体制／反体制」を超えて

この社会の内側で語られる「善」や「道」は往々にして、現実の総体を隠蔽し、個々人に転倒を強いる社会構造を黙認し、支えることになる。すべてが人の心やモラルに収斂されるからだ。

逆に、この社会の外に立ったつもりで語られる「善」「正義」そして「革命」はこの社会に生きていることの相互的な責任を放りだして、括りだされた理念の絶対性に全面的にもたれかかるゆえ、よりひどい惨劇を生みだす。立てられた「善」や「正義」が地獄への道に通じていることは、二〇世紀の歴史でわたしたちが学んできたことである。

この社会の内と外を、「善」と「悪」、「正義」と「不正」、「革命」と「反革命」等の二項対立で単純に色分けはできない。政治世界や市民社会で「善」や「正義」が屈託なく語られるほど怪しいことはない。たしかにわたしたちはこの社会で生を営んでいるのであり、その社会のルールや法は守らねばならない。この社会に生きる前提でもある。だが、この社会のしくみを絶対だと思いなさねばならない根拠はどこにもない。たとえば人間という存在を、経済価値を生みだすか否かの判断だけで覆うように強いるシステムに異和を感じるのは当然なことだ。資本の増殖に賭けるゲームが投資家たちの思惑がらみでつまずいただけで、働く人の生活が瞬時に破壊される事態を当然のこととしてやりすごすことはとても難しい。この社会のシステムに疑いの目を向けたり、批判する視点を手放す必要はないはずだ。

小阪さんがくりかえし示したように、両義的にとらえるしかないのだ。

ぼくたちはどれほど異和感を感じようとも、この市民社会に半身を置いているのであり、たえずもんだいはそこに回帰していく。そのことは、市民社会の「外」に視点を据えた戦略が、たとえば埴谷雄高の遠い視線までふくめて、不能だということを意味していないか。ぼくたちにできるのは市民社会の内と外からの二重の視線をもつことまでである。

（「市民社会という環境」「情況」二〇〇〇年一・二月合併号所収）

問われているのは「体制」か「反体制」かではない。あえていうなら「半」体制とでも表するしかない。この社会のなかでの善と悪の論は所詮、世界の半分の言説にすぎない。同時に、この社会の外に立ったつもりの反体制の善悪の論も、半分の言説にすぎない。

市民社会で両義的であるということは、わたしたちに二つの態度をとらせる。

一つは、それでもこの社会内に生きている以上、この社会のルールに従い、そこにおかしさがあるのなら、そのルールや関係の「改正」にこの社会内で努めようということだ。

もう一つは、悲惨な関係を否応なく強いる社会システムの根底的変革に視線を伸ばし、その道筋を探るとともに、その視点をこの社会内に折りかえさせ「変革」を図ること。

それが両義的にこの社会をとらえる、ということだ。

善悪の此岸から彼岸へ

たしかにこの社会の体制を批判する「正義」のイデオロギーは瓦解した。二〇世紀をふりかえれば、国家社会主義もマルクス主義も「正義」「大義」を掲げ、この社会以上の転倒をもたらしてきた。その後、大きなイデオロギーが掲げられることはなかったが、九〇年代、再び大きな「正義」が登場し、オウム真理教は連合赤軍以上の惨劇をもたらしてしまった。善悪の二項対立が体制批判のイデオロギーとして作用し、「善」や「正義」がとてつもない「悪」を生みだすという逆説に結果した。このとき、「善」は悪しきこの社会の「外」に立って市民社会を呪い、糾弾したのだった。

七二年の連合赤軍事件、それから二十数年後のオウム事件も経て、もはやこの社会に対抗するイデオロギーが成立しないいま、説かれるのは、この社会を生きるための技術や方策ばかりである。技術的人生論の言説ばかりが披瀝される。それはそれで役割があるのだろうが、なかにはこの社会にとどまらなければならないとまで余計なお節介を焼く言説も飛びだす。こういう言説が溢れると、生きづらさを感じている若者たちはますます呼吸をしにくくなる。

だが、この社会でまともに生きようとすれば、「外」を夢想せざるをえなくなる、というものだ。資本の自己増殖の論理に、社会経済のみならず一人一人の生き方までがみな振り回されていれば、これを批判したくなる心情こそまっとうといえる。この社会にとどまらなければならない、という説教こそ転倒しているのだ。そういう説教は抑圧を与えるだけではないのか。

むしろ問われるのは、「外」を夢想せざるをえないとき、「外」へとくりだされた想いを「善悪」をもって膨らませてはならないということだ。「善悪」論が導入されると、「正義」が転倒した二〇世紀の観念とまったく変わらず、同じ惨劇をもたらすことになる。善悪の物語に回収させるのではなく、「善悪の彼岸」へと突きぬけるしかない。「善」と「悪」、「正義」と「不正義」、「革命」と「反革命」という対立構造を突き破り、その彼岸へと問いを組み替えるよりほかない。善悪の彼岸へ。

ただし、この「善悪の彼岸」とはニーチェのそれとは異なる。ルサンチマン批判を展開したニーチェ氏こそもっともルサンチマンに冒されていたようにみえる。それは、生がただあることに耐えられない弱さが生んだ「善悪の彼岸」にほかならず、大衆を「畜群」として措定しなければ成り立たない、「高貴な知」が思いあがって括りだした彼岸である。現代思想がニーチェを源流としているのは不幸なことだ。それは「マルクス主義」が破綻したから「それ、次はニーチェだ」と流行を追う知の震えにすぎない。ニーチェとは過剰な自己意識の震えのなかで、自らの「弱さ」に耐えられず、「強さ」や「高貴」にすがろうとしてきた「知」の貧しさの源流でもある。

そしてマルクスとエンゲルスが『共産党宣言』で展開しているのも、「善悪の此岸」の言説だ。プロレタリアートとブルジョアジー、正義と悪の物語として。

善悪の此岸の物語は、この社会における「関係の絶対性」によってのみ根拠を与えられる。だが、この市民社会での関係は相互依存的であるがゆえに、明確な二項対立で世界を撃つことは成り立たなくなっている。「善悪の彼岸」へ。

マルクスと吉本隆明の先へ

圧倒的に勝利した自己増殖の物語

たしかに「マルクス主義」などイデオロギーの「大きな物語」は終焉を迎えた。だが、「大きな物語」はすべて消えてしまったのだろうか。否、その終焉が語られるとき、じつは一番「大きな物語」の一人勝ちを隠蔽しているだけではないのか。

他の「大きな物語」を排除するか、あるいは自らのうちに吸収し、圧倒的な強さをもって勝利している「大きな物語」のなかにわたしたちは生きている。それは、「資本」が自らの増殖を企てる物語だ。資本が世界の王様として君臨する。あらゆるものの動きは、この王様を豊かにさせるための手段にすぎない。そのように語られる物語だ。

この資本の自己増殖運動の物語には、誰もがひれ伏している。いや、ひれ伏さざるをえない。すべては資本の物語に回収されるかぎりで生かされる。逆に増殖の物語に回収されない（増殖に貢献できない）ものは蹴飛ばされ捨てられる。あるいは命を絶たれる。それだけの話だ。

二〇世紀前半にフランスの哲学者ジョルジュ・バタイユはこう書いている。

> 資本主義的な企業は拡大し、これに抗うものを滅ぼす。企業は、企業が出会ったものを作り替え、同化する必要があるのである。遅かれ早かれ、利用できる力の全体が、この歯車の機構のうちに入るだろう。
>
> （『呪われた部分　有用性の限界』中山元訳）

その王国では、儲かるのか、利益になるのか、収益をもたらすのか、それがすべてなのだ。資本が自己を維持し増殖できるか否か、それがすべてなのだ。資本を主語とする「大きな物語」が人間を評価するのは、「役に立つ」かどうかだ。いいかえれば、利益を生みだす価値や可能性があるかどうか。それが評価の分かれ目になる。

……資本主義は、貪欲さを手段ではなく、目的そのものにした。資本主義は率直かつ厳密に、人間を死なせる必要がある。資本主義は、利用できる製品を人間に供給するという目的を放棄することができない。資本主義の貪欲な目的は、生産的な力を緩めずに、増大することにある。（同前）

圧倒的に勝利した資本の自己増殖運動は、人間という存在の根っこにまで、その物語の力を及ぼそうとしている。二一世紀の大きな課題は、一人勝ちする「大きな物語」といかに対峙をするかではないだろうか。

そのとき、まず二人の思想家に触れておく必要がある。

マルクスの二段階「自由」論

資本の自己増殖運動を批判することにおいて、カール・マルクスほどその宿命を鋭く抉りだした人を寡聞にしてほかに知らない。

もちろん、どんな思想も時代の制約を受けるし、絶対的真理などありえないから、説を絶対のものと信仰する必要はまったくない。さまざまな問題点をいまなら指摘できるマルクスの思想だが、ここであえて一つだけ、指摘しておきたい点がある。それは欧米的な「自由」観である。それが人間への無邪気にすぎる信を支え、今日に至る閉塞的な労働観にも影響を与えているように思える。

労働と自由をめぐり、『資本論』では次のように書かれている。

自由の領域は、事実上、窮迫と外的合目的性とによって規定される労働がなくなるところで、はじめて始まる。だからそれは、事態の本性上、本来の物質的生産の部面の彼岸のものである。未開人が自分の欲望を充たすため、じぶんの生活を維持し再生産するために自然と戦わねばならぬように、文明人もこうした戦いをしなければならず、しかも、どんな社会形態、ありうべきどんな生活様式のもとでも、こうした戦いをしなければならない。人間の発展につれて、欲望が拡大するがゆえに、この自然的必然の領域が拡大する。だが同時に、この欲望を充たす生産様式も拡大する。この領域内の自由は、ただ、社会化された人間・結合した生産者たちが、自然との彼らの質料変換によって、盲目的な力によってのように支配されるかわりに、この質料変換を合理的に規制し、彼らの共同的統制のもとにおくという点——最小の力を充用して、彼らの人間性に最もふさわしく最も適当な諸条件のもとで、この質料変換を行なうという点——にのみありうる。だが、これは依然としてつねに必然の領域である。必然の領域の彼岸において、自己目的として行なわれる人間の力の発展が、真の自由の領域が、——といっても、かの必然の領域を基礎としてのみ開花しうる自由の領域が、——はじまる。労働日の短縮は根

──本的条件である。

（『資本論』第三部第四八章　長谷部文雄訳）

咀嚼してみよう。「じぶんの生活を維持し再生産するために自然と戦わねばならぬ」のは「未開人」も「文明人」も同じだ。生活を営むために、食や住まい、服を作り出さなければならない。「どんな社会形態、ありうべきどんな生活様式のもとでも、こうした戦いをしなければならない」。人間はまず自然的必然の領域で身体と生活を維持するために活動しなければならない。

「人間の発展につれて」生きるための欲望も拡大するので、この自然的必然（「必要」）の領域も拡大するが、同時に、この欲望を充たす生産諸力も拡大する。そして、この自然的必然の領域での自由（つまり自然的存在としての欲望が充たされること）は、資本制ではなく「社会化された人間・結合した生産者たち」が自然との質料変換を合理的、共同的に統制することで実現できる、としている。この「社会化された人間・結合した生産者たち」を国家と読み替えたところに二〇世紀「社会主義国家」信奉者の誤りの一つがあった。

そして、これら必然の領域（つまり動物的・自然的規定を受ける領域）の問題が解かれた先に、彼は「真の自由の領域」をおく。それは「自己目的として行われる人間の力の発展」の世界だ。つまり他から規定されるのではなく、あるいは生きるための「必要」「必然」に邪魔されることなく、自分が自分で目的を立てて活動し発展する世界だ。動物的規定から自由になったうえで、自らの目的のために活動する真の「自由」の世界。

マルクスは、必然（必要）の領域と、必然を超えた領域での、二段階の「自由」を想定している。前者は、自分の生活を維持することを達成できる自由。後者は、生活維持を達成したあと、生活維持に煩わされずに、人間が自ら目的を立てて活動できる世界での自由。後者こそがまったき「自由」の王国である。このようにして、人間が自然的規定から自由になる先に、人間の真の解放をみている。

「必然」と「自由」という西欧思考の限界

ところで、「生活を維持し再生産する」ことを目的とする「戦い」(生産)は、大きくは先進資本主義国家で達成されてしまった。そしてそれを充たせない「社会主義国家」体制を崩壊に至らしめた。もちろんその生産は、マルクスがいう生産者たち自身が結合したもとでの生産とはいいがたいが。

さて、ここで疑義を呈さなければならない。前述したように、彼は自らの生を維持・再生産するための闘いが勝利した先に、真の「自由」世界をくりだしている。つまり、人間が動物的存在であるという規定から自由になった先に、真の「自由の領域」を遠望している。

しかし、それはじつに西欧的世界観の枠組みにすぎない。そもそも自然的規定、動物的規定を克服した先に人間の「真の自由」をみようとするのは観念の転倒ではないか。

西欧の自由観は、旧約聖書、そして古代ギリシャ思想とルーツは異なるものの、自然的規定を免れる先に自由の王国を夢見てきた。古代ギリシャであれば生命・生活を維持する活動は奴隷に押しつけ、近代は生産力の向上に解決を委ね、その先に真の自由を掲げてきた。二〇世紀に至るも主要思想はこうした西欧の歴史的思考の枠組みに縛られ、人間を「地球の主人」として押しあげることでまったき「自由」を得ようと欲望してきた。だが、自然的規定、動物的規定を一切免れる先に自由を想定するのは、古来よりの西欧の人間絶対主義観にほかならない。

絶対的自由の措定は、観念の転倒をもたらす。自然的動物的規定から自由になったと思いこむとき、観念は転倒する。たとえ生活維持が保障された段階を迎えても、自然的動物的存在であるがゆえに被る不安、恐怖から人間はけっして「自由」にはなれない。つねに「食えなくなる」不安、喪う恐怖を抱えこまざるをえない。どのようにものが豊かに溢れようと、自然的存在であることが分泌する不安から、人間が「自由」になることはできない。

マルクスは生産力の向上によってその先に、「自由の王国」を描いた。たしかに彼の生きた時代、労働者が置かれた困窮がそう思考することを強いたのだろうし、当時はリアリティをもてたのだろう。だが、そういう自由の措定(未来への括りだし)は、生産力向上こそが未来と「自由」を切りひらく力だとの幻想を与え、人間が動物的存在であることを隠蔽、忘却させる。また、絶対自由の世界は、自らを上昇・絶対化する過程で、さまざまなことを切り捨て、隠蔽することで成り立つにすぎない。

わたしたちは自然的規定、動物的規定を受けた存在であることを率直に認めなければならない。それを免れえない存在だと。その規定を謙虚に受けとめるなかにしか、「自由」は得られない。

人間は自然的規定を受け、食べ、衣服を着、住まい、生活を営み、老い、死んでいく。その自然的規定から自由にはなれない。そういう制約を越えたつもりでその先に、精神や信が絶対を戴くとき、観念の転倒を招来する。人間は自然的規定と向きあうなかで活動し、その過程を通じて文化を生みだしてきた。自然的規定からのまったき解放を夢見る自由観からみれば、たとえば食は人間を動かすガソリンにすぎないのだろうが、しかし食のなかで人間は文化を育んできたし、そこに豊饒を実らせてきた。

今日、貨幣増殖を貪欲に追求して、何でもできる「自由」という名の「恣意」を欲望している(欲望を強いられている)わたしたちの姿は、絶対「自由」を希求する世俗的形態にほかならないのではないか。

抽象的な「自由」を括りだして「進歩」を信仰するのは、現在を貶めることでもある。無規定・無制約な絶対の世界を先に求めるべきではなく、「いま・ここ」が問われている。つねに自然的規定と寄り添って生きるなかに文化の豊饒も「自由」もある。いや、そこにしかない。そのことが二一世紀初頭までの思想とその実験のなかでみえてきたのではないだろうか。そしてまた、絶対自由を追求するという甘えは、地球という自然的基底によって拒否されつつある。

『ハイ・イメージ論』への疑義

もう一人、吉本隆明さん。

彼の表現活動は全共闘世代の一部に多大な影響を与えた。わたしも計り知れないほどの大きな力を受けとってきた。

転向論やマチウ書試論で思想を相対化する視点を提示したこと。ソ連や中国の「社会主義」とそれになびく新旧党派を批判したこと。マルクスを「マルクス主義」という教義から解放したこと。モダニズムや倫理主義を根底から批判したこと。個体・対・共同と幻想の位相を設定し、その関係を追求したこと。親鸞論をつうじて党派性を排して知と信の相対化の視点を示したこと。ほかにもたくさん挙げられる。

そのことを明らかにしたうえで、吉本さんの論への疑義をここで呈しておきたい。

一九八〇年代後半に入り吉本さんは、日本が高度な資本主義段階に入ったととらえるようになる。選択的な商品支出と、必需的商品支出の割合をとらえ、必需的支出が五〇パーセントを割る事態を、消費資本主義の到来ととらえ、当時大いに教えられた。

『ハイ・イメージ論Ⅲ』の「消費論」では、これを改めて整理している。「必需的な支出(または必需的な生産)が50%以下になったのが消費社会だ」「消費社会という呼び方は、第三次産業が50%をこえた社会の画像と対応している」というように。そして、もはや飢えを心配しないですむ社会の到来を「達成」ととらえた。働く目的も「食うため」ではなくなる。たしかにそれが「達成」であることは間違いない。

吉本さんはこの「達成」の延長で、『ハイ・イメージ論』を展開している。一九八〇年代後半から著した同書は高度資本主義社会を分析したもので、その経済論ではある思考実験が展開されている(「エコノミー論」)。

「理想の存在」としての貨幣の所有者

ここで吉本さんは一つ理想の存在を想定している。その理想存在とは、労働者ではもちろんなく、労働力の買い手としての資本家でもなく、資本の所有者(貨幣の所有者)としての資本家だ。なぜなら「かれだけは消費市場で身体を養う(生産する)行為そのものが、貨幣の生産(増殖)であるか、あるいはすくなくとも貨幣の消費を伴わないことができる存在とみなせるからだ。身を養うことが同時に貨幣の生産だというほど理想の存在が、経済世界のなかでありえようか?」

たとえば、レストランでおいしい料理を食べる(「身体を養う」)。彼がそのレストランのオーナーであれば、それは自ら貨幣を使って、ときには貨幣を使わずおいしい料理を食べ、楽しい時間を過ごしながら、同時に、貨幣(収入)が入ることにもなる。

たしかに資本制社会の論理のもとで、これは一つの理想だ。「身を養うことが同時に貨幣の生産だというほど理想の存在」だ。現在のエコノミーのもとで、一つの極限の理想だろう。消費社会における理想の形態としての資本の所有者は、生産をせずに消費をするだけで、自らを存在させることができる(利潤すら得ることができる、資本を増殖できる)。そこに一つの理想を吉本さんはあえて実験としてみている。

「理想像」の指標は実現可能か

だが、吉本さんが貨幣の所有者・資本家を「理想の存在」とするのは、高度資本主義社会における仮説の思考実験として想定はできても、健全とはとてもいいがたい。

しかし、もう少し彼の論を追ってみよう。

万人が経済人の理想像としての貨幣資本の所有者に近づいているかどうかを量る「指標」として、吉本さんは「エコノミー論」の最後で次の三点を挙げている。

- 週休が三日を超える
- 貯蓄の年間利子額が年間生活費用を超える
- 食費支出(割合、エンゲル係数)が五〇パーセント以下になり、「食うために働く」段階を超えていることまず一番目。週休が三日を超えるとは、週の半分以上が休みとなることだ。それは生産力の発展のうえで語られてきたが、高度資本主義の進展をみてくると、労働時間はなかなか減少しえない(逆に不払い労働が増大しているくらいだ)し、労働時間の短縮を選択している(ように強いられている)非正規雇用者は、「食う」のがギリギリの線に追いこまれている。結果として週休が三日を超えるのはむしろ食えなくなることと重なる可能性のほうが高い。

次に二番目。貯蓄の年間利子額が年間生活費用を超える――そういう人は一部にはいるだろうし、膨大な蓄積があるうえでの話だ。ここでそれを古典的な「搾取」概念などで批判するつもりはないが、それは吉本さんがあえて「万人が(ということは一般大衆が)」と文中くどいほどくりかえして表現する「一般大衆」が手にすることはありえない。どこかで利子を生みだす活動がそれを支えなければならない。あるいは投機が年間生活費用を超える利子を生むことがあるかもしれないが、それは投機であるがゆえ、つねに破綻を伴う。信用バブルとしてありうるが、必ず破綻する。経済学者が「差異が価値を生む」と声を大にしても、利潤がどこから生じるかの議論は別として、労働が必ず介在しなければならないことは明らかだ。「一般大衆」は「年間生活費用」を稼ぐため額に汗しなければならない。もし「理想の存在」がこの社会のシステムのなかで実現するとすれば、ごく一部であり、それ以外のものとの徹底した「格差」の貫徹によってでしかない。

『ハイ・イメージ論』と全共闘運動

吉本さんは『ハイ・イメージ論』で、彼方からの視線を据えてそこから価値と意味をとらえようと試みている。エコノミーの無限遠点として据えられたイメージ(あるいはそれへのプロセス)として、貨幣・資本の所有者としての「理想の存在」を描いている。そこでは労働がゼロになり、ただ消費があるだけだ（あるいは消費が貨幣を増やす）。労働・生産のゼロ化、消費の全面化。そういう無限遠点から視線が引き戻され、労働時間の短縮や利子による生活費用充当などが無限遠点へ至る途上として位置づけられる。

ところで、全共闘運動とはそういう視線の伸ばし方、引き戻し方とは異なるかたちで模索されたものだった。食えるようになった社会において、食えるようになれば何でもよいのかと問い、関係性の変革を自他に問うものだったのだ。吉本さんの理想型になぞっていえば、働かず消費するだけで貨幣が入ればそれで万々歳というあり方でよいのかを問う運動でもあった。

もちろん、ここで「労働」を神聖化しようというのではない。これまでの、そして今日の労働概念の変容が志向されるべきではないか。

わたしは消費市場で「身を養うことが貨幣の生産であること」を理想とする発想とはまったく別の理想のイメージをもつ。それは労働・生産の概念が拡大され、生産（労働）がじつは心身を養うこと（消費）にも広がる。生産（労働）概念が拡大され消費と重なる。逆の表現をしても同じことだ。消費（心身を養うこと）が生産（労働）に近づき重なる。そのように生産（労働）が消費であり、消費が生産（労働）であるようになる、さらに、いいかえれば生産と消費という概念が止揚されること。生産と消費のありようと関係が組み替えられること。それは、吉本さんが今日の生産と消費のありようを前提として資本所有者の消費が貨幣増殖でもあるとするようなとらえ方とは異なる。つまり、遊んでいて食べられるだけの収入を得られることが目的化されるのではなく、具体的な働き方とそこでの関係、そして生産と消費の質と関係が組み替えられ、生産と消費が止揚される方向が問われるべきだと思う。

吉本さんは「超資本主義社会」の生産と消費についてさまざまに触れていても、人間にとって生産と消費の関係と過程、総体がどうなのかについて問わない。つまり、今日の生産と消費の関係が前提とされている。だから、今日の労働が転倒し、社会が転倒していることに思考の触手を伸ばそうとする意図が希薄である。それは時代、世代の差というしかないのかもしれない。

人々が食えるようになった達成を評価することにやぶさかでないが、全共闘運動はまさに食えるようになったその地点から始まったのだ。食えるようになったとき、食えさえすればいいのか——との関係の問いかけから始まったものだった。

世界的企業と連帯の「喜劇」

一九六〇年代に入り、飢えの恐怖から解放された社会になり始めたとき、社会が人々にもたらす息苦しさや歪み、おかしさに対して抵抗しようとして、全共闘運動は起こった。全共闘世代が苛立ち、立ちあがったのは関係の変革を求めてだった。それが自分に向かうとき、自己変革となり、自己否定ともなった。もちろんそこには、「倫理とないまぜになった欲望」もあった。とにかく貨幣をより多く手にすればよいという風潮や、競争をして他者を足蹴にして収入を高めればよいという社会関係——そういうものへの漠とした嫌悪であり、そういう関係を組み替えたいという熱望だった。

翻ってそれでは、今日の高度資本主義社会のもと、世界に冠たるほどに成長した大企業の従業員たちは、吉本さんのいう理想に近づいているのだろうか。そういう企業も、多数の非正規雇用者を抱え、とことんコストダウンを強いられる下請け先があって成立する。差別や下請け先へのしわ寄せのもとに成立する正規雇用だが、それでも、時間短縮が進むわけでも大幅な賃上げが実現するわけでもない。国を代表する企業であってもそうだ。

世界的ＩＴ企業をみてもよい。わたし自身、ＩＴ産業界の片隅でうろうろしていたからみえるのだが、ふとしたきっかけで事業が進みだし、あとは財力にものを言わせて有力な競合企業を買収したり、製品企画を買い取るなどして、製品の劣性をものともせず、脱法すれすれの行為も重ねつつ自製品を売り、大企業にのしあがる。財力で膨大な他企業（と労働者）を押しつぶし、あるいは吸収して世界トップクラスに昇りつめたのにすぎない。そして経営トップは事業で得た莫大な資産を慈善財団に寄付する。だが、それは「成長以外に〈神〉をもたない」企業活動をもとにした「連帯の『喜劇』にすぎない」（ジョルジュ・バタイユ『呪われた部分　有用性の限界』）。

わたしはここで告発をしたいのではない。経営陣のやり方を「人間的」ではないと批判してすむ問題でもない。経営は経営で一寸先は闇のなかにあって、他社との苛烈な競争に戦々恐々としながら、利潤の確保と増大をめざしているにすぎない。企業を存続させ、従業員の生活を守るとの決意もあるのかもしれない。それでも、収益が少しでも悪化すれば、人員整理が断行されるし、外注費圧縮のしわ寄せは下請け・外注先に及ぶ。誰もが資本の苛烈な自己増殖運動の渦から免れるわけにはゆかない。だから、苛烈な競争の渦中にあって、吉本さんがいう「身を養うことが同時に貨幣の生産だというほど理想の存在」はなかなか見つけにくい。

仮に週休四日以上が実現し、貯蓄の利子だけで生活費用が賄える経営者、従業員が出現するとしても、それは格段の差がある「食うために働く」無数の労働者の存在によって支えられるしかない。ここでわたしは虫眼鏡で差別を探しだして糾弾しようというのではない。吉本さんのいう「理想」への模索が仮に一部に実現したとしても、他方にはこうした事態が避けられないことをいいたいだけだ。つまり、吉本さんがこだわる「万人（ということは一般大衆）に」はとても適用されえない「理想」にすぎない。

ところで、今日なされる多くの社会批判は、結局のところ、この資本の自己増殖運動の構造についいては触れず、この社会内のルールとモラルを護ることをのみ主張する。あるいは逆に、経営者、資本家の「非人間性」を糾弾することで思考回路を閉じてしまう。それは、批判する主体自らの「正義」や「人間性」を表明するだけの自己満足の言説に陥らざるをえない。

そうではなく、誰もが巻きこまれざるをえない資本の自己増殖運動の渦にどう抵抗・対抗し、違う関係を組んでいくのか、その渦とは別の流れをどうつくりだしてゆくのか——そこにこそ光が求められるのではないだろうか。

「類」という自然的規定こそ

今日の社会では、「わたし」が生きることは他者を傷つけ、他者から奪う、あるいは他者を手段化することによってしか実現しない。逆に、他者が生きることは「わたし」を傷つけたり、「わたし」が奪われること、あるいは「わたし」を手段化することによってしか実現しない。そのように敵対し奪いあう関係を組み替え変革するところに、全共闘運動のめざす方向があった。

個の存在と活動がそのまま人類につながり、人類がそのまま個の存在につながる——というのは妄想に近いが、それでもそう志向する。もちろん個（個人）と類（人類）の間には深淵が横たわっているのはいうまでもない。個と類の間にはさまざまな媒介が必要だが、類と親和的でありたい。そういう関係性を微かでも垣間見たい。個が類であり、類が個であるというように。

人類という括りは自然的規定にすぎない。生物学的規定にすぎないからこそ、類は最重要の概念に置かれうる。たとえば神(という概念)は災いをもたらす。(戴く)神によって争いがもたらされる。あるいは国家概念は戦争を不可避にもたらす。国家とは他国家と争うものだからだ。過剰性をこめて懸想される観念はどこかで類という自然性と対立する(人間どうしで争いあう)。

くりかえせば、類とは抽象や過剰な観念ではない。さまざまな民族、国家、宗教を超えて貫く自然規定にすぎない。だが、生物的規定こそ最重要位の概念である。これは、近代ヒューマニズムとは異なる。人間は崇高でも賢くもなく、地球上の動物にすぎない、という認識が前提だ。また人間が類的本質を備えている云々というフォイエルバッハの論とも別の次元のことだ。学者さんたちは、初期マルクスがフォイエルバッハの「類的本質」の影響を受けているが、後期マルクスはそういう概念からふっきれたと文献指摘し、疎外論を批判する。だが、フォイエルバッハの「類的本質」や自己疎外はここではどうでもよいことだ。「本質」なんてものは今日そもそも措定されやしないからだ。

自然的生物学的概念としての「類」は否定できないし、これこそ最重要位の概念でありうる。類(隣人)どうしが奪いあわない、敵対しない共生関係をかたちづくる——それがいまも引き続き課題である。これまでの歴史は、類という自然性の土俵のうえに立ちながら、観念をもって「階級」間で対立したり、「国家」間で対立してきたにすぎない。ヘーゲルの主人と奴隷の相対であれ、資本家と労働者の相対であれ、民族間の対立、国家間の対立であれ、それらは類概念の土俵上で類内での争闘である。類に対する甘えである。それらは、関係の組み替えがめざされるなかで止揚される(溶解される)べきことだ。

そして少なくとも、資本が自己増殖するための物語に人間がおしなべてかしずかなければならない状態と関係は少しずつでも組み替えてゆくしかない。

村上春樹の「コミットメント」

「オヤジ化の揃い踏み」

作家の笠井潔さんは、すでに触れたように八〇年代半ばに『テロルの現象学』で観念の力学について鋭い論考を著し、またその当時の日本の「ポスト・モダン」的言説を厳しく批判してきた。それから二〇年ほど経った二〇〇三年、全共闘世代の子ども世代に近い若手評論家東浩紀氏と書簡を交わし本にまとめている(東浩紀・笠井潔『動物化する世界の中で』)。

ここで笠井さんは、「同世代の作家や評論家や研究者のほとんどが、急速にオヤジ化しつつある」ととらえ、「七〇年代、八〇年代には、それなりにとんがっていた面々」が「オヤジ化」した「ていたらく」を嘆いている。「とんがっていたガキ時代のことなど忘れたような顔で、いまや『大きな状況論』を語る『大人』でなければならない、社会に責任をもたなければならないといい張りはじめた」同世代を苦々しい想いでみている。この「オヤジ化の揃い踏み」に対して、彼は自らを「生涯一ガキ」として生きるのだと表明している。

笠井さんにとってこの対置は六〇年代後半の運動に遡る。それまでの「勤労と進歩の理念」に対抗して生まれた当時の若者たちの運動を「楽しくてなにが悪いんだ」的主体が担ったものととらえ、「サンシモン的な計画と秩序性」の党派政治に、「フーリエ的にアナーキーな遊戯性」の全共闘運動を対置している。前述したように、党派政治と全共闘運動の間に切断線を引いた延長上にある考えでもある。

笠井さんにとっては「世界をより良くする」発想や社会に責任をもたなければならないとする考えはオヤジ化にほかならない。すべてがこの社会の枠組み内の物語に回収されてしまうような「成熟」はオヤジ化に帰結する。だから歳を重ねても、自分はとんがっていたガキ時代のままにあることをめざす。

批判の矛先は、それまで評価してきた村上春樹にも向いている。

阪神大震災と地下鉄サリン事件を転機として、村上春樹は「世界をより良くする」方向に立場を変えたようですが。東君の反発を承知でいえば、これもまた、同世代のほとんどに見られる「オヤジ化」の一例であると僕は感じています。

（『動物化する世界の中で』）

デタッチメントからコミットメントへの変化という発言や実際の活動、『ねじまき鳥クロニクル』などの作品も踏まえ、笠井さんは「世界をより良くする」方向に動き始めた村上さんを「オヤジ化」していると批判する。

遡れば、かつてわたしは八七年の『ノルウェイの森』、八八年の『ダンス・ダンス・ダンス』という二つの長編が出されたあと、村上文学の変化について次のように書いたことがある。「絶対観念の王国や隠微なイデオロギーに逃げこまずに、高度資本主義社会における宙吊り状態に耐えながら、揺さぶりによって生じるその振幅の記述自体が魅力としてあった村上文学の倫理が、いま堪えきれずにどこかに着地しそうになっている」と(『村上春樹の歌』一九九〇年)。笠井さんのいう「オヤジ化」とは、宙吊り状態に耐えきれずに着地してしまうことと重ねることができる。

たしかに、宙吊り状態のもとにあり続けること、いいかえれば「生涯一ガキ」はいまでも志としてはありうるだろうし、「とんがっていたガキ時代のことなど忘れたような顔で、いまや『大きな状況論』を語る『大人』でなければならない、社会に責任をもたなければならないといい張りはじめた」同世代への笠井さんの苛立ちもわかる。わたしがかつて書いたように着地を拒み宙吊りであり続けることも、笠井さんのいう「生涯一ガキ」であることも、「ほっといてくれ、僕は一人で好きなようにやりたいんだ」として自らの責任を引き受けることもありうるし、そこに美学をみることもできる。

「オヤジ化」と「生涯一ガキ」構造を超えて

しかしいまわたしは立ち止まり、かつての自分の視点を変えてとらえ直してみたい。

どのような志をもっていようが、わたしたちはこの社会内で呼吸し、働き、関係を切り結んでいる。「ほっといてくれ、自分のことは自分でやる」と「大きな状況論」の押しつけを拒む姿勢はもちえても、実際にはそのシステムのなかに生きざるをえない(もちろんそんなことは笠井さんも前提としているとことだろうが)。

とすれば、この社会内で「世界をより良くする」ことをめざすのも否定されるべきではないし、それをめざすことも当然ある。この社会の枠組みのなかで改良を求めるのが拒絶されることではない。

むしろ問題は別のところにあるのではないか。つまり思考をこの社会の枠組み内で閉じてしまうことにこそ、その所在を求めるべきではないか。この社会の枠組み内で「世界をより良くする」発想でこと足れりとする思考の閉じ方にこそある。笠井さんが「オヤジ化の揃い踏み」と怒りをぶつけたかったのも、そこにこそあるのではないか。

すべてをこの社会の枠組み内で考えても、それは限界をもち、生きづらさや転倒を不可避に生みだす構造は変わらない。その構造に目を向けぬままこの社会の枠組み内で「より良く」に終始する言説はときとして、自らの「良心」を表明する自己満足の域を出ずに終わる。

たしかにわたしたちはこの社会内に生きている。この社会の外に出たと思いなして、そこから「大義」や「正義」を振りかざして糾弾する愚をくりかえしてはならない。だが、この社会内で思考の枠組みを閉じていては、この社会の生きづらさ、矛盾の根に迫ろうとする発想を摘んでしまう。この社会の生き方の人生論に思考を封じこめるのは世界の半分を語ったことにしかならない。

だから問いは「オヤジ化」か「生涯一ガキ」かの二項対立として立てられるよりは、この社会の枠組み内で思考を終始させるのか、それともこの社会に生きていることを前提としつつも、この社会の外側からこの社会をみる視点をも併せもつかどうか、と立てられるべきではないか。

「井戸を掘る」というコミットメント

では、こうした立場からみたとき、村上さんのコミットメントはどうなのか。

たしかに阪神・淡路大震災、オウム真理教事件以降、村上さんは朗読会に登場したり、オウム真理教に関するインタビュー集を二冊刊行し、また『村上春樹、河合隼雄に会いにいく』でオウムの事件、そして六〇年代から以降の時代情況についても積極的に発言をしている。

彼自身、六〇年代後半のコミットメントの時代から一転してデタッチメントの時代に変わり現在へと至る過程と重ねて、自らの文学的変遷をデタッチメント、アフォリズムから物語に移行し、そしてコミットメントへと至る流れとしてとらえている。

ただ、彼のいうコミットメントを「オヤジ化」と規定していいのかどうかは即断すべきではない。

彼は、こう発言している。

> コミットメントというのは何かというと、人と人とのかかわり合いだと思うのだけれど、これまでにあるような、「あなたの言っていることはわかるわかる、じゃ、手をつなごう」というのではなくて、「井戸」を掘って掘って掘っていくと、そこでまったくつながるはずのない壁を越えてつながる、というコミットメントのありように、ぼくは非常に惹かれたのだと思うのです。
>
> （『村上春樹、河合隼雄に会いにいく』）

ここにあるのは、まさに六〇年代後半の全共闘運動のなかでつかまれた確信にほかならない。

それは、「誰かの為（人民の為世界平和の為）」にでなく、外在的な問題に自己を預けるのでなく、ひたすら自己の足下を掘り続けどこまでもその行為に自らを投入していったところ」(重尾隆四)に全共闘運動の方向を探る視点と通じているし、とくにノンセクトの若者たちはそのように発想していた。

村上さんのいう「コミットメント」は理念から出発するのではなく、具体的に生きている場所から出発し、自らの足下を掘り下げていった先のどこかで、何かと、あるいは誰かとつながる道筋を大切にしようというものだ。そしてそこにしかほんとうの連帯もコミットメントもないとする。ここにはあの全共闘運動のスタイルが生きているといってよい。

想い起こすのはたしか六〇年代後半のことだったと思うが、大江健三郎さんと江藤淳さんが文芸誌の対談で、「他者の痛み」をめぐって論争していた。乱暴にまとめると、大江さんが想像力を働かせて他者の痛みをわからなければいけないことをモラリティとして語るのに対し、江藤さんは他者の痛みなんかわからない、それが前提でそこから出発すべきだ、と反論していた。大江さんのファンだったわたしだが、江藤さんの立論のほうに傾いていた。それはノンセクト連中の多くもだいたい同じで、他者との関係の取り方も一種の断念を前提としていた。だから「あなたの言っていることはわかるわかる、じゃ、手をつなごう」というベタな心情は信用しがたいものがあった。

さて村上さんは文学者の反核宣言について発言し、その後注で次のようにも記している。

――でも、僕は何かのムーヴメントを「これは正しいものだからいい」「これは正しくないものだからいけない」というふうに単純に割り切っていくことができないのです。そうではなくて、「どうすればその正しさを自分自身のものとして身につけられるか」というふうにしか考えられない。そういう納得がなければ、簡単には動けない。たとえそれに長い時間がかかったとしてもです。「とにかく動かないことには意味がないんだ」というふうには僕はどうしても思えないのです。それはあるいは僕が学生のころに身をもって学んだことかもしれません。　（同前）

学生時代に学んだことを九〇年代になってこのようにふりかえっている。これは『最後の親鸞』で吉本さんが語り、また七〇年代総括でわたし自身が噛みしめてきた言葉「ただそうするよりほかすべがなかったという〈不可避〉的なもの」の世界と重なっている。ただそうするよりほかすべがない〈不可避〉的なものは自然に生まれるものではない。足下を掘りに掘り下げとことん苦悩したあげくに衝き動かされるように現前するものだ。村上さんの言葉は、全共闘運動総括として核心を衝いているものだと思う。

「正義」が大上段に語られるとき、強迫として作用する。それは村上さんが大学に入ったばかりの六八年頃、学内ではとくに強かった。彼の学部内でも「授業なんて受けている場合か」と突きつける「正義」が飛び交い、そのなかでさまざまな混乱があった。すでにみてきたように、吉野雅邦が「歌なんて歌っている場合か」と糾弾され、大学の合唱団を退団しのちに連合赤軍に加わっているのも一例で、至るところで「正義」の糾弾が飛び交っていた。「正義」追求の果てに連合赤軍があったことは改めて指摘するまでもない。

六〇年代の若者に大きな影響を与えた大江健三郎の作品に『見るまえに跳べ』というタイトルの短編集があったが、当時は「とにかく動かないことには意味がないんだ」、「見るまえに跳べ」と

「行動」や「実践」を迫る流れが強かった。そのなかで村上さんが「納得がなければ、簡単には動けない」ことを「身をもって学んだ」とあの時代を総括しているのは手放してはいけないことだ。ひたすら自らの足下を掘り続けることは、小阪さんのことばに直せば当事者性であり、現場性である。また、「納得がなければ、簡単には動けない」ことは、自発性の尊重でもある。

つまり村上さんはコミットメントを語るようになりはしたが、村上さんのコミットメントは理念やイデオロギーありきの連帯や行動を指すのではなく、自らの足下をとことん掘り下げることを通じて社会とどうつながり関わりをもつかというところに力点が置かれている。全共闘運動の総括がしっかり踏まえられている。

ちなみに、彼は初期作品を「デタッチメント」だと自身で規定しているが、わたしからみれば、それこそがまさにじつに時代にコミットメントしていたと評価するべきだと思う。初期三部作から『世界の終りとハードボイルド・ワンダーランド』に至る作品群はよく社会にコミットメントしていたというべきだ。身のまわりのことにこだわり、観念の肥大化に慎重であることにおいて、十分にコミットメントしていた。そういうとらえ方ができないと、初期三部作が全共闘運動や連合赤軍事件を考えていないという短絡な批判と同じ次元に落ちてしまう。また逆に、連合赤軍や全共闘のことが作品中に喩えとしてでも表現されれば「コミットメント」だなどという批評もある。いまだ後を絶たないこうした貧しい文芸評論よりは、全共闘体験でつかんだ村上さんの文学世界とコミットメント観のほうが圧倒的にまともである。

エロティシズムの澱み

むしろわたしはこうしたコミットメント発言ではなく、小説のなかにときとして危うさを感じることがある。

デビューからしばらくはセックスと死、そして暴力を書かなかった村上さんが『ノルウェイの森』からセックスと死を書き始める。そして前述したように『ねじまき鳥クロニクル』でも、暴力と性が描かれる。同作でギターに替えてバットを握り他者を殴りつける暴力に辿り着いたこと、そういう暴力性を作品にもちこんだこと（もちこまざるをえなかったこと）については、先に触れたように彼自身よく対象化できていないと明言しているが、時代が主人公にバットを握らせたことは以降も問われることになる。セックス、あるいはエロティシズムをめぐり、村上さんの作品に気がかりなところがあるからだ。

九九年に出版された佳作『スプートニクの恋人』には、若い小学校教師の「ぼく」、その学生時代の友だちで少し変わった女の子「すみれ」、その「すみれ」が恋してしまった美しい中年女性「ミュウ」が登場する。それぞれに人を愛せなかったり、あるいはセックスをまともにできなかったり、といった欠損を抱えている。

この作品で少し立ち止まらざるをえないところがある。ミュウが語った体験をスミレがまとめたメモにみられるあるエピソードだ。それは四〇歳近いミュウに一四年前に起こった事件だ。

仕事でやってきたスイスの小さな町が気に入りしばらく滞在していたとき、ミュウは夕食のあと散策していた遊園地で観覧車に乗る。ところが最上部を過ぎたばかりの観覧車は突然停止してしまい、そのまま彼女は地上から高い空間に閉じこめられてしまう。観覧車の管理人は気づかずに帰ってしまう。あきらめて眠りに落ちたあと彼女がそこから目にしたのは、アパートの自分の部屋にみた光景だった。生理的に受けつけられないはずの気に入らない男と交わっている自分の姿がそこにあった。しかもその「自分」は性に対してあまりに積極的で、その時間を楽しんでいるようにすらみえた。「わたし」は「とてもおぞましいこと」をしている向こう側の自分と、それをみているこちら側の自分に分裂している。

「汚すことだけを目的として行われている意味もなく淫らな行為」をしている自分の姿を見て、ミュウは一夜にして黒髪が白髪に変わる。以降セックスができなくなるし、人生が変わり、ずうっと「忘れてしまいたいと願っている」体験となる。

この挿話に接して想起されるのは『ねじまき鳥クロニクル』のクミコだ。彼女は兄の綿谷ノボルから「肉体的にではなく、精神的に汚された」。それ以来、夫以外の男と性的体験をたくさんもつが、その性的奔放の責を兄の綿谷ノボルに帰して、兄殺しに至らせる。

『スプートニクの恋人』でも『ねじまき鳥クロニクル』でも、「汚すことだけを目的として行われる意味もなく淫らな行為」の世界に女性が引きこまれる。引きこんだのは「悪」の存在である。そして、引きこんだ男や引きこまれた世界は許しがたいものとして否定されるし、それを奔放に楽しむもう一人の自分を、ミュウもクミコも絶対に許容できない。

だが、エロティシズムの世界では「汚すことだけを目的として行われる」ようにみえる行為があり、「意味もなく淫らな行為」も存在する。否、性的世界にはそれはつきものといってもよい。それは何もジョルジュ・バタイユを引っ張り出すまでもなく、エロティシズム世界の「猥褻」であり「犠牲」にすぎないし、作家はいうまでもなく理解していることだろう。しかし、村上さんはそういう性の「おぞましい」世界から憎悪や暴力を立てたがっているようにみえる。そこに少し危うさを感じる。エロティシズムの世界は、六〇年代後半のカウンターカルチャーのなかでテーマにされながらも深く掘り下げられずにきたのであり、いまでも課題であり続けているのだと思う。

『海辺のカフカ』連鎖を断つことと継承

二〇〇二年に発表された長編『海辺のカフカ』は二つのテーマで貫かれている。

一つは、父を殺し母と交わるというタブーを犯すことを通じてしか自らの存在を確かめられない悲劇に投げ出された一五歳の少年が、生に刻印された宿命(連鎖)をどのように断って前に踏み出しうるのか(生きられるのか)、あるいは和解へ至るのか。

もう一つは、戦争や内ゲバという暴力の連鎖はどう断ちきれるのか、またそれを支える共同観念をどう無化していけるのか。

この二つのテーマをめぐって、一五歳のカフカ少年、二〇代の長距離トラック運転手星野君、図書館職員の大島さん、一九七〇年のセクト間内ゲバにからんで恋人を喪った五〇代の佐伯さん、戦時中記憶を喪失した六〇代のナカタさんらが、悪戦苦闘する。村上さんはこれまでの作品から一歩踏み出し、子と父、母、(星野君の)祖父という二世代、三世代の関係世界のつながりに光を当てている。親から子へという世代間の血の連鎖、暴力性、共同観念を断つことと、逆に受け継いで踏み出すことの両義性を探っている。

佐伯さんの恋人を誤認して殺したセクトの人間も、多くの猫を殺すというゲバルトの任にあたるジョニー・ウォーカー(田村浩二)も、戦場に投げこまれた兵士も、暴力の連鎖のなかに置かれている。いったいその連鎖はどのように断ち切れるのだろうか、と。

この作品で作者の文学的成熟をたとえば一つ挙げてみると、星野青年の登場と成長がある。高校時代には何度か警察の世話になったことのある、自衛隊上がりの長距離トラック運転手である星野君は、髪をポニーテールにして耳にピアスをし、中日ドラゴンズの野球帽を被り、四季を通じてアロハシャツを着て、漫画週刊誌を読む。そういう青年が、出会ったナカタさんに惹かれ、彼を支えながら成長していく。その成長とは知を上昇させることではない。心を広げ深めていくことだ。そういう成長がナカタさんとのやりとりのなかで巧みに描かれているのも、この作品の魅力をかたちづくっている。

カフカ少年の母と思われる佐伯さんが、同い年の恋人を喪うのは二〇歳のとき。それは全共闘運動が退潮していった一九七〇年のことで、まさにセクト間の争いがいよいよ激しさを増し、内ゲバでの殺人事件も起こり始めた頃である。その内ゲバ誤殺事件がこの物語の大きな起点になっている。『海辺のカフカ』は、人間に取り憑く共同観念が支えてしまう戦争、内ゲバ、糾弾主義と向きあうという意味で、あの叛乱の季節の課題を負っている。

そして、こうした観念の病いと向きあおうとしない流れは、この作品にも登場するように、いまもけっして衰えはしない。公共施設での設備上の性差別調査と糾弾のため甲村図書館にやってきた女性二人について、対応した図書館職員の大島さんはあとでカフカ少年にこう語る。


――でもね、田村カフカくん、これだけは覚えておいたほうがいい。結局のところ、佐伯さんの幼なじみの恋人を殺してしまったのも、そういった連中なんだ。想像力を欠いた狭量さ、非寛容さ。ひとり歩きするテーゼ、空疎な用語、簒奪された理想、硬直したシステム。僕にとってほんとうに怖いのはそういうものだ。僕はそういうものを心から恐れ憎む。なにが正しいか正しくないか——もちろんそれもとても重要な問題だ。しかしそのような個別的な判断の過ちは、多くの場合、あとになって訂正できなくはない。過ちを進んで認める勇気さえあれば、だいたいの場合取りかえしはつく。しかし想像力を欠いた狭量さや非寛容さは寄生虫と同じなんだ。宿主を変え、かたちを変えてどこまでもつづく。そこには救いがない。（『海辺のカフカ』）

これは「人格」に帰してすむ問題ではなく（つまり、連合赤軍最高幹部森恒夫、永田洋子という人格に帰してすむ問題ではないのと同じように）、いつでも誰にでも、つまりわたしにも憑依《ひょうい》しうる観念の力学である。わたし（たち）がいつも心しなければならないことであり続ける。

小阪修平の苛立ちと旋回

三〇年後の再会と憤り

東大駒場で三島由紀夫と東大全共闘の討論会が開かれたのが一九六九年五月。それから三〇年経った九九年、三島と討論した中心メンバーらが集まって座談が行われた。小阪さんのほか、演劇活動を続ける芥正彦、公務員になった木村修、学者になった橋爪大三郎、それに聞き手として浅利誠（学者）、小松美彦（学者）の各氏が二度にわたって一同に会し、三〇年前の討論についてふりかえっている。その模様が『三島由紀夫VS東大全共闘 1969–2000』としてまとめられた。

ここで小阪さんはかつて時空を共有した仲間に対して、極めて珍しいことだが、苛立ちを隠していない。たしかに議論はなかなか嚙みあっていない。それは参加したそれぞれがもった感想のようだ。その想いを、小阪さんは「後記」で開陳している。

彼がそこでこだわっていたのは、人が理念を語ることで自己を隠蔽してしまう力学についてだった。たとえば、「解放区」のありようについて。

一九六九年五月一三日、東大教養学部九〇〇番教室で行われた討論は「歴史的なものとして記憶されてよい」と認めたうえで、次のように書いている。

だがしかし「空間」について語ることは、「友愛」について語ること「ネーション」について語ることとおなじく「理念」的な語法なのである。そして理念を語ることの必然的な顚倒をまぬがれがたい。「空間」を語ることにはなにが欠落しているのか。

一言でいえば、場と関係と必然性についての無知あるいは隠蔽である。解放区は、解放区がつくりだしたあたらしい空間の質としてのみ現存したわけではなく、解放区における退屈、疲労、蹉跌、党派性、力関係にたいする意識と強迫性がかたわらに「戯れながら」現存していたのだ。そこから現存する事態のある側面だけを抽出して語ることは、「理念化」の運動に、みずからに盲目なかたちで身をゆだねることにほかならない。

（『三島由紀夫VS東大全共闘 1969–2000』）

パリ・コミューンのバリケード内にしろ、大学の「解放区」にしろ、あるいは職場の「解放区」にしろ、そこにはさまざまな要素が混在していた。それを神話化して差異を含まない同一性に抽象してしまうとき、観念の転倒が起こる。観念が転倒してしまう必然性を自覚することこそ、せめてあの「解放区」をともに生きたものの最低限の前提ではないかというのが小阪さんの想いだった。それはあの時空を生きたものが負うべき責任でもある。

同じように、当時の知や政治党派の権力争奪をチャート化して、あたかもそれらの知の勢力争いや、「革命性」や「前衛」党派の理念を辿れば歴史を語ったことになるとみなしている言説も、観念の転倒以外のなにものでもない。

〈場〉はその場に生きる人間を場面の外からとらえてしまう力の錯綜として考察されねばならない。観念は〈場〉の力の構成にしたがって摑まれてしまう。そういうことを、その場にいる人間たちの「知っていること」をこえた「必然性」と言う。（同前）

連合赤軍のリンチ殺人事件をとらえるときも同じで、「自分自身でも十分には自覚できない観念の運動を、どういう力の錯綜が構成しているか」という視点こそ必要だとした。それが彼のライフワークとされていた「制度論」のモティーフでもあった。

これは何も極限化された空間にのみ特有の問題ではない。わたしたちが日々身を置く職場や社会の至るところで、場はたえずそうした力の錯綜で構成されている。小阪さんがこだわり続ける観念の生理と力学は、これまでも課題であったし、いまも課題であるし、これからも課題であり続ける。

そしてわたしは思う。たとえば、わたしたちは——あえてわたしたちと言う——あの討論に参加した発言者のなかで二人の死者を共有している。党派に一度入り、その後弁護士になり自殺したK(発言中の、中核のKとは別人)と商社に入り交通事故死したTだ。その二人の、わたしたちが知り得ることがない想いを想起——追思惟——できない人間が「友愛」を語る資格があるのか。そういうかたちで「友愛」が語られれば、それはほとんど場の権力的な構成作用にほかならないのである。自分勝手なところをつまんでくるのはやめろと憤ってしまう。(同前)

小阪さんのこれほどの憤り表明をわたしはほかには知らない。じつに珍しいことだ。このあと「ひとは理念を語ることで自己を隠蔽する」と記している。このことこそ、放りこまれたあの叛乱の季節のなかでつかんだことであり、彼の制度論の課題だった。

小阪さんの文はすっきりしたものではない。人をすぐにとらえるようなキャッチコピーや原理を突き出しているわけでもない。それは理念化することで転倒する観念の力学に自覚的だったからだ。それこそ彼が心してきたことでもある。むしろ自称「ぐちゃぐちゃ」であるところにこそ、自身の全共闘体験が表現されてきた。わかりやすくて人の心をすぐにつかまえるようなキャッチコピーこそ危険を孕んでいる。全共闘運動の意味は、人間を最終的に動かしてしまうものが、自分でもよくわからないものであると覚醒して向きあうところからつかみとるしかない。

それにしてもあの六八・六九年の時空を共有した全共闘メンバーが、三〇年後の座談で「全共闘の意味とその現在性」を討論することの困難を小阪さんはとことん思い知らされることになった。

「森恒夫は自分」を「もうやめた」

遺作となった『思想としての全共闘世代』で小阪さんはこう書いている。

考えてみれば、連合赤軍は山岳ベースで結党した時、中央委員が七名もいるという頭でっかちの組織であった。ぼくはずっと、自分たちのだれもが森恒夫になる可能性をもっていたということをふまえてものを考えていかねばならないということを、自分の公準のひとつとしてきたが、もうやめた。連合赤軍的なるものは、全共闘的なるものの「敵」なのである。つながる要素があるからこそ、「敵」だということをはっきり言わねばならないといまは思っている。

誰もが森恒夫になる可能性をもっていたことを、ものごとを考え進める前提としてきた彼は、とうとうそれを公準とすることをやめて、「敵」だと言い切る。出獄した連合赤軍メンバーの近年の発言に接したことなども影響を与えているのだろう。連合赤軍的なるものはけっして死んではいないからだ。笠井さんが党派政治と全共闘運動に明確な切断線を引いたように、小阪さんも連合赤軍的なるものを「敵」と表さなければならないと旋回した。

貧しい「あれか、これか」を拒否する村上と小阪

横行する異様な言説

昨今とても異和を覚える言説が目立つ。この資本主義のシステム以外に道はないと断言し、この社会内に「とどまるべきだ」とまで説教するもの言いだ。とくに全共闘世代や以降の若い世代の学者あたりから、この資本主義社会以外に道を模索するべきではない、とまで断言する言説がある。

はたしてそうなのだろうか。

あらかじめことわっておけば、わたしはこの社会システム内での「改良」が語られることを批判するつもりは毛頭ない。「改良」すべきことは山積しているし、そういう類のことは自らも語ってきた。この社会内の「改良」は欠かせないことだ。ただ、「改良」はこの社会のシステム内での対処にすぎないので、問題を抜本的に解決することにはならないばかりか、ときには問題の所在を隠蔽する役割を果たしてしまうこともある。

資本主義(Capitalism)とは文字通り、資本(の自己増殖)を第一義とする(せざるをえない)運動である。そのもとで人々は否応なく転倒を強いられている。問題の根を辿ると、それが資本主義というシステムに行き着くとすれば、資本主義内の「改良」だけでなく、資本主義そのものを問い、それを組み替えたり、超えようとめざすなど、さまざまな可能性を模索することはありうることだ。

この社会のシステムしかない、そして現在の社会以外の道を模索するべきではない、とまで断

定するのは乱暴にすぎるのではないか。

しかもそうした言説が、あの叛乱の季節からすでに無効を宣言されつつあった「マルクス主義」への批判をベースにしてしか展開されていないことにも驚く。「マルクス主義」がダメだったのだから、資本主義システムしかない、それを受け容れよ、とまで説諭する。つまり、一方に貧弱な「マルクス主義」「ソフト・スターリニズム」（ときにはポスト・モダニズムも含む）を対置して、だからこの資本主義社会システムしか残されていないと断定する。さらに、資本主義システムを受け容れないとすれば、それは恨みつらみ、ルサンチマンに基づいたものでしかないとまで論難する。

だが、この社会以外の道を模索しようとする動きを恨みつらみの思想だと決めつけて芽を摘みとるのは、あまりの飛躍、あまりに視野狭き暴論ではないのか。貧弱な批判対象を措定して、学や思想をひからびたものにさせるだけではないか。あの叛乱の季節、全共闘運動をもすべて狭い「マルクス主義」や党派主義、前衛主義に収斂させて葬ろうとすることと同じではないのか。貧しい二者択一の構図を組み立て、そのいずれかを決断するしかないと迫るのは、学・思想の怠慢というしかないのではないか。

他方では、この社会の「外」に立ったつもりで作動する観念の力学にとらわれ、いまだに「革命」性を護持し、糾弾主義や決断主義に陥り続ける言説もある。現実を無視し、「善意」と「正義」から自らを「真理」の主体として力を行使して、とんでもない暴力や圧政を生みだす観念はいまでも横行している。小阪さんがいうとおり、「ひとは理念を語ることで自己を隠蔽する」。

そして、これら二つの言説の横行は、あの時代に全共闘運動が撃とうとした貧しい二項対立への退行ではないのか。

たしかに全共闘的な運動には稚拙、乱暴なところがあり、未来を描けない等々の謗りを免れない面があった。けれども、七〇年代以降、その意味を問う営為はさまざまなところで静かになされてきたし、批判してその乗り越えを模索する運動も地道に続けられている。そういう活動を丁寧にとらえることなく、「マルクス主義」批判でひと括りして、この社会システムにとどまれ、別の道を模索するな、と説くのは乱暴にすぎる。

全共闘運動では「具体から」「具体へ」が志向された。現実の諸関係をみようとせず、あるいは棚上げして、空疎な「真理」や学を語る学者への批判が一つの柱を形成していた。

では現実とは何か。わたしたちが一日の主要時間を割き、力を注ぎ、生活の糧を得ている労働の現場とそこでの諸関係をまず挙げなければならない(それは消費の内実を問うことと表裏をなしている)。そこで何が起こっているのか。資本(の自己増殖)を第一義とするゆえ、それに貢献しないとなれば職場であれ生活であれ、たやすく破壊される。人間(労働力)は利潤を生みだすか否かでしか評価されない。人は他者や他組織から奪うというかたちでしか労働を担いえない。速度を急激にあげる資本の自己増殖運動の渦中で、人々は心身を病まざるをえない。それは労使を問わない。

そうした現実を直視せずに、貧弱な「マルクス主義」批判をもって資本主義システムしかないと断定し、このシステムを受け容れないのは恨み、ルサンチマンにすぎないとする学や考え方は、あの季節からの退行ではないのか。

貧弱な二者択一を超えて

小阪修平さんは、観念の力学の陥穽と向きあいながら、この社会を両義的にみることを生前一貫して主張してきた。つまり、貧しい二項対立の構図に陥ることを自らに戒めてきた。

村上春樹さんも同様だ。彼は二〇〇九年二月、エルサレムに飛んだ。エルサレム・ブックフェアに所属するエルサレム賞受賞を断る「ネガティブなメッセージ」ではなく、出向いて受賞式で話す「ポジティブなメッセージ」を選択し、出席し「壁と卵」というテーマでスピーチを行った。

まず彼は「私はどのような戦争をも認めないし、どのような国家をも支持しません」とラディカルな表明をしたうえで、「もしここに硬い大きな壁があり、そこにぶつかって割れる卵があったとしたら、私は常に卵の側に立ちます」と語りかけている。ここで「壁」とは、爆撃機や戦車、ロケット弾、白燐弾、機関銃を、「卵」はそれら兵器の攻撃対象となる非武装市民を指す。

しかし「壁」はそれにとどまらない。「システム」をも意味する。システムとは国家体制や原理主義も指す。メッセージの最後を「システムに我々を利用させてはなりません。システムを独り立ちさせてはなりません。システムが我々を作ったのではありません。我々がシステムを作ったのです」と結んでいる。

さらにこの「壁と卵」のスピーチに関連して応じたインタビューでは、オウム真理教事件と連合赤軍事件に改めて言及している。

――人は原理主義に取り込まれると、魂の柔らかい部分を失っていきます。そして自分の力で感じ取り、考えることを放棄してしまう。原理原則の命じるままに動くようになる。そのほうが楽だからです。迷うこともないし、傷つくこともなくなる。彼らは魂をシステムに委譲してしまうわけです。
（「文藝春秋」二〇〇九年四月号インタビュー）

父の戦争体験、ホロコースト、パレスチナ問題に触れたうえで、こう語り、オウム真理教事件も同様だとしている。まさに「ひとは理念を語ることで自己を隠蔽する」という小阪さんの言葉と重なる。

さらにあの叛乱の季節について、次のように発言している。

一方で、ネット空間にはびこる正論原理主義を怖いと思うのは、ひとつには僕が一九六〇年代の学生運動を知っているからです。おおまかに言えば、純粋な理屈を強い言葉で言い立て、大上段に論理を振りかざす人間が技術的に勝ち残り、自分の言葉で誠実に語ろうとする人々が、日和見主義と糾弾されて排除されていった。その結果学生運動はどんどん痩せ細って教条的になり、それが連合赤軍事件に行き着いてしまったのです。そういうのを二度と繰り返してはならない。
（同前）

ここでも、村上さんは連合赤軍事件へと行き着いてしまう観念の力学の病いに自覚的であろうとしている。あの時代の負として浮き彫りにされた「原理主義」がぶつかりあうなかで自分自身が揉まれたゆえに、観念の毒から免れることを押さえるべきことと強調している。

そして、「壁」や「システム」を語るとき、村上さんはこちらのシステムか、あちらのシステムかという、貧しい二項対立図式に乗る愚は犯さない。ただ「システムに我々を利用させてはならない」と強調し、国家体制や「原理主義」を無化する方向へと視線を伸ばしている。この社会の「内」か「外」か、あるいは「体制」か「反体制」かという二者択一は結局のところ、固い「壁」、「システム」「原理主義」に回収されてしまうのだから。

『1Q84』賽は投げられた！

一九四八年に執筆されたジョージ・オーウェルの『一九八四年』は、一九八四年という近未来を描いたもので、すでに触れたように社会主義の意匠を凝らした全体主義国家オセアニアを舞台にしていた。国を支配しているのは、ソビエト連邦共産党書記長ヨシフ・スターリンを思わせる「ビッグ・ブラザー（偉大な兄弟）」。党の正義に沿わない歴史はすぐさま書き換えられ、人々は心の秘密すら抱くことができない絶対制恐怖国家を生きなければならなかった。

対して二〇〇九年に出版された村上さんの『1Q84』は、近未来とは逆に、いまでは近過去となった一九八四年を舞台にしている。代々木にある予備校の数学教師をしながら作家をめざす「天吾」と、スポーツクラブのインストラクターをしながら邪悪な男どもの殺害を請け負う「青豆」という、男女の物語が平行して進む。二人はそれぞれ副業（裏仕事）を通じて、現実のレールポイントが切り替えられた仮想現実「一Q八四年」の世界に入りこんでいく。

オーウェルの『一九八四年』の世界を支配していたのは「ビッグ・ブラザー」であったが、『1Q84』で暗躍を始めるのは「リトル・ピープル」だ。すでに「ビッグ・ブラザー」という語があまりにも有名になりすぎてもはや出る幕がなくなったので、正反対の「リトル・ピープル」が登場したのだと物語内で説明されている。つまり「リトル・ピープル」は曖昧さを残しながらも、「ビッグ・ブラザー」と同じく絶対性で世界を覆わんとする観念運動の化身である。

当初、農業コミューンとして築かれた「さきがけ」という組織は宗教法人に姿を変え、次第に不穏な動きを画策するようになるのだが、その裏で暗躍しているのが「リトル・ピープル」だ。

そもそも「さきがけ」は、六〇年代後半の反体制運動のなかから生まれたグループである。リーダー深田保は、大学教官だった当時、中国文化大革命を支持し大学のストライキにも参加、七〇年代初頭大学を追われ、彼を信奉する学生たちとともに、農業コミューンである「タカシマ塾」に入り、その後そこを飛びだしたことになっている。このあたりは、当時早大に実在した「造反教官」が同じような軌跡を辿り、また入村した「タカシマ塾」と同様なものが実在していて、それらを造型のモティーフにしていることは、当時を知るものなら想起できることだ。

コミューン「さきがけ」では、資本主義、物質主義が自然や正しさに反するものとして忌避されている。しかし、「ビッグ・ブラザー」によるコミュニズムもまた深い問題を抱えていることを彼らは認識している。したがって資本主義でもコミュニズムでもなく、それらを超えるものとしてコミューン「さきがけ」は存在し、汚れた社会における「美しい孤島」であり砦とされている。それはオウム真理教が辿った道とも重ねることができる。ちなみに一九八四年は、オウムの前身であるヨーガ道場が開かれた年でもある。

だが、欲望に汚れた社会を批判して自らはその外に立っていると思いなすとき、純潔な正義の理念は、汚れた資本主義、物質主義のなかに住む人たちの営みと存在を侮蔑し否定し、正義と善の王国を実現するための手段とする転倒に陥る。もう一つ、「青豆」が関わる裏組織――性的暴力をふるう極悪人の殺害（ポア）を大義とする必殺仕事も、その存在と理念を問われる。『1Q84』BOOK1、2は、父（親としての役割を果たした人）との和解という新しい境地や成熟が示され、またイロニーを抱えてはいるものの天吾と青豆が互いの愛を発見しあい、たしかにひとつの区切りをもって幕が閉じられた。

しかし、登場するカルト教団とリトル・ピープル、さらにはポアを是認する小集団が、連合赤軍・オウム真理教的なるものと正面から対峙するために配置されたことは明らかであり、それらとの決着はまだつけられていない。それは続編で展開されるだろうが、『1Q84』で村上さんはいよいよあの季節の意味を問う総括作業に本格的に踏みだした。賽《さい》は投げられた！

エピローグ　善悪の彼岸へ

「待つ」という生の肯定へ

村上春樹さんの作品に「タイランド」という掌編がある。阪神・淡路大震災とオウム真理教サリン事件から五年、二〇〇〇年に刊行された『神の子どもたちはみな踊る』に収められている。

更年期を迎えた女性ドクター「さつき」はアメリカに渡り大学病院で医師として活躍してきた。彼女は一人の男を三〇年間憎み続けている。その男は神戸の大震災のときそこに住んでいたはずで、彼が固いものの下敷きになるか、液状化した大地のなかに呑みこまれていればいいとすら望んでいた。

そんな彼女が国際会議で赴いたタイで一週間ほど滞在し休養をとる。そこでは、ニミットというガイド兼運転手を務める現地の男がすべてをサポートしてくれた。彼の行き届いたサービスで快適なときを過ごしながら、人生について思いめぐらす機会を与えられる。

ニミットは彼女の心の闇を気にかける。休暇も終わり空港での別れ際、ニミットは、以前彼が三三年間運転手を務めてきたノルウェイ人の主人との会話を彼女に紹介する。

それは、孤独な北極熊をめぐってノルウェイ人が語った言葉だ。主人が語るには、北極熊は一年間孤独に暮らし、年に一度牡と牝が偶発的に出会い交尾するが、終わるとすぐに離れ、もとの孤独な生活に戻るという。

そのときのニミットと主人のやりとり。

「そのとき私は主人に尋ねました。じゃあ北極熊はいったい何のために生きているのですか、と。すると主人は我が意を得たような微笑を顔に浮かべ、私に尋ねかえしました。『なあニミット、それでは私たちはいったい何のために生きているんだい?』と」（「タイランド」）

帰国の途につく飛行機のなかで、彼女は眠ろうと思う。「とにかくただ眠ろう。そして夢がやってくるのを待つのだ」と。

市民社会のなかで殺意にすら転じる憎悪を抱えるわたしたちの生。だが、彼女はタイのガイド兼運転手が話してくれた「それでは私たちはいったい何のために生きているんだい?」という言葉で、あたりまえの空気となっていてふだんは気づかないニヒリズムのなかに立ち戻る。そしてニヒリズムを受けとめたうえで、「待つ」という生の肯定へと踏み出す。

『ねじまき鳥クロニクル』でバットが登場したように、「タイランド」では地震が剝き出しの憎悪の力として登場する。だが、女性ドクターは、最後に生の意味を問われた先で、善悪の此岸を超えた世界の生を肯定しようと心する。バットでの撲殺や災害による死を望む善悪の此岸の向こう側へ心を向ける。

「眠ること」「待つ」ことは、能動と受動というよくある図式内で受動、消極的ととらえがちだが、それは違う。「眠ること」「待つ」ことは、時間を熟させることだ。時が熟す過程のなかで衝き動かされて能動、積極に生きることだ。それは、『海辺のカフカ』の終章第四九章で眠りに就くカフカ少年にも同様にいえる。

生涯続く総括

今日、大きな物語が失せたのではない。もっとも強力な物語、つまり資本が自己を増殖させる物語が世界を覆っている。当然、その物語へ対抗しようとする運動が絶えることはないだろう。大きな物語が一人勝ちの情勢は、それへの反発を生みださないわけにはゆかないからだ。

元オウム信者だった酒木光一郎という若者は、オウムが提示した問題の一番目としてこう語っている。

まず、現代が欲望中心の資本主義社会であるところです。欲望が人を不幸にし、そして醜くする。結果として、欲望が争いの社会をつくる。オウムはこの社会に「NO!」という答えを突きつけました。「ピュアな心を持って欲望を否定する世の中をつくろう。理想郷、シャンバラをつくろう」と呼びかけ、多くの人たちがついていったわけです。

（カナリヤの会編『オウムをやめた私たち』）

膨化することをやまない「大きな物語」が人々を圧するかぎり、対抗しようとするこうした呼びかけはあとを絶たない。オウムと同種の事件はいつでも起こりうる。

求められるのは、この「欲望中心の資本主義社会」にとどまれ、と説教することではない。この社会の「外」の道を志向するのはルサンチマンだぞと脅し、窒息させることでもない。また、連合赤軍、そしてオウム真理教が立てたように、「欲望」を否定して「善」と「悪」の物語（善悪の此岸）を立てることでもない。「欲望」を否定するのではなく、「欲望」を認めたうえでそのような「善」と「悪」の物語の彼岸へと遷移することだ。それは「欲望」と関係の組み替えであり、日々の生産と消費のありようを組み替えていくことでもある。

九〇年代の『ねじまき鳥クロニクル』は時代の波に晒され、残念ながら「善悪の此岸」のほうへと引き戻され、漂っていたようにわたしにはみえたが、その作品のあとに発表された『アンダーグラウンド』の刊行（一九九七年）にあたり、週刊誌のインタビューに応じて、村上さんは語っていた。

……年齢的にいって、僕はいわゆる「団塊の世代」のど真ん中に属しています。そして僕らの世代はまだ、あの「闘争の時代」の意味の総括を本当にはしていない。あの時代にわれわれのやったことはいったい何だったのか、ということですね。それは今ここにある世界に、どのようなかたちでつながっているのか？

僕自身は小説を書きながら、そのことを今までずっと考えてきたし、そろそろそれを具体的なパースペクティブにしていかなくてはならない時期に来ているのではないかと思うんです。

（「週刊現代」一九九七年三月二二日号インタビュー）

そして六〇歳を迎えた二〇〇九年、彼は同様に世代の「責務」を語っている（「文藝春秋」二〇〇九年四月号）。

『海辺のカフカ』で、人間に取り憑く共同観念が生みだしてしまう戦争、内ゲバ、糾弾主義と向きあい善悪の彼岸を追求した村上さんは、『1Q84』のBOOK1、2では、ついにあの叛乱の季節と正面から本格的に対峙する配置を整えるに至った。

彼は自らの足下を掘り続けること、そこからしかコミットメントはありえないこと、同時に自分が納得できないかぎり簡単には動かないことを学び、いまも手にしている。そのうえで、これからいよいよ総括営為を深めていくことになる。

全共闘運動の総括とは、「総括」としてぽいと目の前に提示できるものではなく、どう生きるか、どう表現するかという進行形のかたちでしか存在しえない。小阪さんが語るように「つかまれてしまった」意味は以降の経験のなかで露わになるしかない。だから、それは村上さんのみならず全共闘世代にとって終生の課題であり続けるしかない。

変わらぬ「瞳の佇まい」

一九六八年に創刊され、ノンセクトの一部やわたしにも大きな影響を与えた雑誌「遠くまで行くんだ…」の覆刻版が、二〇〇七年に刊行された。全六号分を合本にしたもので、執筆者だった小野田襄二と新木正人の両氏が新たに文を寄せている。

当時「更級日記の少女」や「黛ジュン」で鮮やかに疾駆する表現を残した新木正人さんは今回寄せ

た文のしめくくりで、小阪修平さんについて触れている。

地方の小都市で教員をしているらしい新木さんは、七〇年代以降の三〇年間で偶然必然を含め六回ほど小阪さんに会っている。そのたびに、小阪さんに西洋哲学、現代フランス哲学についてしつこく尋ねたという。そのときのことについてふりかえり、こう追悼している。


フーコーのこと、デリダのこと、ドゥルーズのこと、素人相手に彼は長い時間、実に詳しく教えてくれた。とんちんかんな質問にも丁寧に答えてくれた。私にとって楽しい時間であった。素人相手にありがとう、と言いたかったのではない。初めて会った小阪二十一歳の春と変わらぬ彼の瞳の佇まいである。他者との間合いに悩んだことがあるのだろう。他者との間合いに照れたことがあるのだろう。他者そのものに途惑う上質な人懐こさ。いま、小阪修平の、繊細で、人懐こく、どこか苦渋を秘めた瞳を、胸の奥で静かに思い浮かべている。


二一歳の「瞳の佇まい」が、四〇年近くを経ても変わらなかったのは、小阪さんの資質もあったが、彼が「つかまれてしまった」全共闘運動の特徴として挙げた「自発性・現場性・当事者性・対等性」を以降も自らの生き方のスタイルとして貫いてきたこととも大きく関わっている。

残念ながら小阪さんは、『思想としての全共闘世代』を刊行したちょうど一年後の二〇〇七年急逝してしまったが、彼の営為はこれからも生き続ける。

九〇年代だったろうか、小阪さんが主宰する読書会というか勉強会に参加させてもらったことが何度かある。月一回土曜の夜、住まい近くの団地の集会室に、若者からわたしのような全共闘世代までが集まった。フーコーやバタイユ、レヴィナスなどの著書を読みあった。会のあと、皆で小銭を出しあって酒とつまみを買い出してささやかな酒宴も開いた。こうした自前の勉強会の場でも小阪さんは「自発性・現場性・当事者性・対等性」を生のスタイルとして貫き通し、若い人にもていねいに応対していた。

一九九九年、珍しく苛立ちを表出した小阪さんだが、遺作となってしまった『思想としての全共闘世代』の「あとがき」の最後を次のように結んでいる。

同世代からは、そんなもんじゃないよ、という声も聞こえてきそうだが、まぁ、笑ってゆるしてください。おおまかに、おおように、やっていきましょう。

生前、一貫して「来る者は拒まず去る者は追わず」の姿勢で自前の勉強会を開いてきた小阪さんらしい、最後のメッセージだった。

引用・参考文献

村上春樹『風の歌を聴け』
『1973年のピンボール』
『羊をめぐる冒険』
『象工場のハッピーエンド』
『ノルウェイの森』
『村上朝日堂』
『世界の終りとハードボイルド・ワンダーランド』
『ダンス・ダンス・ダンス』
『ねじまき鳥クロニクル』
『アンダーグラウンド』
『約束された場所で』
『村上春樹、河合隼雄に会いにいく』
『神の子どもたちはみな踊る』
『スプートニクの恋人』
『海辺のカフカ』
『走ることについて語るときに僕の語ること』
『1Q84』

和田誠・村上春樹『ポートレイト・イン・ジャズ』
糸井重里対談集『話せばわかるか』
「文藝春秋」一九八九年四月号
「文學界」一九八五年八月号
「Par Avion」一号（一九八八年四月刊）
「ビッグサクセス」一九八四年三月号
「ワセダ」九号（一九六九年四月刊）
「ワセダ」一〇号（一九六九年一一月刊）
「文藝春秋」二〇〇九年四月号

＊

小阪修平『思想としての全共闘世代』
『現代社会のゆくえ』
『現代思想のゆくえ』
『コンテンポラリー・ファイル』
『非在の海』
『市民社会と理念の解体』
『ことばの行方　終末をめぐる思想』

『討論 三島由紀夫VS.東大全共闘——美と共同体と東大闘争』
『三島由紀夫VS東大全共闘 1969–2000』
『尊師麻原は我が弟子にあらず』
「情況」二〇〇〇年一・二月合併号
「ことがら」七号（一九八五年三月刊）

*

福島泰樹『福島泰樹歌集』（現代歌人文庫）
武田泰淳『ひかりごけ』
吉本隆明「試行」三六号（一九七二年六月刊）
　『転向論・マチウ書試論』
　「ハイ・イメージ論Ⅰ・Ⅱ・Ⅲ」
　『最後の親鸞』
磯田光一『吉本隆明論』
蓮實重彦『小説から遠く離れて』
「遠くまで行くんだ…」三号（一九六九年七月刊）
『遠くまで行くんだ…　全6号（1968～1974）完全覆刻』
戸田徹『マルクス葬送』
笠井潔『テロルの現象学』
東浩紀・笠井潔『動物化する世界の中で』

宮台真司『終わりなき日常を生きろ』
中沢新一『僕の叔父さん 網野善彦』
荒岱介『破天荒伝』
　『新左翼とは何だったのか』
坂本龍一『音楽は自由にする』
寺島実郎『われら戦後世代の「坂の上の雲」』
渡辺眸『東大全共闘1968–1969』
松下竜一『狼煙を見よ』
カナリヤの会編『オウムをやめた私たち』
林郁夫『オウムと私』
大泉康雄『あさま山荘銃撃戦の深層』
査証編集委員会編『遺稿　森恒夫』
田中吉六・長崎浩・津村喬・神津陽・黒木龍思・小野田襄二・
　花崎皋平・池田浩士『全共闘　解体と現在』
『若松孝二　実録・連合赤軍　あさま山荘への道程』
深海遙『村上春樹の歌』
『マタイ伝福音書』
ジョージ・オーウェル『一九八四年』
カール・マルクス『資本論』
ジョルジュ・バタイユ『呪われた部分　有用性の限界』

略年譜

※前ページの「引用・参考文献」を主に参照し作成した。

	社会・全共闘関連	村上春樹	小阪修平
一九四五	敗戦		
一九四七			四月、岡山県津山市に誕生
一九四九		一月、京都市に誕生 間もなく西宮市に転居	
一九五〇	朝鮮戦争勃発（〜五三年）		
一九五八	チキンラーメン発売開始		
一九五九	三井三池労働争議勃発（〜六〇年）		
一九六〇	反安保闘争 浅沼稲次郎社会党書記長刺殺さる		
一九六四	東京オリンピック	兵庫県立神戸高校入学	
一九六五	慶大学費闘争 アメリカ、北ベトナム爆撃開始 日韓闘争		
一九六六	第一次早大闘争 中国文化大革命始まる ザ・ビートルズ来日 サルトル来日 三派全学連再建		福岡県立修猷館高校卒業 新幹線に乗り上京。東大入学 井の頭線沿線のアパートに住む クラスの自治委員になる 東Cベ平連を作る
一九六七	ゴダール「気狂いピエロ」公開	高校を卒業し、一年浪人	デモで機動隊に踏まれ前歯折る

	ジョン・コルトレーン死亡 一〇月、羽田闘争で山崎君死亡		
一九六八	不正経理発覚し日大闘争始まる パリ五月革命 不当処分で東大闘争始まる 九月、日大大衆団交 一〇・二一国際反戦デー新宿騒乱	新幹線に乗り上京。早大入学 和敬塾に住む 半年後、都立家政に転居 新宿のジャズ喫茶に入り浸る	演劇しながら、東大全共闘としても活動 「若路奴人」と書いたヘルメット被り活動
一九六九	一月、東大安田講堂落城 第二次早大闘争始まる 五月、東大で三島と東大全共闘が討論 五月、早大文学部無期限スト突入 ウッドストック音楽祭 秋、早大文学部授業再開 九月、全国全共闘連合結成	三鷹に転居 「ワセダ」に映画のエッセイ寄稿 新宿歌舞伎町のレストランで オールナイトのアルバイト （晩秋から翌春まで）	三島由紀夫との討論に参加、発言 『討論 三島由紀夫VS.東大全共闘』
一九七〇	三月、よど号ハイジャック事件 三月、大阪万博 日米安保条約自動更新 三島由紀夫、自衛隊乱入後、自害		東大を中退、アルバイト生活に
一九七一	カップヌードル発売 マクドナルド1号店オープン	学生結婚する この頃、水道橋の「スウィング」で アルバイト	
一九七二	連合赤軍あさま山荘銃撃事件 連合赤軍リンチ殺人事件発覚 早大構内で早大生リンチで殺害される		長男誕生

	社会・全共闘関連	村上春樹	小阪修平
一九七三	連合赤軍幹部森恒夫、拘置所で自殺 天然水No.1、発売 アメリカ軍、ベトナムから撤退		
一九七四	三菱重工ビル爆破事件	国分寺でジャズ喫茶開店	
一九七五	荒井由実の歌、オリコン一位に	早大文学部演劇学科卒業	この頃から塾教師のアルバイト始める
一九七七		店を千駄ヶ谷に移す	この頃、寺子屋教室で廣松渉の講座に通う
一九七八	サザンオールスターズ、デビュー	小説を書き始める	
一九七九		『風の歌を聴け』が 「群像」新人賞受賞	雑誌「流動」等への執筆を開始
一九八〇		『1973年のピンボール』	
一九八一	「軽薄短小」が時代のキーワードに		
一九八二	「不思議、大好き。」(糸井重里)	『羊をめぐる冒険』	同人誌「ことがら」創刊(〜八五年まで)
一九八三	ファミリー・コンピュータ発売		
一九八四			『イラスト西洋哲学史』
一九八五		『世界の終りとハードボイルド・ ワンダーランド』	
一九八六			「思考のレクチュール」シリーズ編著(〜八七年) 雑誌「オルガン」創刊(〜九一年)
一九八七		『ノルウェイの森』	
一九八八		『ダンス・ダンス・ダンス』	『非在の海』
一九八九	ベルリンの壁崩壊		
一九九〇			駿台予備校の非常勤講師に

一九九一	ソビエト連邦崩壊 湾岸戦争	渡米。プリンストン大学客員研究員	テレビ深夜番組「哲学の傲慢」に半年間出演
一九九二		『国境の南、太陽の西』	
一九九四		『ねじまき鳥クロニクル　一・二部』	『現代思想のゆくえ』 『市民社会と理念の解体』 『コンテンポラリー・ファイル』
一九九五	阪神・淡路大震災 地下鉄サリン事件	『ねじまき鳥クロニクル　三部』	
一九九六		『村上春樹、河合隼雄に会いにいく』	
一九九七	山一証券破綻	『アンダーグラウンド』	『ことばの行方　終末をめぐる思想』
一九九八	日本のネット人口が一千万人超える	『約束された場所で』	
一九九九		『スプートニクの恋人』	
二〇〇〇		『神の子たちはみな踊る』	『現代社会のゆくえ』 『三島由紀夫VS東大全共闘　1969–2000』
二〇〇一	九・一一同時多発テロ		
二〇〇二		『海辺のカフカ』	
二〇〇三	イラク戦争勃発		
二〇〇四		『アフターダーク』	
二〇〇五		『東京奇譚集』	
二〇〇六		フランツ・カフカ賞受賞	『思想としての全共闘世代』
二〇〇七			八月、逝去
二〇〇九		エルサレム賞受賞記念講演「壁と卵」 『1Q84』	

後記　本書の成立について

同世代の村上春樹、小阪修平両氏の表現にはつねに注目し、また大きな刺激を受けてきた。

小阪さんが新書『思想としての全共闘世代』を出版したのは二〇〇六年の八月。わたしがちょうど京都の仮住まいから引き揚げる頃で、翌春久しぶりに再会を果たした。そのとき、小阪さんにある出版企画の提案をした。

『思想としての全共闘世代』は啓蒙的な性格をもち、とてもよくまとめられているが、他方、氏には八〇年代から格闘してきた重い課題の「制度論」がある。そこで、制度論は氏のこれからの営為に待つとしても、両者の中間に位置するような書を、インタビューか対論のかたちで出版できないか、という提案だった。

小阪さんは「望むところ」と笑顔で即座に快諾してくれた。『思想としての全共闘世代』は全共闘総括全体の四分の一くらいのものであり、制度論的なものとからめてもっと進めたいというのが彼の考えだった。承諾を得たので、こちらは落ちついたら企画を進める心づもりでいた。

ところが半年後、新書を刊行してちょうど一年後の盛夏の朝、小阪さんは急逝してしまった。

しばらくは茫然自失の状態だったが、思い直して書き始めたのが本稿だ。小阪さんと村上さんの表現と生き方に焦点をあて、わたしの体験も交え、あの叛乱の季節と現在的な意味を探ることにした。

本書を上梓することになり、小阪さんは別にして、真っ先に批評に耳傾けたい人たちの顔が浮かぶ。だが、そのうちの二人をすでに喪っている。一人は本書にもちらっと登場する学生時代の親友でかつての同人誌仲間。もう一人は編集者の入澤美時さんだ。

入澤さんはわたしと同年生まれだが、「遅れてきた青年」であるわたしよりぐーんと前を進み、都立高校生時代に運動を立ちあげ疾駆し、あげくに大学に背を向けて働き始める。知りあったのは、フリーター解雇に端を発したわたし(たち)の七〇年代争議を、彼が断固支援してくれるようになってだった。「つかまれてしまった」自らの「六八年」体験にとことんこだわり、美的に生き、活動してきた名編集者は、本年春三月末、桜舞うなかで逝ってしまった。

じつは、拙稿を書きあげて版元を探していた今年一月、まだとても元気だった入澤さんが紹介してくれたのが、新泉社の若き編集者安喜健人さんだ。若い世代に伝えたくもあったので、子の世代にあたるといってよい氏に原稿に目を通してもらい、出版化に踏み出していただいたことは大きな喜びだ。

また、デザイナーの藤田美咲さんには、著者の想いを汲んでもらい、素晴らしい装幀をしていただいた。

若い世代の二人にこの場を借りてお礼申しあげる。

本書を小阪修平さん、入澤美時さん、そして大学時代の親友姉崎誠に捧げる。

とよだもとゆき

1947年、東京下町に生まれる。
早稲田大学第一文学部卒業。

出版社、IT系企業などで
書籍・雑誌・WEBサイトの編集に携わる。
現在はフリーランスで執筆・編集に従事。

著書に、
『「がんばらない宣言」スローライフのすすめ』
『ほっこり京都時間』、
ほかに深海遙名で
『村上春樹の歌』『ユーミンの吐息』などがある。

［ホームページ］http://www.toyodasha.com

村上春樹と小阪修平の1968年

2009年8月10日　初版第1刷発行

著者……………とよだもとゆき

発行所…………株式会社 新泉社
東京都文京区本郷2-5-12
電話◆03-3815-1662
ファックス◆03-3815-1422
振替◆00170-4-160936

印刷・製本……萩原印刷

ISBN978-4-7877-0909-7　C0095